谢蒙恩 编选

元曲三百首

北方联合出版传媒（集团）股份有限公司
辽宁少年儿童出版社
沈阳

图书在版编目（CIP）数据

元曲三百首 / 谢蒙恩编选 . -- 沈阳 : 辽宁少年儿童出版社，2021.10
ISBN 978-7-5315-8864-1

Ⅰ . ①元…　Ⅱ . ①谢…　Ⅲ . ①元曲—选集　Ⅳ . ① I222.9

中国版本图书馆 CIP 数据核字（2021）第 203714 号

出版发行：北方联合出版传媒（集团）股份有限公司
　　　　　辽宁少年儿童出版社
出 版 人：胡运江
地　　址：沈阳市和平区十一纬路 25 号
邮　　编：110003
发行部电话：024-23284265　23284261
编辑室电话：024-81060398
E-mail:qilinln@163.com
http://www.lnse.com
承 印 厂：长沙鸿发印务实业有限公司

责任编辑：武海山
特约编辑：杨　涛　肖美霞
责任校对：赵　博
版式设计：徐辉悬
封面设计：小　乔
责任印制：吕国刚

幅面尺寸：145mm × 210mm
印　　张：9.5　　　　字数：195 千字
出版时间：2021 年 10 月第 1 版
印刷时间：2021 年 10 月第 1 次印刷
标准书号：ISBN 978-7-5315-8864-1
定　　价：36.80 元

序

“凡一代有一代之文学”，这是王国维先生的著名论断。当然，此前持论如此的人亦不少，大抵上可以说：一段时期内，某一种文学体式会成为一种“底色”。对于这一时代的作者和读者来说，都要面对这一种文学体式自身的焦虑和对他者的压力；而对于未来的作者和读者，则论及此时代，又必然绕不开这一文学体式并奉为典型。

故诗词曲有“唐诗、宋词、元曲”之说，正是以时代之名，冠于一文学体式的讲法。真要为它们作一个很好的注释和赏析并不是一件简单的事情。因为一个时代的精华，已经过一个时代的筛选，今人则精中求精，选出来的必是巧于文境，乃至只可意会的文字，评价本身就已落入下游了。更何况前人解析之作颇多，而今人亦多有新颖阐发，写得太简单，则失之无识，为学人讥笑；写得太繁深，则失之无趣，被读者埋怨，此外如不能有些新的思路和见解，似乎就没有重新编的必要了。

于是，编者拟了两个鉴赏的思路，一是“以文赏文”，二是“情感为主”。

“以文赏文”，即把鉴赏的文字本身，也作为一种文学的尝试来写作。不管是还原景象，还是描绘意境，还是叙述故事，编者都期待自己尽量用具有文学性的语言来展开，而并非干巴巴的鉴赏文字。但在之后的写作中，亦觉有些“好高骛远”，所谓“方其搦翰，气倍辞前；暨乎篇成，半折心始”大抵就是这种状态。不过在这种思路的引领下，也有一些篇章让编者觉得，还是“鉴赏”得颇有一番美感和趣味。当然，这种鉴赏方式必然要削弱原作，但编者以为大抵上鉴赏都在削弱原作，那么编者这样反而是一种求全的方式，因为“两处”都是“文”。再者，“以文赏文”必然会一定程度上忽视掉原作相关的学理性和个人性的东西，这大抵也是不可避免“损伤”了，对此编者觉得亦不必求全。

“情感为主”，则必然要割舍其他成分。一方面，学理性成分的削减，在上一思路中已说清，此思路亦对其有部分削弱。另一方面，则是对于描写、环境、手法乃至类似诗歌鉴赏答题一般的套路，编者觉得就不必在这本书中呈现了，否则有剿袭雷同之嫌，且必将大大损害读者的阅读体验。而唐诗、宋词、元曲之精华所在，正是浅白的言辞中，自然流淌出的情感；也是编者在写作的时候，最期待分享给大家的要旨。所谓文学，很大程度上，是在“情感”的意义上被称为“文学”的。

当然，本书毕竟是“编著”，对于一些自己尚未读出深意的文本，以及部分自己亦在斟酌中的地方，编者都有对前人的参考，在此深表感谢。且不得不说，在这种参考中，才发觉创作不易，研究不易。

搁笔之际，编者希望：那就是将这本书作为对这一段时期阅读元曲的一种独特的纪念。

编　者

目录

邵亨贞

刘燕哥

无名氏

白　朴①

［越调］天净沙

春

春山暖日和风，阑干楼阁帘栊②，杨柳秋千院中。啼莺舞燕，小桥流水飞红。

秋

孤村落日残霞，轻烟老树寒鸦。一点飞鸿影下③。青山绿水，白草红叶黄花④。

注释

① 白朴，原名恒，字仁甫，后改名朴，字太素，号兰谷。元曲四大家之一，文学家、曲作家。代表作有《唐明皇秋夜梧桐雨》等。《［越调］天净沙》，分别以春、夏、秋、冬为题共写了8首，今取其中春、秋两首。

② 帘栊：窗帘。李煜《捣练子》曰“无奈夜长人不寐，数声和月到帘栊”。

③ 一点飞鸿影下：秋雁从空中掠过，在水面上投下灰色的影子。

④“青山”句：“青”“绿”“白”“红”“黄”五种明朗色彩的铺排，一扫前面的清寂之感以及秋天的惆怅之感。

赏析

第一曲：逆着暖融融的阳光向远处看去，山被春风吹绿了，目光所及皆是春意。楼阁上帘栊高卷，院子里秋千轻悬。杨柳影里，黄莺唱春，燕子舞春，小桥流水，落英缤纷。如此大好春光，令人心驰神往。此曲采用绘画技法，选取山、日、风、杨柳、黄莺等富有春意的意象。先写宏大之景，巍峨的春山与高挂的暖阳相映，再由远及近，写高阁的栏杆与院中的秋千。而更巧妙的是，作者在描写大量富有活力的春景以表达对春的喜爱之余，还穿插了阑干、杨柳、落花等带有忧伤惆怅的符号。伫倚阑干、杨柳惜别、流水落花春去也，春光如此美好，却也终将逝去，于是全曲又笼罩了一层惆怅之情。

第二曲：夕阳残霞包裹着一个孤零零的村庄，轻烟升腾，饱经风雨的老树上栖息着一只寒鸦。忽然，一只鸿雁的飞影掠过水面，天地间的沉寂仿佛就此被打破了。抬眼望去，青山碧水诉说着秋之静美。白色的芦花、金色的菊花、火红的枫叶，仍昭示着生机。此曲意在勾勒清秋日落时分的乡野景色。作者对景物的铺排，对画面的布局，对词语的运用令人惊叹。前两句是两组静态景物的描写，采用白描的写作手法，将村落、夕阳、晚霞、炊烟、树、鸦等秋天的典型意象铺陈开来，秋的萧瑟之感瞬间涌出，给人了无生气的冷寂之感。若此曲止步于此，则不免流俗。写罢寂寥落寞，作者的笔锋随着水上那抹翩然而至的倩影陡然一转，将飞鸿的动感与眼前的静景相呼应。结句镜头拉近，近景取代远景，清晰鲜明取代缥缈朦胧。眼前的山水花草无一不着明媚色彩，这抚慰了秋日，也抚慰了秋日里易敏感的心。同写春一样，作者此刻写秋，感情也不是单一的，而是忧中有乐，悲中含喜，跌宕起伏。

[双调]沉醉东风

渔　父[①]

黄芦岸白蘋渡口，绿杨堤红蓼[②]滩头。虽无刎颈交，却有忘机友[③]，点秋江白鹭沙鸥。傲煞人间万户侯[④]，不识字烟波钓叟。

注释

① 元曲中，渔夫、樵夫大多暗寓作者归隐的意向，此曲塑造了一个向往大自然、淡泊名利、傲视红尘、傲然自得的渔夫形象。

② 红蓼:《群芳谱》曰“蓼春苗夏茂，秋始花，花开蓓蕾而细，长二寸，枝枝下垂，色粉红可观。水边甚多，故又名水红花”。

③ 刎颈之交：比喻可以同生共死的好朋友。司马迁《史记·廉颇蔺相如列传》曰:“卒相与欢，为刎颈之交。”忘机友：没有心机不狡猾的朋友，即下文的白鹭沙鸥，这表现了渔夫与大自然的融合。李白《下终南山过斛斯山人宿置酒》曰:“我醉君复乐，陶然共忘机。”

④ 万户侯：高官贵爵。

赏析

被芦苇染黄的江岸，飘荡着白色芦花的渡口与杨柳堤畔、红蓼滩头一起，构成了一幅江南秋景图。一、二两句，对仗工稳，写景如画。画中人是一位渔父，纵使身边没有生死之交，却存在真诚相待的“忘机友”，故不必在刀尖上奔忙，而可悠闲地于山水间交游。你看，白鹭沙鸥轻点江面，长久地与渔父做伴。原来“忘机友”不是别人，而是那些终日在江上与渔夫做伴的白鹭沙鸥。它们同渔父一样，享受悠游自在的生活。最后两句中，“傲煞”是蔑视、看不起的意思。渔夫蔑视的是人间的达官贵人，他乐意成为一个大字不识的自在的“烟波钓叟”。

此曲表达了作者傲视权贵，不以俗世为怀的人生态度。李白诗中写道:“明朝拂衣去，永与海鸥群”，不管是选择入世还是出世，最要紧的都是守好最初那颗朴素的心。

王　恽[1]

[正宫]黑漆弩

游金山寺并序[2]

邻曲子严伯昌尝以《黑漆弩》侑酒[3]。省郎[4]仲先谓余曰:“词虽佳,曲名似未雅。若就以‘江南烟雨’[5]目之,何如?”予曰:“昔东坡作《念奴曲》,后人爱之,易其名为《酹江月》[6],其谁曰不然?”仲先因请余效颦。遂追赋《游金山寺》一阕,倚其声而歌之。昔汉儒家畜声妓[7],唐人例有音学。而今之乐府,用力多而难为工,纵使有成,未免笔墨劝淫为侠[8]耳。渠辈[9]年少气锐,渊源正学,不致费日力于此也。其词曰:

苍波万顷孤岑[10]矗,是一片水面上天竺。金鳌头[11]满咽三杯,吸尽江山浓绿。蛟龙虑恐下燃犀[12],风起浪翻如屋。任夕阳归棹纵横,待偿我平生不足[13]。

注释

①王恽,字仲谋,号秋涧,卫州路汲县人。元朝著名学者、诗人、书法家、政治家。著有《秋涧先生全集》,今存小令41首。

②此序解释了一调多名的现象，《黑漆弩》因王恽这首又称《学士吟》，因白无咎《黑漆弩》“鹦鹉洲边住”又称作《鹦鹉曲》。金山寺，东晋建，称泽心寺，唐称金山寺。在镇江西北长江中的金山上（金山至清初始与南岸相连）。

③侑酒：给喝酒的人增加兴致。

④省郎：中书省的外郎。

⑤江南烟雨：白无咎《黑漆弩》有“睡煞江南烟雨”的名句。

⑥苏轼《念奴娇·赤壁怀古》有“人生如梦，一樽还酹江月”，后人又以《酹江月》为《念奴娇》词牌的别名。

⑦声妓：古代朝廷或者贵族家中的歌伎舞女。

⑧侠：称雄。

⑨渠辈：他们的意思，这里指严伯昌、仲先等人。

⑩岑：底小又高耸的山。

⑪金鳌头：金山的别称。

⑫燃犀：《异苑》卷七，“晋温峤至牛渚矶，闻水底有音乐之声，水深不可测。传言下多怪物，乃燃犀角而照之”。这里用典写水流湍急，江浪高大。

⑬“不足”句：这里指平生不足之意，在此处游历之后都得到了补偿，总结了金山寺非凡魅力的景观以及作者自身畅快淋漓的游历。

赏析

苍茫无边的万顷之波上，一座小而高耸的山孤零零地矗立其中，一众寺庙仿佛从水面托出似的，显得雄伟超凡。金山峰远看形似巨鳌，作者便将金山比作巨鳌，将眼前景象说成是巨鳌伸出头来，想要饱尝瑰丽的江山，于是贪婪地啜饮着江水，以此汲取天地灵气。金山之下水流湍急，波涛汹涌，随便一个浪涛就能将人淹没。作者想象奇特，将如此汹涌水波说成是水底蛟龙兴风作浪的结果。将金山的壮美超凡书写得淋漓尽致，同时也暗示金山乃不容小觑的藏龙卧虎之地。结句写到夕阳西下，面对如此壮阔之景，作者早已心醉，顾不上天色渐晚，沉醉不思归的他此刻只想与这壮美的景色相伴得久一些，再久一些，以此来补偿平生不足的阅历。此时的作者，恰似他自己笔下那只贪杯的巨鳌。一路风光的魅力可见一斑。

此曲通篇描写所见风景的宏伟壮阔，用典精确，用蛟龙犀角之典故突出水之盛、之大、之急。最后以个人感叹结尾，道尽了金山景色无限好，令作者乐不思蜀、流连忘返。

胡祗遹①

［双调］沉醉东风

渔得鱼心满意足，樵得樵眼笑眉舒②。一个罢了钓竿，一个收了斤斧。林泉下相遇，是两个不识字渔樵士大夫③，他两个笑加加④的谈今论古。

注释

① 胡祗遹，字绍闻，号紫山，磁州武安（今属河北省）人。元代学者、文学家，著有《紫山大全集》，明朱权《太和正音谱》评其词“如秋潭孤月”。

② 渔：渔夫。樵：樵夫。两者暗指隐者。

③ 士大夫：指渔樵有士大夫的胸怀。

④ 笑加加：笑哈哈。

赏析

渔夫捕到了鱼便心满意足，樵夫砍到了柴便眼笑眉舒。一个收起钓竿，一个收回斧头。蓊蓊郁郁的树林里泉水叮咚作响，两人在此相遇。彼此都不识字，但不影响他们相谈甚欢，二人就在静谧的环境里乐呵呵地谈今论古。可以说，“渔樵”代表着中国文化中避世的部分，作者选取再平常不过的场景，精确生动地描绘出渔樵二人闲适悠然的心境，同时从侧面表达了这些隐士的博大胸襟。谁说只有仁人志士可以畅谈古今？只要愿意，田舍翁也能尽情抒怀。同时，渔樵二人也是“士大夫心灵”的投射。我们亦可从字里行间窥见作者摆脱俗世羁绊的愿望以及对山林生活的憧憬，而这一点，在古代士大夫对“渔樵”的向往中，是千古一贯的。古琴曲亦有《渔樵问答》，他们那逍遥在山水间自得其乐的情趣，也许只有意趣盎然的古琴能够传达吧。

卢 挚①

［双调］寿阳曲

别珠帘秀

才欢悦，早间别，痛煞煞好难割舍②。画船儿载将春去也③，空留下半江明月④。

注释

① 卢挚，字莘老，一字处道；号嵩翁，又号疏斋。元代涿郡（今河北省涿州市）人。在诗文上成就甚高，文章与姚燧齐名，世称“姚卢”；论诗与刘因齐名，世称“刘卢”。著有《疏斋集》（已佚）、《文心选诀》《文章宗旨》，今存散曲120首，以怀古题材居多。

②“才欢悦”句：“才”写时间之短暂，“早”写分别之快，两句合在一起，正是“别时容易见时难”。间别，分别；痛煞煞，口语。

③“画船”句：俞国宝《风入松》曰“画船载取春归去，余情付、湖水湖烟”。

④半江明月：不仅仅是孤寂的残月夜，也是作者残破心灵的写照。

夜 忆

灯将灭，人睡些，照离愁半窗残月。多情直恁的①心似铁，辜负了好天良夜②。

注释

① 直恁的：果然这样，真如此。

② 好天良夜：良辰，大好时光。马致远《双调·夜行船》曰："没多时好天良夜，富家儿更做道你心似铁。"

赏析

第一曲：才感受到相处的欢悦，转眼就又到了离别时，离别的苦痛难以言说。画船将春天同你一起载走了，空留下这映照着半江春水的明月。"才"体现了欢悦的短促。"早"与"才"相呼应，写出了分离的失落感。"煞煞"一语，更是道尽离别的悲伤，将分别之时的难舍之苦刻画得入木三分。画船随着绿波轻轻远去，载走了春，载走了春天的你。留下的唯有一轮孤月。或许此处暗示作者的心绪已随对方远去。全曲以口语组篇，清丽不失雅致，将时光流逝，分别艰难的感慨表达得哀婉动人。

第二曲："灯将灭"点明时间，说明夜已将尽，"人睡些"指主人公躺在床上，并未睡着。主人公独宿无伴，只剩下半窗月色还陪在身边。一夜辗转难眠，便开始埋怨爱人，责怪他心硬如铁，以致大好时光被白白浪费。正是离愁与残月，叫人三更不能睡，更何况好天良夜，心上人不在身边，这一夜又何其难以度过。

[双调]殿前欢①

酒杯浓，一葫芦春色醉山翁，一葫芦酒压花梢重②。随我奚童③，葫芦乾兴不穷。谁与共，一带青山送。乘风列子④，列子乘风。

又

酒新篘⑤，一葫芦春醉海棠洲，一葫芦未饮香先透。俯仰糟丘⑥，傲人间万户侯⑦。重酣后，梦景皆虚谬。庄周化蝶⑧，蝶化庄周。

注释

① 卢挚《殿前欢》表达的都是避世退隐的情怀。《殿前欢》末句都是对仗或者回文，是该曲特有的标志。

② 葫芦：形状像葫芦一样的酒器。春色：酒名，洞庭春色。苏轼《洞庭春色赋序》曰："安定郡王以黄柑酿酒，名之曰洞庭春色。"山翁：晋代的山简，他驻守襄阳时经常外出喝得酩酊大醉。这里作者自比山简。李白《襄阳歌》曰："旁人借问笑何事，笑杀山翁醉似泥。"这三句也有欧阳修"醉翁之意不在酒，在乎山水之间也"之意。

③ 奚：古代对奴隶的一种称呼。"奚童"指小仆人。

④ 列子：本名列御寇，战国时期著名哲学家、思想家，为老子和庄子之间道家学派承前启后的重要人物，传说列子能够乘风而行。此处作者用列子乘风的典故说自己自在畅快、飘飘若仙。

⑤ 笤：一种过滤酒器，此处说酒刚酿成。

⑥ 糟丘：糟，酒糟；丘，像山一样的小丘。

⑦ 傲：傲视。万户侯：原来指食邑万户人家的侯爵，这里是达官显贵的意思。

⑧ 庄周化蝶：庄子《齐物论》曰"昔者庄周梦为胡蝶，栩栩然胡蝶也，自喻适志与，不知周也。俄然觉，则蘧蘧然周也。不知周之梦为胡蝶与，胡蝶之梦为周与。周与胡蝶，则必有分矣，此之谓物化"。说人生如梦境一样虚幻缥缈。

赏析

两首曲结构新奇，都鲜明地表达了作者要归隐山林时悠然自得的心境。

第一曲：虽无富无贵，但在山林之中独自饮酒自有一番韵味。酒香浓郁，味道竟比那花瓣还要香甜，只一盏便使主人公酩酊大醉。不仅主人公如此，连书童也是这样。两人把葫芦中的酒喝完了，依然兴致不减，让主人公不禁心生感慨。功名利禄究竟有什么好追求的呢？倒不如饮下这杯酒，一起游山玩水，就跟那列子乘风一般，自由潇洒、不受拘束。

第二曲：此曲初品，似写山水风光、饮酒情趣，实际上却兼有作者对达官权贵的蔑视和对这种生活的贬斥。世事难如人意，这里用庄周梦蝶的典故，亦是对“梦景皆虚谬”的回应，刻画了主人公酒醒之后茫然无措的心情，也道明了世事变幻无常，人生漫如流水的无奈现实。

［双调］蟾宫曲①

想人生七十犹稀②，百岁光阴，先过了三十。七十年间，十岁顽童③，十载尪羸④。五十年除分昼黑，刚分⑤得一半儿白日。风雨相催，兔走乌飞⑥。仔细沉吟，都不如快活了便宜。

注释

①此曲表达的是元曲中常见的悠然自适的思想，但以时间加减来计算光阴似箭、日月匆逝，可谓是独出心裁。

②“想人生”句：活到七十岁的人很少。此处化用杜甫《曲江》之“酒债寻常行处有，人生七十古来稀”。

③十岁顽童：人生前十年是无知的孩童。

④尪羸：身体衰弱，这里是老朽的意思。

⑤刚分：平分。

⑥兔走乌飞：古代传说太阳有三足乌，月亮有月兔，所以称太阳为乌，月亮为兔。形容时光流逝匆匆。

赏析

此曲如同一道时光算术题，作者通过一步步计算，最终得出人生不过二十五载有效光景的答案。他的具体演算步骤如下："想人生七十犹稀，百岁光阴，先过了三十。"常言道人生七十古来稀，如此一来一百年的光阴就这样被无情减去了三十年。而余下的七十年中包含了懵懂童年和衰弱暮年各十年，因此到这里就仅剩五十年了。可"五十岁除分昼黑，刚分得一半儿白日"，这短短五十年还得被用来休息的黑夜分去一半，最后有效人生只落得二十五年。于是作者得出结论"风雨相催，兔走乌飞，仔细沉吟，都不如快活了便宜"，剩下这点似箭光阴，"都不如快活了便宜"。结句颇值得玩味，究竟怎样的生活才称得上"快活"？这是理解本曲的关键，也是本曲的真正价值所在。人生苦短已是老生常谈，易得到共识。而如何度过这短促的人生，怎样才算快活则有千百种答案，"快活"的概念自在人们心中。此曲通俗易懂，作者以新颖角度切入，引俗入雅，凸显年华易逝，引人深思。

［双调］蟾宫曲

丽　华①

叹南朝六代②倾危，结绮临春，今已成灰。惟有台城③，挂残阳水绕山围④。胭脂井金陵草萋⑤，后庭空玉树花飞⑥。燕舞莺啼，王谢堂前⑦，待得春归。

注释

① 此曲为咏史曲，这首的境界可以和咏史的诗词媲美。丽华，张丽华，南朝陈后主的宠妃，后主建筑临春、结绮、望仙三阁，二人在其间游宴无度，破国后被杀。

② 南朝六代：指三国时期的吴国、东晋以及南朝的宋、齐、梁、陈都在建康（今江苏省南京市）建都，史称六朝。

③ 台城：六朝君主居住的地方，故址在南京市鸡鸣山北。

④ 刘禹锡《石头城》有“山围故国周遭在，潮打空城寂寞回”，这里是作者暗用。

⑤ 胭脂井：又称辱井，陈朝景阳宫内的景阳井，陈后主和张丽华曾躲在此井内，因此后人称它为胭脂井。金陵：南京。

⑥ 陈后主作《玉树后庭花》曲，其词哀怨凄惨，被称为亡国之音。杜牧《夜泊秦淮》有“商女不知亡国恨，隔江犹唱后庭花”。

⑦ 燕舞莺啼，王谢堂前：化用刘禹锡《乌衣巷》“旧时堂前王谢燕，飞入寻常百姓家”一句，王谢是金陵城两大家族。

赏析

此曲是典型的咏史怀古之作。作者站在前朝遗址前，感叹着朝代频繁更迭。当年作为都城的金陵繁荣昌盛，车水马龙，大抵也如柳永词里描写的钱塘那样“市列珠玑，户盈罗绮，竞豪奢”吧，甚至作为都城，应该更庄严而有气象，而今却只是断壁残垣。夕阳斜照，河水流转，青山仍在，一片废墟之中，只有宫殿的遗址还在。金陵城内，当初陈后主躲进的水井周围长满了萋萋芳草，后庭玉树落花纷飞。当年那些显赫一时的世家大族已成云烟，只剩下春日里燕子飞舞，黄莺鸣啼。此曲以陈后主和张丽华的典故起题，通过旧时繁盛与今时萧条的对比，在抒发时光流逝、物是人非的怀古之情的同时，借此隐晦地评判统治者只知道贪图享乐、醉生梦死，最终落得将江山拱手送与他人，国破家亡的下场。

[双调]殿前欢[1]

沙三伴哥[2]来嗏[3]，两腿青泥，只为捞虾。太公[4]庄上，杨柳阴中，磕破[5]西瓜。小二哥昔涎剌塔[6]，碌轴[7]上淹着个琵琶。看荞麦开花，绿豆生芽。无是无非，快活煞庄家[8]。

注释

① 这首《殿前欢》按题材可归为田园一类，与田园诗相比较，亦有雅俗之别，是元曲中典型的“化俗为雅”。卢挚这首曲用了大量的俚语村言，是元曲天然的调料，而且洋溢着浓郁质朴的农村生活气息，悠然自得。

②沙三伴哥：元曲中常见的农村青壮年名字，下文“小二哥”同。

③ 嗏：语气助词，呀。

④ 太公：元曲中对大户人家主人的称呼。

⑤ 磕破：砸开。本曲“沙三伴哥”三句和“太公”三句倒装，应该是杨柳荫中，磕破西瓜后，沙三伴哥才过来帮忙。

⑥ 昔涎剌塔：元人方言，嘴馋的样子。剌塔，可能同“邋遢”，肮脏的意思。

⑦ 碌轴：碌碡，一种农具，用来碾谷。这里的意思是小二哥躺在上面像琵琶一样。

⑧“无是”两句：表达对农村田园生活的赞美和向往，暗含作者对官场黑暗、钩心斗角的厌恶。

赏析

此曲生动描绘了田家生活的一个剪影：两位农家少年，一个叫沙三,一个叫伴哥。沙三伴哥过来了，两脚上满是青泥，原来是刚才捞虾去了。他们就在太公田庄的杨柳树阴底下，砸开西瓜大快朵颐。小二哥则在一旁馋得口水滴答流淌，他一翻身趴在碌碡上，活像一面扣着的琵琶。放眼看去，荞麦花开，绿豆生苗，岁月静好。没有是非争执，真是快活的农家生活。

“来嗏!”他们呼朋引伴，好不兴奋。“两腿青泥，只为捞虾”，一股子泥土气息扑面吹来，让人眼前一下子便浮现出这对大大咧咧的哥俩忘情捞虾的神态。捞罢虾，又热又渴，他们便一把将西瓜磕破。馋得一旁的小二哥“昔涎剌塔”。“碌轴上淹着个琵琶”十分巧妙。透过这个“淹”，读者能看到炎热天气里趴在碌轴上汗流浃背的小二哥，还能看到他口水横流的滑稽相。琵琶“颈长”，小二哥伸长脖子看人吃瓜的模样令人捧腹大笑。接着曲子的视角发生了变化，作者从旁观者变成了曲中人。“看荞麦开花，绿豆生芽”，只见阳光下的田野几点洁白、几点嫩绿，田野风光就像乡野少年一样，是那样朴素、美好、富有生命力。乡村生活这般可爱，令人称羡。作者在结句不禁发出赞叹：“无是无非，快活煞庄家。”

此曲语言通俗，农村情味十足。曲中这一幅幅动态的农村生活画，或一派生机，或宁静祥和，或妙趣横生，让人读来不禁想要一入画中游。

珠帘秀

［双调］寿阳曲

答卢疏斋①

山无数，烟万缕②，憔悴煞玉堂人物③。倚篷窗④一身儿活受苦，恨不得随大江东去⑤。

注释

①珠帘秀，姓朱，元代早期著名戏剧演员，与关汉卿、卢挚等作曲家都有词曲答赠，此曲为酬答卢挚《双调·寿阳曲》别珠帘秀而作，二人词曲中流露的情感本只当作游戏，但情感真挚，亦真亦假。珠帘秀现存一首小令、一套套数。其曲作语言自然，传情真挚。卢疏斋，即卢挚，疏斋为卢挚的号。

②烟万缕：并非一时有万缕烟，而是一路前行所见有万缕烟。

③玉堂人物：即卢疏斋，翰林院又叫玉堂，此时卢挚官居翰林。

④倚篷窗：靠着船窗思念情人。

⑤“随大江东去”一句：借用苏轼《念奴娇》“大江东去浪淘尽”。一说希望回到出发点，回到情人的身边；一说纵身大江随东流去，自身才好解脱这相思之苦。

赏析

此曲是歌伎朱帘秀给卢挚《别珠帘秀》的回曲，感情真挚，情真意切。由于社会地位悬殊，朱帘秀和卢挚的感情很难被社会承认，此曲便体现了“此恨绵绵无绝期”的“恨”。“山无数，烟万缕”直道眼前景色，同时也有起兴与象征的意义：无数青山横在情人中间，那缕缕云烟，是纷乱的情丝，也是赶不走的怅恨。第三句由景到人，“憔悴煞”云云正与卢作中的“痛煞”相呼应，表现出卢挚对自己的一片深情，也形象地道出了别离的辛酸。别离实苦，行舟将发，她“倚篷窗一身儿活受苦”，苦于牵肠挂肚，苦于爱而不得，苦于无计可施。作者痛苦难忍，便将这苦恼和盘托出，恨不得投身于江流，好一解这相思苦。就曲而言，这与古代的闺怨诗是一类，只不过元曲带着自然天真，活泼热烈的风格，因而此曲有“恨不得随大江东去”的直抒胸臆之效。而就本曲而言，或许朱帘秀和卢疏斋只是“以文为戏”，互相酬唱，并非相爱。史料不足，我们也只能就文赏文了！

姚　燧①

［中吕］满庭芳②

天风海涛，昔人曾此，酒圣诗豪③。我到此闲登眺，日远天高④。山接水茫茫渺渺⑤，水连天隐隐迢迢⑥。供吟笑。功名事了，不待老僧招⑦。

注释

①姚燧，字端甫，号牧庵，河南（今河南洛阳）人。文学家，善文，与虞集齐名。清人辑有《牧庵集》。

②此曲的隐逸情怀在元曲中常见，但此曲刚劲弘毅，境界已迫近于诗，是元曲中非常少见的。

③酒圣：能喝酒的圣贤。这里指的是竹林七贤中的刘伶，性嗜酒，蔑视宗法礼教，曾作《酒德颂》。诗豪：能写诗的英豪。《唐书·刘禹锡传》曰“（禹锡）素善诗，晚节尤精。与白居易酬复颇多，居易以诗名者，尝推为诗豪”。辛弃疾《念奴娇·双陆和陈和仁韵》曰“少年横槊，酒圣诗豪余事”。

④日远天高：既写登高所见，也是写仕途困难，一语双关。

⑤茫茫渺渺：形容山和水相接无边无际的样子。

⑥隐隐迢迢：形容水天相接、一望无际的样子。杜牧《寄扬州韩绰判官》曰“青山隐隐水迢迢，秋尽江南草未凋”。

⑦“功名”两句：奈何作者眼下要事缠身，等完成了国家大事，

不用招呼定自来。表现了作者想避世但是又放不下世俗大事的复杂情感。不待，不用。

赏析

狂风呼啸，阵阵惊涛，前人临此地，见此景，无一不是胸怀大志，想建立一番丰功伟业。而如今轮到自已，想的却是如此好去处，当作日后归隐之地。山山相连，模糊无边，到水便成模糊一线；而水面纵横千里，在穷尽处与天相接。场面阔大至此，作者却笔头一转，说等到功名、志向、梦想都实现，不用老僧招呼，自己就会告别世俗，退隐江湖。作为一首登高抒怀之作，一大亮点就在于对比：通过前人与自己的对比，与众不同的韵味陡然生出；通过积极入世和消极出世的对比，则突出了作者复杂矛盾的心理。他既想夺得功名，又想退隐山林，两种想法交织纠结，盘桓在作者心头。但置身于这壮阔的环境中，如此心结竟一时化作令人振奋的豪言壮语："功名事了，不待老僧招。"

[中吕]阳春曲①

笔头风月②时时过，眼底儿曹③渐渐多。有人问我事如何，人海④阔，无日不风波⑤。

注释

① 苏轼、辛弃疾等词人的作品中有很多的人生感叹，此曲的风格有点类似，可见词曲之间本无明显可分的疆界。此曲代表了文人曲的风格。

② 笔头风月：一说用笔描绘的清风明月，即用文艺形式来描绘美好景物；一说文学中所描绘的风花雪月，也指人间风流韵事。

③ 儿曹：儿女们，这里说的是晚一辈的青年。

④ 人海：人世间。

⑤ 风波：这里比喻人生的坎坷纠纷，特指仕途的困难。白居易

《除夜寄微之》曰“家山泉石寻常忆，世路风波子细语”。

赏析

此曲开头便是一声喟叹：韶华匆匆过。在这过程中有哪些事在悄悄发生变化呢？莫过于自己眼前，儿孙从无到有、从有到多、看到孩子们长大，作者不经意间也觉察到了岁月的足迹。“事如何”三字包含了官场差事，也包含了人间世事。“人海阔，无日不风波”，这里以风波喻指人生挫折，亦比喻作者仕途的艰辛。作者想表达的是：颠簸在黑暗凶险的现实环境中，“战战兢兢，如临深渊，如履薄冰”是人事常态，体现了作者对当时社会的不满，抒发了一代士大夫的苦闷之情。与一些感叹人生的文人词相似，此曲亦继承了感悟人生，抒发议论的风格。寥寥几句，道尽人世辛酸。

[中吕]醉高歌①

感怀

十年燕月歌声②，几点吴霜鬓影③。西风吹起鲈鱼兴④，已在桑榆暮景⑤。

又

十年书剑⑥长吁，一曲琵琶暗许⑦。月明江上别湓浦⑧，愁听兰舟夜雨。

注释

①姚燧共写了八首《[中吕]醉高歌》，这两首表达的都是对人生的感悟。大德五年，姚燧出任江东廉访使，当时他已年逾花甲，几经宦海风波，辗转于北方、南方，历尽风霜雨雪、悲欢离合，早已厌倦这种宦游生活，由此写下这曲《醉高歌·感怀》，表达自己渴望归乡的心情。

②十年燕月歌声：作者对自己大半生职场生涯的概括。“燕月歌声”是指作者在大都（北京）做官的一段高雅清闲的生活。北京为古燕国所在地。

③吴霜鬓影：指作者出任江东（今为江苏一带，古为吴国所在地）的一段生活，此时作者即将步入老年，所以说自己两鬓渐渐被吴霜染白了。

④“西风”句：晋代吴地人张翰到洛阳做官，有一天刮起了秋风，他忽然想起了菰菜、莼羹、鲈鱼脍等家乡味，于是立即备车回家（见《晋书·张翰传》）。此处指作者自己已有弃官归乡的想法。

⑤桑榆暮景：原来指日落景象，这里指人生晚年。

⑥书剑：指文人的宦游生涯。

⑦一曲琵琶暗许：白居易被贬江州后，一次碰到一位琵琶女，十分投机，作了一首《琵琶行》相赠，中有“同是天涯沦落人，相逢何必曾相识”句。许，赞许。

⑧溢浦：地名，今九江西面溢水入长江处。白居易《琵琶行》诗序中称为溢浦口。

赏析

姚燧是元代著名文臣，他虽入仕晚，却颇为通畅顺利，开头第一句“十年燕月歌声”便是此意。他数十年来一直享受着繁华舒适的生活，有诗有酒，高雅清闲，可以说这一大半仕途之中，不乏花前月下、对酌饮酒。但是在即将步入老年时，他突然被调到了江东做官，远离他乡。多年的宦海生涯，诗书相伴，最后却漂流他乡，实在令人唏嘘。简单两句，运用白描的手法，不仅抒发了对过去美好生活的感怀，也有对自己未来境遇的担忧。桑榆暮景，自己也垂垂老矣，听着画船外面落下的夜雨声，作者不禁悲愁交加，也萌生了想要归隐的想法。而事实上，姚燧仕途并没有一蹶不振，反而在去世之前，他的事业登上了高峰。即便致仕之后，也依旧门庭若市。这种现实的美满与曲中落魄的心境形成一个令人惊讶的对比，甚至让人觉得文人是不是有时也有些“酸”。

陈草庵

［中吕］山坡羊[1]

叹世

晨鸡初叫，昏鸦争噪，那个不去红尘[2]闹。路遥遥，水迢迢，功名尽在长安道，今日少年明日老。山，依旧好；人，憔悴了！

又

江山如画，茅檐低凹。妻蚕女织儿耕稼。务桑麻，捕鱼虾，渔樵见了无别话。三国鼎分牛继马[3]。兴，也任他；亡，也任他。

注释

① 陈草庵，名英，字彦卿，号草庵，大都（今北京市）人，生平事迹不详，元代散曲作家。曾任监察御史、中丞等职。今存小令 26 首，《［中吕］山坡羊》皆以叹世为题，表达的都是愤世嫉俗之情。

② 红尘：佛家称人世间为红尘，这里指飞扬的尘土，形容都市的繁华热闹，也比喻名利场。

③ 三国鼎分牛继马：三国鼎分，指东汉王朝覆亡后出现的魏、蜀、吴三分鼎立的局面。牛继马，据《晋书·元帝纪》，司马氏建立的

西晋王朝覆灭后，在南方建立东晋王朝的元帝，是他母亲私通牛姓的小吏所生。

赏析

两曲都存在一个鲜明的主旨，即感叹尘世功名兴衰的虚幻本质，强调现实生活的重要性。

第一曲以汲汲追逐功名者为讽刺对象，富于理趣。“晨鸡初叫，昏鸦争噪”起笔二句，切入人们朝夕奔波为功名的镜头，“初”可见人们启程之早，求名之切。时间转眼就到了黄昏，昏鸦争噪不休，像极了人们竞相追逐功名时的丑态。大家就是这样从早到晚，疲于奔命。“那个不去红尘闹”，哪个学生不希望在科场上扬名立万呢？科考之路遥遥万里，艰难困苦，寒窗苦读十年只为一朝青云直上，故代代不乏向“长安道”上奔忙的人。但今日是鲜衣怒马、意气风发的少年，转眼就可能是明日黄花。山景水景不会变化，而人却在这种折磨中憔悴消瘦了！“山，依旧好”二句，使上下文形成鲜明对照。青春易逝，如果为了获得功名去消耗韶华，甚至失掉本性。如此“获得”，又有何意义呢？

第二曲描写的则是其乐融融的农家田园生活，也象征着文人对归隐山林，悠然自适的渔樵生活的期待。不妨把第二曲理解为第一曲的延伸，当那个执着于功名利禄的青年人顿悟之后，选择了平淡而幸福的生活时，栖身茅檐之下，眼里江山如画，看着妻儿劳作，自己亦乐在其中。此时的天下兴亡、官帽文章，无非是与他了不相干的玩意儿罢了。

奥敦周卿

［双调］蟾宫曲①

西湖烟水茫茫，百顷风潭②十里荷香③。宜雨宜晴，宜西施淡抹浓妆④。尾尾⑤相衔画舫，尽欢声无日不笙簧。春暖花香，岁稔⑥时康。真乃上有天堂，下有苏杭。

注释

① 奥敦周卿（生卒不详），女真族人，名希鲁，字周卿，号竹庵。周卿本人历官怀孟路总管府判官、侍御史，河北河南道提刑按察司佥事。为元散曲前期作家，与杨果、白朴有交往，相互酬唱。今存小令二首、套数三曲。《太和正音谱》列为“词林英杰”。元灭南宋后，杭州成为元贵族的天堂，他们日日在西湖畔游嬉，这首《蟾宫曲》反映了这一历史。

② 百顷风潭：指西湖水域广阔。

③ 十里荷香：化用柳永《望海潮》“重湖叠巘清嘉。有三秋桂子，十里荷花。羌管弄晴，菱歌泛夜，嬉嬉钓叟莲娃”。

④“宜雨宜晴”两句：化用苏轼《饮湖上初晴后雨》“水光潋滟晴方好，山色空蒙雨亦奇。欲把西湖比西子，淡妆浓抹总相宜”。

⑤ 尾尾：指画船数量多，连绵不断。

⑥ 稔：庄稼成熟，这里指丰收。

赏析

西湖水域开阔，荷花也越开越多，空气里带着水汽与荷香。一眼望去，莲叶接天，粉红的荷花一朵紧挨着一朵。湖上笼着一层薄雾，水与花与叶，都在这雾气里若隐若现。置身其中，仿若画中。这便是西湖，或雨或晴，或浓或淡，怎样都是美的。“上有天堂，下有苏杭”，想来仙境也不过如此吧。画船首尾相接，水光潋滟中一片欢乐。笙簧乐器声，人群喧闹声，船行水动声，四面八方的声音在共谱愉快的西湖交响曲。这里有沁人的花香，有柔和的阳光，有宜人的温度；这里庄稼丰收，这里人民富足，真真可拟人间天上！作者通过细致生动的景物描写，抒发了对西湖的喜爱之情。历代对西湖的赞美层出不穷，此曲当以情感真挚，节奏明快胜出。

关汉卿

[双调]大德歌[1]

夏

俏冤家[2]，在天涯[3]，偏那里绿杨堪系马[4]。困坐南窗下，数[5]对清风想念他。蛾眉[6]淡了教谁画，瘦岩岩[7]羞带石榴花[8]。

秋

风飘飘，雨潇潇，便做陈抟[9]睡不着。懊恼伤怀抱，扑簌簌[10]泪点抛。秋蝉儿噪罢寒蛩儿叫[11]，淅零零[12]细雨打芭蕉。

注释

① 关汉卿，字汉卿，号已斋（一斋、已斋叟），汉族，解州（今山西省运城）人，另有籍贯大都（今北京市）和祁州（今河北省安国市）等说。元杂剧奠基人，“元曲四大家”之首，与白朴、马致远、郑光祖并称为“元曲四大家”。杂剧的成就最大，今知有67部，现存18部，著名的有《窦娥冤》《单刀会》等。今存散曲40多首，套数10多首，被誉为“曲圣”。

② 俏冤家：对情人的亲昵称呼。

③ 在天涯：在远方。《古诗十九首》曰：“相去万余里，各在天

一涯。”

④“偏那”句：偏偏只有那里留得住。张耒《风流子》曰：“遇有系马，垂杨影下。”

⑤数：多次，频繁。

⑥蛾眉：女子弯弯的长眉毛。这里用汉代张敞给妻子画眉的典故，比喻夫妻感情好。

⑦瘦岩岩：瘦弱的样子。

⑧石榴花：一种红色的花。

⑨陈抟：五代末、北宋初的著名道士。字图南，自号扶摇子，曾修道于华山，宋太宗赐号“希夷先生”。每睡常达百多天。这里用陈抟能睡反衬女子睡不着。

⑩扑簌簌：形容眼泪直流的样子。

⑪秋蝉、寒蛩：秋天里容易使人唤起愁思的两种昆虫。蝉，知了；寒蛩即蟋蟀。诗人喜欢用这两种昆虫来点染愁思。

⑫“淅零零”句：下着蒙蒙细雨。细雨打芭蕉，暗用李煜《长相思》一句“秋风多，雨相和，帘外芭蕉三两窠。夜长人奈何”。

赏析

两首曲都描写了闺中少妇思念远方情人的场景。曲一的女主人公将自己的情人亲昵地称呼为“俏冤家”，“冤家”本就带着嗔怒的意思，加上“俏”字，更能体会到女主人公甜蜜地埋怨情人未归的心情。她慵懒地坐在南窗下，对着飘拂过来的清凉微风，不禁恍惚出神——远方的他，是否已经转移心意了呢？他不在身边，滚烫的思念只能说给风听。她对着镜子又想起他，以后蛾眉淡了该谁来画？这无处不在的相思之苦将她折磨得面容憔悴，竟不好意思再带上那朵明艳艳的石榴花了。

曲二相对曲一心情更为沉重，开头便描写了风雨之中，女子躺在床上无法入睡的愁苦心绪。她看着空荡荡的床铺，泪一股脑地落下。寒蝉凄切，窗外的夜雨一点一点拍打在芭蕉叶上，也拍打着女主人公本就哀怨痛苦的心。

[双调]大德歌

双渐苏卿①

绿杨堤，画船儿，正撞着一帆风赶上水。冯魁吃的醺醺醉，怎想着金山寺壁上诗？醒来不见多姝丽②，冷清清空载明月归。

又

郑元和③，受寂寞，道是你无钱怎奈何。哥哥家缘破，谁着你摇铜铃唱挽歌。因打亚仙门前过，恰便是司马泪痕多。

注释

① 据《永乐大典》卷二四〇五“苏”字韵记载，庐州苏小卿与书生双渐相爱。双渐求官，久而不还。鸨母受江西茶商冯魁的银子，将小卿卖与冯魁。双渐状元及第后，寻访小卿，知被冯魁骗走，张帆追赶，至金山，见苏小卿事先留在寺中的书信，便一夜千里赶到临安，终于夺回苏小卿，结为夫妇。后双渐苏卿多为咏男女爱情至死不渝的典故。此曲以此佳话为题，富有趣味。

② 多姝丽：美女的意思，这里指苏小卿。

③ 书生郑元和，奉父命上京应试。在京城结识了李亚仙，双方爱上了。后来郑元和床头金尽，鸨母设计甩开了他。郑元和贫病交迫，幸被东肆主所收容，教他学唱挽歌。一日，东西两凶肆比赛挽歌，郑元和登台歌唱，恰被他上京任职的父亲认出。郑父憎恨元和的堕落，把他打至气绝，抛尸郊外，被路过的乞儿救活，于是沦为乞丐。在偶然的机会里，李亚仙认出了郑元和，十分悲恸。她不顾鸨母的阻挠，把郑元和迎回家里，尽心调养，又激励他发愤读书，结果考上状元。郑父知道了李亚仙对郑元和的态度，也很感动，不以她为嫌，娶她为媳。

赏析

两曲再现了两个过程凄惨、最后却有情人终成眷属的故事。曲一描写苏小卿和书生双渐相恋的爱情故事，首句“绿杨堤，画船儿”通过描写双渐寻找恋人苏小卿时周围景观而引出话题。绿杨堤边，河水载着疾速行驶的画船儿前进，书生立在船头，心急如焚。那地主冯魁正醉醺醺地喝着酒，酩酊大醉，丑态尽出。他脑子尚不清醒，又怎会知悉苏小卿为自救而在金山寺留的书信呢？他醒来时已人财两空，美女被书生救走了，只能对着冷冷清清的明月离去。另一曲从郑元和沦为乞丐、身无分文、摇着铜铃儿唱挽歌时写起。心灰意冷之时，他再次遇见了李亚仙。山回路转，在她的帮助与鼓励之下他再次应试，考上了状元。而历经磨难之后，两人最终成了眷侣。作者通过两则故事，讴歌了世间纯洁的爱情。

［中吕］普天乐崔张十六事①

张生赴选

碧云天，黄花地，西风紧，北雁南飞②。恨相见难，又早别离易。久已后虽然成佳配，奈时间怎不悲啼？我则厮守得一时半刻，早松了金钏，减了香肌③。

封书退贼

不念《法华经》，不理梁皇忏④，贼人来至，情理何堪？法聪待向前，遍把贼来探，险把佳人遭坑陷，消不得小书生一纸书缄，杜将军⑤风威勇敢，张秀才⑥能书妙染，孙飞虎⑦好是羞惭。

注释

①旧有王实甫作《西厢记》，关汉卿续之说，对照《[中吕]普天乐崔张十六事》来看，关汉卿所作之词确实和《西厢记》有关系。

②“碧云”句：王实甫《西厢记·长亭送别》曰“碧云天，黄花地，西风紧。北雁南飞。晓来谁染霜林醉？总是离人泪”。黄花，菊花；西风，秋风。此句以深秋景致来烘托离别情绪，绘声绘色。

③王实甫《西厢记·滚绣球》曰“恨相见得迟，怨归去得疾。柳丝长玉骢难系，恨不倩疏林挂住斜晖。马儿迍迍的行，车儿快快的随。却告了相思回避，破题儿又早别离。听得道一声‘去也’，松了金钏；遥望见十里长亭，减了玉肌。此恨谁知！”

④《法华经》：著名佛经之一。梁皇，南朝梁武帝信佛，所以这么说。

⑤杜将军：杜榷，《西厢记》中的人物，张生好友，外号“白马将军”，平定了孙飞虎之乱。

⑥张秀才：张生。

⑦孙飞虎：《西厢记》中的人物。山寇，曾兵围寺院逼莺莺成婚，崔夫人声称愿将女儿嫁给献计退兵者，张珙修书请白马将军退敌。

赏析

旧有关汉卿为《西厢记》续曲一说，学界争论颇多。从关汉卿写《[中吕]普天乐崔张十六事》来看，可见二者确有关系。曲一将场景放在两人离别之时，不得不令人想起《西厢记》中，长亭送别时的那曲《端正好》：“碧云天，黄花地，西风紧。北雁南飞。晓来谁染霜林醉？总是离人泪。”碧云天、黄花地，秋风萧瑟。北方的大雁因天气寒冷纷纷南飞，两人相处的时间本就不长，相见一面更是难上加难，离别却甚是轻易。零落冷清的秋景更衬出人凄凉落寞的心境。女主人公愁容满面，就连那用来装饰的金钏也无心带上。曲二先描写了鲁智深式的勇武和尚法聪自告奋勇，携带张生的信冲出重围，去寻找白马将军。紧接着便是歌颂才子佳人故事，道明情节：虽然被贼人孙飞虎包围，但在张生好友杜将军的帮助下，他们突出包围，而张生和崔莺莺最终还是在一起了。两曲似乎是《西厢记》的场景和说明，关汉卿用自己的语言，刻画了相爱之中不舍分离的崔张二人，同时也在叙述事件经过中，体现了其站在二人爱情一边的想法，歌颂了二人艰难的爱情和支撑起这爱情的勇气。

［双调］沉醉东风①

咫尺②的天南地北，霎时间月缺花飞③。手执着饯行杯，眼阁④着别离泪。刚道得声保重将息⑤，痛煞煞教人舍不得，好去者前程万里⑥。

又

忧则忧鸾孤凤单⑦，愁则愁月缺花残，为则为俏冤家，害则害⑧曾惯，瘦则瘦不似今番，恨则恨孤帏绣衾寒⑨，怕则怕⑩黄昏到晚。

注释

①《［双调］沉醉东风》共四首，离愁、相思的题材为词曲共有。词多深情委婉，曲多直率淋漓，从这两首曲可见元曲之风味。

② 咫尺：周制八寸，这里意距离之近。

③ 霎时间：形容时间之快，带有命运悲剧猝不及防袭来的惊心意味。黄庭坚《滚绣球》曰“霎时间，雨散云归，无处追雪”。古人以“花好月圆”比喻男女美满相聚，这里用“月缺花飞”比喻离别之苦。

④ 阁：通“搁”，这里指含着。

⑤ 将息：休息，好好调养。李清照《声声慢》中曰“乍暖还寒时候，最难将息”。

⑥ 痛煞煞：痛苦状态。好去者：好好地去着。“者”即着。马致远《耍孩儿·借马》中曰“道一声好去，早两泪双垂”。

⑦ 忧则忧：担忧的是。则，相当于现代汉语中的“只”，在元曲中常见。鸾凤：用来比作夫妻。卢绪《催妆》诗曰：“今日幸为秦晋会，早教鸾凤下妆楼。”

⑧ 害则害：害上相思病。

⑨ 孤帏绣衾：孤单的罗帐，绣花的被子。

⑩ 这里化用李清照《声声慢》中“守着窗儿独自，怎生得黑？梧桐更兼细雨，到黄昏、点点滴滴。这次第，怎一个愁字了得！”

赏析

开头两句便带出了作者的时空感受。“咫尺的”与“霎时间”，“天南地北”与“月缺花飞”，一个是空间上的对比，一人在南一人在北，相隔万里；一个是时间上的对比，通过月残花飞的景象来表达时光易逝。为男子饯行的女子只能强忍热泪，手执酒杯，忍痛对情人说着保重休息的话。她本不舍、不想离别，但最后还是理智战胜了情感，她强颜欢笑，祝自己的情人鹏程万里。一个深明大义、痴情专一的女子形象跃然纸上。曲二则整首都运用了类似的句式，读来朗朗上口、生动明快，用清晰的笔墨将女子的忧、愁、苦、痛描写得淋漓尽致。丈夫离去之后曾经美好恩爱的生活已成过往，下次再见面也不知是何时。相思催人憔悴，自己一人住的闺房冷冷清清，但也无他法，她只能带着恐惧和担忧，独自守着窗儿，看黄昏来临，暮色渐暗。

［南吕］四块玉①

闲　适

旧酒投，新醅泼②，老瓦盆③笑呵呵，共山僧野叟闲吟哦。他出一对鸡，我出一个鹅，闲快活。

又

南亩耕④，东山卧⑤，世态人情经历多。闲将往事思量过，贤的是他，愚的是我，争什么⑥？

注释

①《[南吕]四块玉》共四首，皆以“闲适”为题，表达了作者摒弃功名利禄、崇尚隐居乐道的思想。

② 投：本作“酘”，指再酿之酒。醅泼：醅指未滤过的酒；泼，倾倒，这里是斟酒的意思，“新醅泼”是说新酒也酿出来了。

③ 老瓦盆：粗鄙的盛酒器。杜甫《少年行》中曰：“莫笑田家老瓦盆，自从盛酒长儿孙。”

④ 南耕：一说用诸葛亮躬耕南阳的典故。一说典出《诗经·豳风·七月》“同我妇子，馌彼南亩，田畯至喜”。一说出自陶渊明《归园田居》“开荒南野际，守拙归园田”。

⑤ 卧：这里用东晋谢安隐居东山的典故。后来人们常用“东山高卧”来形容隐居者高洁的隐居生活。

⑥“闲的”句：正话反说，表达愤懑不满之情。

赏析

幽静的田野乡村中，主人公拿着简陋的酒器乐呵呵地给自己倒着酒，与那山间归隐的老僧把酒言欢。一个人带来一对鸡，另一个人带来一只鹅，切碎煮熟之后又是一顿佳肴。没有钩心斗角，没有你死我活，安静闲适，快活赛神仙。曲二以诸葛南耕和东山高卧的典故起题，开篇便直言作者所经历的世态人情。他看惯了大风大浪，也厌恶了尘世污浊。他沉下心来，放空大脑，回忆往事。思来想去，他又不觉流露出一丝嘲讽。“贤良”的是那些小人，“愚昧”的反而是我这种正人君子，我又去和他们争些什么呢？两首曲都表达了作者想归隐山林，与隐者饮酒作乐的心情。追求功名利禄太过疲惫，与其为功名所累，不如隐居起来，落个清闲快活。

［双调］碧玉箫[1]

怕见春归，枝上柳绵[2]飞。静掩香闺，帘外晓莺啼[3]。恨天涯锦字[4]稀，梦才郎翠被知。宽尽衣[5]，一搦[6]腰肢细；痴，暗暗的添憔悴。

又

秋景堪题[7]，红叶满山溪。松径[8]偏宜，黄菊绕东篱。正清樽斟泼醅[9]，有白衣劝酒[10]杯。官品极[11]，到底成何济！归，学取他渊明醉。

注释

①《［双调］碧玉箫》共十首，写闺怨，写闲情。

② 柳绵：柳絮，柳花。苏轼《蝶恋花》：“枝上柳绵吹又少，天涯何处无芳草。”

③ 帘外晓莺啼：金昌绪《春怨》曰“打起黄莺儿，莫教枝上啼。啼时惊妾梦，不得到辽西”。

④ 锦字：用锦织成的字，泛指情书。晁补之《回文词》曰：“织成锦字纵横说，万语千言皆怨别。”

⑤ 宽尽衣：柳永《蝶恋花》曰“衣带渐宽终不悔，为伊消得人憔悴”。这里说离别人相思，相思人消瘦。

⑥ 一搦：一握，形容腰肢盈盈一握，十分细小。《韩非子·二柄》中曰：“楚灵王好细腰，而宫中多饿人。”后来多用细腰形容美人。

⑦ 堪题：值得写。

⑧ 松径：指隐居的田圃。陶渊明《归去来兮辞》：“三径就荒，松菊犹存。”又《饮酒》诗曰：“采菊东篱下，悠然见南山。”

⑨ 泼醅：没有过滤过的酒。李白《襄阳歌》中曰：“遥看汉水鸭头绿，恰似葡萄初醱醅。”

⑩ 白衣劝酒:《宋书·陶渊明传》中曰“尝九月九日无酒，出宅边菊次从中坐，久，值（江州刺史王）弘送酒至，即便就酌，醉而后归”。白衣，给官府当差的。

⑪ 官品极：最高的官阶。

赏析

第一曲写的是闺中女子的怨恨、相思之情。首句以描写初春开头，女子害怕春天来到，惶恐不安，可时间不如她的愿，外面绿枝上柳絮已纷纷飞舞。她独自坐在闺房里，听着帘外黄莺动人的啼叫，只恨那远方的情书只能寄来几封，就连梦中也很难出现那个心心念念的人。相思使人憔悴，女主人公的腰肢只盈一握，清瘦异常。纵使相思入骨，女子却什么也不能做，只能暗自忧郁痛苦。

第二曲写的是作者行走于山间溪头，看红叶漫山遍野。“松径偏宜，黄菊绕东篱”一句，景物由红的叶转换成了青的松，黄的菊，色彩变得素淡，环境也越发幽静，作者再以“白衣”和“官品极”相对照，以轻蔑的口吻否定了争名夺利之徒，并把效法陶潜作为自己的归宿，表明了作者对于大自然的热爱和对污浊社会的嫌恶。从艺术手法上看，此曲对偶工整精美，音韵和谐流畅，作者于山林之间体味真意，抒情自然。

［仙吕］一半儿①

题　情

碧纱②窗外静无人，跪在床前心忙要亲。骂了个负心回转身。虽是我话儿嗔③，一半儿推辞一半儿肯。

又

多情多绪小冤家，迤逗④得人来憔悴煞。说来的话先瞒过咱。怎知他，一半儿真实一半儿假。

注释

①《一半儿》曲最后一句需重复用“一半儿”三字，关汉卿《[仙吕]一半儿》共四首，皆写得泼辣大胆，毫无顾忌，有情感浓烈的一面，也有情感隐秘的一面。这是由曲贵显露、重机趣，要求本色当行、雅俗共赏的艺术特点而决定的。

②碧纱：碧绿的窗帘。

③嗔：假装生气。

④迤逗：犹言，还说。

赏析

整首曲感情真挚、大胆泼辣。一般的闺房女子多是羞涩温柔的，可曲一中的女子却一反常态，火辣大胆。因帘外没人，男子便讨着和女子亲热。她赶紧“害羞地”推开男子，拒绝并骂对方是个“负心郎”，并回转过身，背对着他。女子虽然话里是嗔怪，但只是在假装生气，且半推辞半迁就，心里甚至是开心喜悦的。作者运用自我叙述的这种方式，也使这一复杂而耐人寻味的感情表现得更加真实可信。

第二曲整体风格俏皮。“小冤家”本就显得甜腻可亲，又加上形容词“多情多绪”，明面嫌弃实则喜欢，而女主人公也在情人的这种活泼可亲的状态下被迷得神魂颠倒。美中不足的是，情人的话半真半假，她一时也弄不清对方到底是真情实意还是虚与委蛇，让人倍感无奈。

两首曲一改闺中幽怨离愁的气氛，显得明朗爽快。当然，这也是元散曲的本色当行的形态。

庾天锡[1]

［双调］蟾宫曲

环滁[2]秀列诸峰。山有名泉，泻出其中[3]。泉上危亭，僧仙好事，缔构成功[4]。四景朝暮不同，宴酣之乐无穷，酒饮千钟[5]。能醉能文，太守欧翁[6]。

又

滕王高阁江干[7]。佩玉鸣鸾，歌舞阑珊[8]。画栋朱帘，朝云暮雨，南浦西山[9]。物换星移几番[10]，阁中帝子应笑，独倚危栏。槛外长江，东注无还。

注释

① 庾天锡，字吉甫，元大都（今北京）人，元代文学家，生卒年不详。曾任中书省掾，除员外郎、中山府判。著有杂剧《骂上元》《琵琶怨》《半昌宫》等 15 种，今皆不传。亦善作散曲。贯云石序《阳春白雪》，品评元朝当代乐府，曾把他和关汉卿并论，可以使我们大致了解他生活的时代和在创作上的成就。《全元散曲》录存其小令 7 首、套数 4 套。这两首《蟾宫曲》分别隐括欧阳修《醉翁亭记》和王勃《滕王阁》诗的语意而成，有怀才不遇、借酒浇愁之意。作者在自己和欧阳修之间发现了身世经历的相似之处。王勃的诗气势雄放，格调高昂，没有奢靡气息，抚昔追今，感慨年华易逝。庾天锡将之改编为曲，且保

留原诗风味，颇为不易。

②“环滁”句：此句概括了欧阳修《醉翁亭记》“环滁皆山也。其西南诸峰，林壑尤美，望之蔚然而深秀者，琅琊也”之景。

③“山有”两句：概括“行六七里，渐闻水声潺潺而泻出于两峰之间者，酿泉也”。

④“泉上”三句：概括“峰回路转，有亭翼然临于泉上者，醉翁亭也。作亭者谁？山之僧智仙也。名之者谁？太守自谓也”。

⑤“四景”句：概括“若夫日出而林霏开，云归而岩穴暝，晦明变化者，山间之朝暮也。野芳发而幽香，佳木秀而繁阴，风霜高洁，水落而石出者，山间之四时也。朝而往，暮而归，四时之景不同，而乐亦无穷也”。

⑥“能醉”两句：取“醉能同其乐，醒能述以文者，太守也。太守谓谁？庐陵欧阳修也”的语意。

⑦“滕王”句：在原句“滕王高阁临江渚”删改而成。滕王阁，故址在今江西南昌赣江滨，江南三大名楼之一。

⑧“佩玉”二句：由“佩玉鸣鸾罢歌舞”的语意改写而成。佩玉鸣鸾，身上佩戴的玉饰、响铃；阑珊，形容歌舞由盛而衰。

⑨“画栋”三句：改自“画栋朝飞南浦云，珠帘暮卷西山雨”一联。画栋，涂有彩画的栋梁；南浦，地名，在南昌市西南。浦，水边或河流入海的地方（多用于地名）。这一句写滕王离去后滕王阁冷清的状况。

⑩“物换”句：“物换星移几度秋”的改写。

赏析

两首《蟾宫曲》分别剪裁欧阳修的《醉翁亭记》和王勃的《滕王阁》诗。和欧阳修相似的身世经历让作者心情百味杂陈，他几经贬谪，仕途一直不顺。王勃也是怀才不遇，英年早逝。古往今来，此二人激起了人们无数叹息。作者将二人的诗、散文改编成曲，曲的特质让行文之间节奏顺畅，似泉水一般涌出而没有阻碍，可见作者深厚的文字功底。或许对作者来说，伯乐不曾遇到，以后可能也遇不到，而这种对未来迷茫、对仕途失去信心的怀才不遇的心境，大抵在这两首曲子中可以体现。文学创作，对古代文人而言，很大程度上承担着纾解忧愁、自我宽慰的功能。或许写下此曲，作者郁闷的心情才能得到稍稍缓解吧。

［双调］雁儿落过得胜令①

《雁儿落》春风桃李繁，夏浦荷莲间，秋霜黄菊残，冬雪白梅绽②。《得胜令》四季手轻翻，百岁指空弹。谩说周秦汉，徒夸孔孟颜。人间，几度黄粱饭。狼山③，金杯休放闲。

注释

① 此为带过曲。元曲制作中，用两三个同一宫调的小令连缀在一起以表达一个共同的内容，这种格式称为“带过曲”。带过曲是同一宫调的曲牌带过另一个曲牌，其作用主要是补充词意表达上的不足。带过曲往往形成习惯性的兼带关系。某一曲牌常带某一曲牌，它们一般押同一个韵部的字。带过曲与重头或幺篇不同，后者是同一曲牌的重复。带过曲之间通常空一格。

②“春风”四句：这四句为连璧对，连璧对为元曲巧体之一，在诗词中罕见。

③狼山：紫琅山，在江苏省南通市东南，风光旖旎，名胜古迹多。

赏析

四季轮转，几百年的岁月只在弹指一挥间。作者先是描写四时之景，从春到冬概括了四时不同特点的场景，让人仿佛置身其中。接着引出作者对时光的感慨，人活在这世上，不就是吃了几碗黄米饭吗？如此更要珍惜现在的时间，做一些有意义的事情，看看那山河秀丽，品品那百味风光。此曲词语选择精确，寥寥数笔就呈现出一幅壮阔的四时之景图，足见作者笔力。

王德信①

［中吕］十二月过尧民歌

别 情

《十二月》自别后遥山隐隐，更那堪远水粼粼②。见杨柳飞绵滚滚，对桃花醉脸醺醺③。透内阁④香风阵阵，掩重门⑤暮雨纷纷。《尧民歌》怕黄昏忽地⑥又黄昏，不销魂⑦怎地不销魂。新啼痕压旧啼痕，断肠人忆断肠人。今春，香肌瘦几分？缕带宽三寸⑧。

注释

① 王德信，字实甫，大都（今北京市）人，元代诗人，著名戏曲作家，杂剧《西厢记》的作者。王实甫与关汉卿齐名，其作品全面地继承了唐诗宋词精美的语言艺术，又吸收了元代民间生动活泼的口头语言，创造了文采璀璨的元曲词汇，成为中国戏曲史上“文采派”的杰出代表。著有杂剧 14 种，现存《西厢记》《丽春堂》《破窑记》3 种。《破窑记》写刘月娥和吕蒙正悲欢离合的故事，有人怀疑不是王实甫的手笔。另有《贩茶船》《芙蓉亭》两种，各传有曲文一折。此曲为连环体，为元曲巧体之一，如“黄昏忽地又黄昏”“断肠人忆断肠人”，与诗词趣味迥别。

② 粼粼：形容水清澈流动。

③ 对桃花醉脸醺醺：面对着如喝醉酒那样鲜红脸色的桃花。醺醺，形容醉态。这里暗用崔护的“去年今日此门中，人面桃花相映红”。

④ 内阁：深闺处。

⑤ 重门：一重一重的门，形容富贵人家庭院深。

⑥ 怕黄昏：害怕黄昏引发的孤独寂寞之感。李清照《声声慢》中曰：“梧桐更兼细雨，点点滴滴，这次第，怎一个愁字了得。”忽地：形容时间快。

⑦ 销魂：过于深情呈现出来的痴呆状态。江淹《别赋》中曰：“黯然销魂者，唯别而已矣。”

⑧ “香肌”句：化用柳永《蝶恋花》中“衣带渐宽终不悔，为伊消得人憔悴”。形容因离别而相思，因相思而消瘦。

赏析

此曲体现了王实甫一贯的特点，描写相思之情如写花间美人，委婉深情；同时重复运用叠字，让曲中景物都浸满了离愁之情。开头以离别起题，隔断主人公与情人的不是一两座山，而是重重山。离别后不知何时能再见，之间远去的水面波光粼粼。杨柳依依，“柳”又与“留”谐音，亦凸显出作者的依依不舍之情。情人的脸似二月桃花，羞涩的样子尤显可爱。“透内阁”与“掩重门”形成对比，过去是两人相互依恋，而今却是暮雨纷纷，凄凉之景更深一重。新的泪痕掩盖住旧的泪痕，断肠人也在深深思念着另一个断肠人。不知到了今年春天，人该瘦了几分？大概“缕带宽三寸”吧。

马致远①

［南吕］金字经

夜来西风里，九天雕鹗飞②，困煞中原一布衣③。悲，故人知未知，登楼意④，恨无上天梯⑤。

注释

① 马致远，一说字千里，号东篱；一说名不详，字致远，晚号东篱。元大都（今北京）人，原籍河北省东光县马祠堂村，著名戏曲家、作家、散曲家、杂剧家，被后人誉为“马神仙”，还有“曲状元”之称，与关汉卿、郑光祖、白朴并称“元曲四大家”，其作品《天净沙·秋思》被称为秋思之祖。马致远所作杂剧今知有 15 种，《汉宫秋》是其代表作，散曲 120 多首，有辑本《东篱乐府》。《［南吕］金字经》共三首，表现了作者怀才不遇的愤懑之情。

② 九天：九重天，形容极高的天空。李白《望庐山瀑布》有“飞流直下三千尺，疑是银河落九天”。鹗：一种猛禽，即鱼鹰。孔融《荐祢衡表》中曰“鸷鸟累百，不如一鹗”。后来以推荐人才为“鹗荐”，这里是作者以雕鹗自喻。

③ 中原：泛指黄河中下游地区。布衣：旧时指尚未得到官职的知识分子。诸葛亮《出师表》有“臣本布衣，躬耕于南阳”。

④ 登楼意：汉末王粲以西京丧乱，避难荆州，未能得到刘表的赏识，于是作《登楼赋》，抒发其才能得不到施展的慷慨之情。作者与其

心意相通。

⑤ 天梯：攀往天上的梯子，暗指被朝廷任用。范成大《奠唐少梁晋仲兄墓下》有“青云何处用丹梯”。

赏析

自古以来，怀才不遇就是引起无数文人共鸣的话题。在马致远的这首曲里，怀才不遇、愤懑不平的心情更是抒发得痛快淋漓。夜晚，风裹着秋天的寒意吹入骨髓，他的心却比秋风还冷。九重天上，雕鹗展翅飞翔，多令他羡慕。想到只能当个贫苦布衣，悲伤就不断涌来，未来的人生又该是怎样呢？此情此景，正像那东汉登高作赋的王粲，才华自不必说，却因没有机遇，终生未得到重用。作者只怨恨没有赏识他的人，致使远大志向不能实现。走上仕途实现抱负就像登天一般，太过艰难；更何况，他也没有遇见那个能给自己梯子的人。此曲选用的典故准确而简单，直白地抒发了作者心中无奈却又愤懑不平的心情，天梯一喻，十分生动巧妙，令人如见其处境。

[越调]天净沙

秋　思①

枯藤老树昏鸦，小桥流水人家②，古道西风③瘦马。夕阳西下，断肠人④在天涯。

注释

① 马致远因此曲被称为秋思之祖。

② 人家：农家，此句写出了作者对安详家庭的渴望。

③ 古道：年代久远的古老的驿道。西风：秋风。

④ 断肠人：痛苦到极致的人，这里指四处漂泊、无处可归的人。

赏析

这是写“秋思”的名曲，描绘的是一幅绝妙的秋思图。这幅图随着主人公的脚步，视线和思绪的变化徐徐展开。时已深秋，一位在他乡的“断肠人”还在外漂泊。西风凉，古道荒，他骑着瘦马缓缓向前。不知走了多久，他忽然发觉路边纠缠着枯藤的老树上已有乌鸦栖息，又到黄昏时候了。流水潺潺，桥那边出现了炊烟，是哪户人家在准备晚饭吧！可那不是他的家啊，看到小桥流水人家，自然想起了自己的家，也很想回家。可何日是归年呢？他只得继续在天涯漂泊。太阳落山了，他的心也暗淡了下来。作者以白描手法进行景物描写，把秋思写活了。其中精巧、考究的用词，有远有近的景物布局，无不叫人拍案。因此作者因这首小令被誉为“秋思之祖”，也就不足为怪了。

[南吕] 四块玉①

叹　世

两鬓皤②，中年过，图甚区区苦张罗③。人间宠辱都参破④。种春风二顷田，远红尘千丈波，倒大来⑤闲快活。

又

带月行，披星走，孤馆寒食⑥故乡秋。妻儿胖了咱消瘦。枕上忧⑦，马上愁⑧，死后休。

注释

① 马致远《[南吕] 四块玉》以叹世为题共9首，每首表达的都是避世的思想，但每首风格别致，各不相同。

② 两鬓皤：两鬓已经发白了。皤，形容白色。

③“图甚”句：何必为了小小的功名拼命地去张罗筹划。区区，形容极其微小，一说辛辛苦苦的意思。柳永《满江红》中曰“游宦区

区成底事，平生况有云泉约。”

④ 参破：领悟透。

⑤ 倒大：极大啊。赵必瑑《贺新郎》中曰“户外红尘飞不到，受人间倒大清闲福”。来：语气词。

⑥ 孤馆寒食：一个人冷冷清清地在旅馆里度过寒食节。寒食，寒食节，清明的前一天。

⑦ 枕上忧：睡梦中的担忧。徐再思《满江红》有“枕上十年事，江南二老忧，都到心头”。

⑧ 马上愁：坐在马上的忧愁，指在旅途奔波中引起的愁思。

赏析

二曲表达的都是作者在困窘时体悟到的世俗烦扰，希望得到解脱的情感。

在第一曲中，作者说人过中年两鬓斑白，容颜苍老，一事无成。忙忙碌碌了大半辈子，为了一点功名就抛弃所有，到头来却不过一场空。如此看来，为争抢名利而丢失本真不值。不如在春风时节，优哉游哉，下到几亩良田里耕种，这样离世俗羁绊远了，离自在快活就近了。

第二曲相对更显落寞冷清。作者愁绪万千，本想着寒食节与家人共度，到头来却是自己孤零零一人。陪伴自己的，只有月光和星光。此曲通过富有典型性的景物描写，加之主人公与妻儿的对比，凸显出了在外披星戴月的漂泊游子心中无尽的无奈与寂寞。躺着他愁，坐着他也愁，或许只有生命结束，这些愁才能随之结束吧。

[双调] 蟾宫曲①

叹 世

咸阳百二山河。两字功名，几阵干戈②。项废东吴③，刘兴西蜀④，梦说南柯⑤。韩信功兀的般证果⑥，蒯通言那里是风魔[7]。成也萧何，败也萧何[8]，醉了由他[9]。

注释

① 这首曲是元曲中豪放派的代表，也是马致远著名的曲子之一。本曲运用大量的历史典故，画龙点睛地做出推论，表达了对说不清是非功过的政治的反感之情。

②“咸阳”三句：指秦汉之际的战争。咸阳，秦国的都城，今在陕西省咸阳市东北大概20里处。百二山河，形容战国时期秦国地势险要，两万兵马可以挡一百万兵马。

③“项废”句：指项羽在垓下兵败刘邦，在乌江被逼自刎。项羽，名籍，字羽，楚国下相（今江苏宿迁）人。秦末义军领袖，灭秦后自立西楚霸王，后败于刘邦。

④ 刘兴西蜀：指刘邦被封为汉王，利用汉中及蜀中的人力物力，战胜项羽。

⑤ 梦说南柯：唐人李公佐小说《南柯太守传》记载，淳于生昼梦入大槐安国，被招为驸马，在南柯郡做二十年的太守，备极荣宠。后因战败和公主死亡，被遣归。醒来才知道是南柯一梦。所谓大槐安国，原来是宅南槐树下的蚁穴。这里感叹刘邦项羽也不过是一场幻梦罢了。

⑥“韩信”句：韩信，辅佐刘邦定天下，立下汗马功劳，是汉高祖刘邦的开国功臣，与张良、萧何并称“汉兴三杰”。但是后来他被吕后所害，诛夷三族。兀的般，这般，如此；证果，佛家语，谓经过修行证得果位，这里指结果。

⑦ 蒯通言那里是风魔：蒯通，汉初著名辩士，本名彻。韩信用蒯通计定齐地后，蒯通说韩信背汉自立，“三分天下，鼎足而居”，韩信不听。他怕受牵连，就假装风魔。后韩信为吕后所害被斩，临刑前叹曰：“悔不听蒯彻之言，死于女子之手。”风魔，疯疯癫癫的样子。

⑧ 成也萧何，败也萧何：萧何，刘邦最著名的谋士，曾向刘邦推荐韩信。韩信为刘邦立下汗马功劳，帮助刘邦建立汉室后，萧何建议除掉韩信，所以说“成也萧何，败也萧何”。

⑨ **醉了由他：大醉不醒，不管是非。这是一种十分悲凉的讽世和自嘲。**

赏析

咸阳一片山河，几百年间，反复几何。这片土地上满是战争的痕迹。在这里，刘邦曾依靠地利、人和取得胜利，败方项羽自刎乌江。然而，当烽烟散去，战争给人间留下的除了无数断壁残垣，再无其他。当初的英雄也早已被淹没在了历史的洪流之中。"梦说南柯"表达了自己对功名的看法，无论是在乌江畔自刎的项羽，还是功成名就的刘邦，事实上并无本质区别。他们消耗大量光阴去拼杀，去追逐名利，最终也不过是落得个"白茫茫大地真干净"。你看为汉朝立下汗马功劳的韩信，他有修成正果吗？蒯通又哪里是真的疯癫呢？韩信因为萧何的推荐受到重用，又因为萧何的建议被置于死地，被诛灭三族，世事无常令人唏嘘。作者最后发出感叹，既然无法预料到未来之事，不如享受当下，喝个酩酊大醉。短短一首曲子，包含了大量故事和反思，造语奇特，令人回味无穷。

[南吕]四块玉

临邛市①

美貌娘，名家子②，自驾着个私奔车儿③。汉相如便做文章士，爱他那一操儿琴，共他那两句儿诗④。也有改嫁时。

马嵬坡⑤

睡海棠⑥，春将晚，恨不得明皇掌中看。《霓裳》⑦便是中原患。不因这玉环，引起那禄山⑧，怎知蜀道难⑨？

注释

①这首《[南吕]四块玉》写的是司马相如和卓文君家喻户晓的爱情故事。临邛，今四川邛崃。西汉时的婚姻较宋元更加开放，在“私奔”“改嫁”上与后世的看法大为不同。马致远拿后世的标准嘲笑前代，故显得十分滑稽可笑。

②美貌娘，名家子：指卓文君。

③“自驾”句：指两人私奔。

④便做：不过是。一操儿：一首琴曲。琴曲名操。两句儿诗：指司马相如边弹琴边吟诵的《凤求凰》中的两句诗“凤兮凤兮归故乡，遨游四海求其凰”。

⑤此曲写唐明皇与杨贵妃终日嬉戏游乐，发出兴亡之叹。安史之乱时，唐明皇避难西蜀，在马嵬坡时遭遇兵变，唐明皇被迫赐杨贵妃自缢。两曲题一样，风格也类似，有一点诙谐色彩。

⑥睡海棠：比喻杨贵妃。

⑦《霓裳》:《霓裳羽衣舞》，杨贵妃擅长舞此曲。

⑧禄山：叛乱者安禄山。

⑨蜀道难：指安禄山攻入潼关，唐玄宗仓皇逃往四川之事。

赏析

二曲都选取了妇孺皆知的爱情故事。曲一中司马相如因才气纵横获得卓文君的青睐。宴会中，一曲《凤求凰》流传千古，最后两人成功私奔，正是所谓“琴挑文君”的故事。曲二描写杨贵妃被唐明皇赐死的爱情悲剧。大部分人都认为杨贵妃是那红颜祸水，如果没有杨贵妃，玄宗不至于沉迷后宫而不理朝政，安禄山或许就无法造反，如此也就没有后来唐明皇匆忙逃入西蜀的悲剧了。但历史从来不只有一个面向，具体历史事件中的孰是孰非，也只能由后人不断评判。我们所乐见和作为茶余饭后谈资的，却始终是人间的爱情故事。它们或喜或悲，都启发我们去期待，去反思。

［仙吕］青哥儿①

正　月

春城春宵无价，照星桥火树银花②。妙舞清歌最是他③，翡翠坡前那人家。鳌山④下。

五　月

榴花葵花争笑，先生醉读《离骚》⑤。卧看风檐⑥燕垒巢。忽听得江津戏兰桡⑦，船儿闹。

九　月

前年维舟寒濑⑧，对篷窗⑨丛菊花发。陈迹犹存戏马台⑩，说道丹阳寄奴来⑪。愁无奈。

十二月

隆冬严寒时节，岁功来待将迁谢⑫。爱惜梅花积下雪⑬。分付与东君略添些⑭，丰年也。

注释

① 马致远《［仙吕］青哥儿》共12首，分咏十二个月份，都表达了闲适之情。

②“照星桥”句：星桥，即银河；火树银花，各种各样、璀璨夺目的灯火。

③ 最是他：数他最好。

④ 鳌山：装饰成海龟负山样的巨型灯火。

⑤《离骚》：战国末期楚国伟大诗人屈原的代表抒情长篇。

⑥ 风檐：即屋檐。

⑦ 江津戏兰桡：江边渡口的人们在赛龙舟。兰桡，华贵的船。

⑧ 维舟寒濑：指把船停在秋天的港湾里。濑，指水回旋处。

⑨ 篷窗：船上开着的小窗户。

⑩ 陈迹：古迹。戏马台：在今江苏省徐州市铜山区南，刘裕曾在这里大宴宾客。

⑪“说道”句：寄奴是刘裕的小名。公元404年，桓玄篡晋，刘裕在京口起兵讨伐。

⑫ 岁功：一年四季地轮换。来：语气助词。迁谢：指到了尽头。

⑬“爱惜”句：古人认为用梅花上的雪烹茶，茶的味道最佳，所以古人常常把它扫下来保存起来。

⑭“分付”句：祈求上天再多下几场瑞雪。

赏析

马致远《[仙吕]青哥儿》共十二首，每首篇幅短小，分咏十二个月份。此处选取其中四首。这十二首曲主要描述了十二月中标志性的景致和风物，如正月里的焰火，五月的端午，赛龙舟等，曲词轻松欢快，表现了作者的闲适之情。

第一曲：此曲是作者以女性的口吻描写正月时与恋人约会的场景。整首曲子抒情色彩较浓。首句“春城春宵无价”，作者连用两个“春”字，隐晦地道出女子与情郎约会时的愉悦心情。接着是一句景物描写，“照星桥火树银花”。星桥，即星河；火树银花，即正月时庆祝新年所放的绚烂烟花。这里为下句两人相遇交代了背景。“妙舞清歌最是他，翡翠坡前那人家。鳌山下”这三句中，前一句是女子的自语，女子眼里，情郎永远是最俊俏的，因此“火树银花”“妙舞清歌”再美丽，也不及“他”一半耀眼。后两句点明了男子居住的地方，而两人是否在此相会，作者没有明说，给读者留下了想象的空间。

第二曲：五月正是惠风和畅，风调雨顺的好时节。作者闲来无事，坐在床榻上读书，看燕子衔泥筑巢。忽然，他被一阵锣鼓声惊醒。他向窗外望去，原来是渡口旁的人们正在赛龙舟呢。作者截取这样一组平常的生活镜头，向读者展现了五月平淡的美好。

第三曲：此曲作者的心情不似上几首闲适愉快，而是充斥着烦闷无奈之情。“前年维舟寒濑”，说明作者感到烦闷的时间和地点，“对篷窗丛菊花发”则说明作者愁绪发作时的状态。“陈迹犹存戏马台，说道丹阳寄奴来”两句写了同一个人物，即南朝君主刘裕。秋天萧瑟凋零，毫无生气，作者在伤秋悲秋之余，便不由想到了这位可悲可叹的英雄，于是以历史人物来寄托自己的愁思。最后一句“愁无奈”直接哀叹，心头有万千愁绪堆积，却不能排遣，实在是令人无奈至极。

第四曲：此曲写隆冬严寒时节，作者看到满天飞雪时的所思所想。首句点明时节，次句表达情感。第三句开始抒情，以冬日孤傲盛开的梅花为寄体，表达了作者对于梅花的赞美之情。“分付与东君略添些”一句，作者巧用“东君”典故，以衔接下一句的感叹。面对白雪皑皑的大地，作者想起“瑞雪兆丰年”的说法，便发出东君“略添些”的感叹，祈求上苍眷顾天下苍生。

［双调］寿阳曲①

远浦帆归

夕阳下，酒旆②闲，两三航③未曾着岸。落花水香茅舍晚，断桥头卖鱼人散。

潇湘夜雨

渔灯④暗，客梦回⑤，一声声⑥滴人心碎。孤舟五更家万里，是离人几行情泪。

江天暮雪

天将暮，雪乱舞，半梅花半飘柳絮⑦。江上晚来堪画处，钓鱼人一蓑归去⑧。

注释

①《寿阳曲》又名《落梅花》，总题为《潇湘八景》，共八首。

② 酒旆：即酒帘，招客用。

③ 航：渡船。

④ 渔灯：渔船上的灯火。诗词中常用渔火，张继《枫桥夜泊》中有“月落乌啼霜满天，江枫渔火对愁眠”。

⑤ 客梦回：旅客从睡梦中醒来。回，苏醒。

⑥ 一声声：这句说的是一滴滴的雨声唤起人们的愁思。温庭筠《更漏子》有“梧桐树，三更雨，不道离情正苦。一叶叶，一声声，空阶滴到明”。

⑦“半梅花”句：以梅花和柳絮来形容白雪。东晋时，谢安与家中子弟赏雪，谢安问道：“白雪纷纷何所似?”兄长谢郎说：“撒盐空中差可拟。”谢道韫说：“未若柳絮因风起。”因此以柳絮比喻雪。

⑧“钓鱼人”句：柳宗元《江雪》中有“孤舟蓑笠翁，独钓寒江雪”。张志和《渔父》有“青斗笠，绿蓑衣，斜风细雨不须归”。本句合这两首诗意而成。

赏析

第一曲：全曲写江边小镇渔民的恬淡生活。江村风光充满了诗情画意，“夕阳下”点明时间，“酒旆闲”点明地点。此时此地，几叶小舟漂荡着，将要归岸。流水浸染了花的香气。暮霭之中，几间竹篱茅舍依稀可见。“断桥头卖鱼人散”，直接略过渔船靠岸、渔人卸鱼的场景，写渔人在镇上卖鱼和归家的场面。寥寥数笔，一幅岁月静好的江村渔人晚归图就呈现在了读者的眼前。

第二曲：此曲写羁旅之愁。夜雨声声，让人美梦难成。江上的渔火昏暗，船上的人从梦中醒来。雨点敲打着船舱，一声声好似打在人的心上，客旅他乡的人越听越心碎。夜深了，雨声扰得人无困意，独倚孤舟，想着离家有万里之遥，这声声夜雨，恰如离人落不完的泪。最后一句“是离人几行情泪”是情感的集中爆发，运用比喻，生动地写出离人的悲切心伤。无边夜雨如离人愁，无边夜雨似离人泪，作者把滂沱夜雨声比作离人眼里滴出的伤心之泪，更显离人悲伤之深。这首曲子将雨、泪、情、景融为一体，语简意深，堪称精品。

第三曲：此曲不假雕饰，语言平白如话，风格清丽明快。“江天暮雪”亦为“潇湘八景”之一。情感与曲题呼应，写暮雪时分江上的景色。“天将暮，雪乱舞，半梅花半飘柳絮”展现了冬日独有的情境。在这样的情境中，“钓鱼人一蓑归去”，渔人归来，如入画中。全曲犹如一幅冬日山村水墨画，唯美自然。

白　贲[①]

［正宫］鹦鹉曲

依家鹦鹉洲边住[②]，是个不识字渔父。浪花中一叶扁舟，睡煞[③]江南烟雨。《幺》[④]觉来时[⑤]满眼青山，抖擞[⑥]绿蓑归去。算从前错怨天公，甚[⑦]也有安排我处。

注释

①白贲，字无咎，号素轩，祖籍太原文水（今属山西省），南渡后居钱塘（今浙江省杭州市）。善画，能散曲，是元散曲史上最早的南籍散曲家之一。白贲这首《鹦鹉曲》在当时颇负盛名，和者甚多。《鹦鹉曲》又名《学士吟》或《黑漆弩》，但白贲这首一出，后来多称为《鹦鹉曲》。

②侬：我。鹦鹉洲：湖北省武汉市汉阳区西南长江之中的一个小洲。

③睡煞：睡足。

④《幺》:《幺篇》之简称。北曲一般只有一段，若有后段即为前段的重复（略有变化），后篇即称《幺篇》。

⑤觉来时：醒来的时候。

⑥抖擞：唐宋方言，震抖之意。

⑦甚：实在，真。

赏析

此曲通过描写一个隐遁人物的闲散生活，透露出其对现实的不满，含蓄蕴藉。不但内容耐人寻味，此曲的写作手法也令人称道。一方面作者运用“父”字为韵脚，声调和谐。另一方面，这首曲子妙用了许多诗词名句，如首句中的“侬家”，令人想起《和渔父词》中“谁道侬家也钓鱼”；“不识字渔父”又同陆游的“我自是无名渔父”类似；而“浪花中一叶扁舟，睡煞江南烟雨”又与李煜的《渔父》词中的“浪花有意千里雪”和“一棹春风一叶舟”相近。大量对此前歌咏渔父的诗词之化用，使这首曲子意蕴更加深厚。“渔父”是古代文学一贯的隐逸传统，同时也是元曲的典型歌咏对象，近乎常识，不可不知。

前六句可视为景色描写和人物介绍，为渔父的形象做铺垫。后两句“算从前错怨天公，甚也有安排我处”豁达中自有一股不平之气，可以理解为自我解嘲，也可以说是一种讽刺。况味如何，还待我们细品。

［双调］白字折桂令①

弊裘尘土压征鞍②，鞭倦袅芦花③。弓箭萧萧，一径④入烟霞。动羁怀⑤：西风禾黍，秋水蒹葭⑥。千点万点，老树昏鸦。三行两行，写长空哑哑⑦，雁落平沙。曲岸西边，近水涡⑧，鱼网纶竿钓艖⑨。断桥东边，傍西山，竹篱茅舍人家。见满山满谷，红叶黄花。正是伤感凄凉时候，离人又在天涯。

注释

①羁旅愁怀为诗词的熟题，此篇借曲之铺排手法，于诗词之外有另一种风致，也不在诗词之下。

②“弊裘”句：马上的游子衣衫褴褛，连马鞭都懒得挥了。

③ 鞭倦袅芦花：马鞭懒得像芦花那般摇动。

④ 一径：一直。

⑤ 羁怀：久居他乡的游子情怀。

⑥ 蒹葭：芦苇。《诗经》有“蒹葭苍苍，白露为霜”。

⑦ 写长空：大雁从空中掠过，像在写字。哑哑：雁叫声。

⑧ 水涡：水流旋转的地方。

⑨ 纶竿：鱼竿。钓艖：钓鱼的小船。

赏析

元代以羁旅愁苦为主题的曲子有很多，但大部分呈现出单一化、类型化的特征。此曲虽是写羁旅愁怀，但在语言特色上突破了元曲自然本色的固有印象而是引经据典，境界颇高。这不似质朴平淡的元曲，而更像一首辞藻华丽的诗词。开篇直接以彷徨惆怅的姿态切入主题，渲染沉重苦闷的气氛。久居他乡，人自然会生出孤独和失意之感。作者运用拟人手法，将此间无穷怅惘寓于那死气沉沉的马鞭中，说它懒得像“袅芦花”一样。从第五句开始，作者便以“羁怀”为曲眼，展开了一系列铺排描写。首先是“秋水蒹葭”化用了《诗经》中“蒹葭苍苍，白露为霜”一句，然后是“老树昏鸦”化用了马致远《天净沙·秋思》中“枯藤老树昏鸦”，最后“红叶黄花”一句的意象也是从“碧云天，黄叶地”而来。行文至此还未结束，最后一句“离人又在天涯”拉回现实，使得整首曲子的悲苦色彩越发浓厚。

鲜于必仁[①]

［双调］折桂令

卢沟晓月

出都门鞭影摇红。山色空濛，林景玲珑。桥俯危波，车通运塞，栏倚长空。起宿霭千寻卧龙[②]，掣流云万丈垂虹。路杳疏钟，似蚁行人，如步蟾宫[③]。

西山晴雪[④]

玉嵯峨[⑤]高耸神京，峭壁排银，叠石飞琼，地展雄藩[⑥]，天开图画，户判围屏。分曙色流云有影，冻晴光老树无声。醉眼空惊，樵子归来，蓑笠青青。

注释

①鲜于必仁，字去矜，号苦斋，渔阳郡（治所在今天津市蓟州区）人。生卒年不详，大约生活在元英宗至治前后。其父太常典簿鲜于枢，“吟诗作字，奇态横生”（见《新元史·文苑·鲜于枢传》），是元代著名的书法家、诗人。枢女嫁高昌王雪雪的斤之孙、江浙行省丞相、荆南王朵尔的斤为妻，外孙伯颜不花的斤好学，晓音律。必仁既受家学熏陶，又同妹夫家的维吾尔亲友交好，受到维吾尔音乐的影响，因此“工诗好客，所作乐府，亦多行家语”（见近人吴梅《顾曲麈谈》）。今

存小令 29 首。鲜于必仁《[双调] 折桂令》共 8 首，总题为《燕山八景》。每首都写得大气磅礴，为元曲中罕见。

② 霭：云气。寻：古代的长度单位。“起宿霭千寻卧龙”形容卢沟桥姿态雄伟。

③ 蟾宫：月宫，传说月宫中有蟾蜍，故又称蟾宫。“如步蟾宫”是说人在桥上走像在月亮上走。

④ 西山晴雪：元代燕山八景之一。西山在今北京市西北。

⑤ 嵯峨：山势高。

⑥ 地展雄藩：意为西山为北京的屏障。“雄藩”即雄伟的藩屏。

赏析

鲜于必仁曲作并不多，但篇篇堪称上品。这首《折桂令》组曲分咏燕山八景，曲家笔触细腻而大气。细腻处从虚、实、正、侧等多方面展示所写之景；大气处着笔于高处，视野开阔，气势雄伟。

第一曲：此曲紧扣“晓月”二字，勾画出了一幅卢沟晚景图。开头“出都门鞭影摇红”一句，点明了此曲发生的背景。从“鞭影摇红”四字可以推测出卢沟之前经历了一场盛大的庆祝活动，隐隐能窥见庆祝结束的痕迹。但此句的重点并不在于强调“鞭红”，而是为接下来连续的景物描写做铺垫。作者巧用五个四字句，从“山”“林”“桥”“车”“栏”五个角度对卢沟之景作了全方位刻画，极尽铺陈之能事，颇有汉赋之余韵，十分清新而又不板滞。七、八两句，“起宿”对“掣流”，“霭千寻”对“云万丈”，“卧龙”对“垂虹”，对仗尤为工整。最后三句将视线从远方拉近，以近处之唯美衬托远处之大气，荡气回肠。

第二曲：此曲抓住西山陡峭险峻的特点，从细微处入手，渐次展开西山全貌。首句“高耸”概括西山总的特点，并说西山高耸于“神京”之间，交代西山的地理位置。而后运用五个四字句，分散描绘，却不离西山“高耸”之特点。后两句借助西山周围天气状况变化，分说季节变化时西山的整体状态。最后作者将自己写进画面，以景结情，表明自己的心境。

张养浩①

［中吕］山坡羊

潼关怀古

峰峦如聚②，波涛如怒，山河表里潼关路③。望西都④，意踟蹰⑤。伤心秦汉经行处⑥，宫阙万间都做了土⑦。兴，百姓苦；亡，百姓苦。

骊山怀古

骊山四顾，阿房一炬⑧，当时奢侈今何处？只见草萧疏，水萦纡⑨，至今遗恨迷烟树，列国周齐秦汉楚。赢，都变做了土；输，都变做了土。

注释

①张养浩，汉族，字希孟，号云庄，又称齐东野人，济南（今山东省济南市）人，元代著名政治家、文学家。张养浩是元代重要的政治、文化人物，其个人品行、政事文章皆为当代及后世称扬，是元代名臣之一。与清河元明善、汶上曹元用并称为“三俊”。代表作品有《三事忠告》、散曲《山坡羊·潼关怀古》等。

②峰峦如聚：形容重岩叠嶂，群山密集，绵亘不断。

③“山河”句：说潼关外有黄河，内有华山，地势险要，所以说

“山河表里”。潼关，今在陕西省潼关县北，是历代的军事要地。

④ 西都：指关中一带，周、秦、汉、北朝、隋、唐等朝均在这里建都。

⑤ 意踟蹰：踟蹰，原指犹犹豫豫，徘徊不前，这里指作者触景生情，思潮不断。

⑥“伤心”句：经过秦汉两地，想起兴亡往事，引起无穷的伤感之情。

⑦“宫阙”句：在数百年的战争中，宫殿都化为了废墟。阙，王宫前的望楼。

⑧ 骊山：在今陕西省临潼市东南。杜牧《阿房宫赋》中曰“骊山北构而西折，直走咸阳”。阿房：秦宫殿名。《三辅黄图》中曰“阿房宫，亦曰阿城，惠文王造宫未而亡，始皇广其宫，规恢三百余里，离宫别馆，弥山跨谷，辇道两属，阁道通骊山八百余里”。又《史记·秦始皇本纪》有“先作前殿阿房，东西五十步，南北五十丈，上可以坐万人，下可以建五丈旗”。后来项羽一把火烧了阿房宫，“烧秦宫室，三月不灭”，所以说“阿房一炬”。杜牧也有“楚人一炬，可怜焦土”的感叹（《阿房宫赋》）。

⑨ 萦纡：形容水流迂回的样子。

赏析

第一曲：踏上潼关路，眼前山峦仿佛从四面八方聚首而来，一座连着一座，山脚下的江水翻滚奔流。作者开篇就描绘了一幅苍茫壮阔的图画，也奠定了沉重严肃的感情基调。波涛为何发怒，究竟是江河在怒还是人心在怒？作者站在高处远远眺望西都。心里盛满了说不出的情绪，脚步不自觉放慢，一步三叹。作者来到之前的秦汉旧址，之前雕梁画栋的水榭楼台、宫阙万间，如今早已不复存在，化为尘埃，不免有些感慨和伤心。回想过去，国家安定时尚有沉重的赋税，腐败的官场，无数人难以维持生计。国家动乱甚至消亡时就更不用说了，男子充军，妇孺颠沛流离，战火烧得百姓家破人亡，怨声载道。想到这里，作者不由发出一声“兴，百姓苦。亡，百姓苦”的喟叹。

第二曲：登上骊山，诗人放眼四顾，当年的富丽堂皇如今早已被满目荒凉代替。面对眼前的荒凉景象，回想历朝历代的兴衰更迭，怎能不令人心有戚戚？一腔感慨凝成言简意赅的警句“赢，都变做了土；输，都变做了土！”打赢了的，把输家的一切付之一炬、夷为平地；但今天的赢家难保将来不变成输家，赢来的一切到头来也照样会变成焦土泥尘。如此看来，输输赢赢又有什么意义呢？这是一位文人面对历史兴亡的大彻大悟。这种大彻大悟是面对历史和时间推移时生出的一种夹杂着无奈和空虚的感慨，既具有一定批判性，同时也有一种消极感受。

[正宫]塞鸿秋①

春来时香雪梨花会，夏来时云锦荷花会，秋来时霜露黄花②会，冬来时风月梅花会。春夏与秋冬，四季皆佳会，主人此意谁能会？

注释

①此曲所用为独木桥体，句末都用相同的“会”字，为元曲巧体之一。

②黄花：即菊花。

赏析

一年四季，一季必有一季之美。此曲巧用独木桥体，虽用字上受限制，但仍显示出元曲“自然本色”的特性。曲子没有直接道明所咏对象，但从每句第一字可看出本曲是在歌咏春夏秋冬四季。前四句以四季的典型意象为依托，真实生动地揭露四季变化的规律。春天是“香雪”初融，“梨花”绽放时；夏日是“云锦”浮动，“荷花”盛开时；秋日是“霜露”凝结，“黄花”吐苞时；冬日是“风月”相携，“梅花”

孤开时。后两句总结四季，得出“四季皆佳会”的公允评价，并调皮地以反问结尾，表达了作者闲散自在的悠然心境。此曲与唐代盛行的山水小诗有相似之处，风格明快清新，加之韵律独特，极富音乐美。

[双调]沉醉东风①

班定远飘零玉关②，楚灵均憔悴江干③。李斯有黄犬悲④，陆机有华亭叹⑤。张柬之老来遭难⑥。把个苏子瞻长流了四五番⑦，因此上功名意懒。

又

昨日颜如渥丹⑧，今朝鬓发斑斑。恰才桃李春，又早桑榆晚⑨。断送了古人何限，只为天地无情乐事悭，因此上功名意懒。

注释

①张养浩《[双调]沉醉东风》共七首，皆借古讽今，寓意深远。

②“班定远”句：班定远，即班超。班超封定远侯。年老后思乡，因上疏请求调回关内有“不敢望到酒泉郡，但愿生入玉门关”。

③“楚灵均”句：楚灵均，即屈原，楚国人，字灵均。《楚辞·渔父》中曰“屈原既放，淤于江潭，行吟泽畔，颜色憔悴，形容枯槁”。

④“李斯”句：李斯，秦国的丞相，在秦大统一的过程中起到了重要作用。临刑时，他顾谓其中子曰：“吾欲与若复牵黄犬俱出上蔡东门逐狡兔，岂可得乎？”

⑤“陆机”句：陆机，字士衡，西晋文学家，所作的《文赋》是我国古代重要的文论。后被谗所杀。临刑，叹曰“华亭鹤唳，岂可复闻乎？”（见《晋书·陆机传》）

⑥“张柬之”句：张柬之，字孟将，唐朝名相，诗人。中进士后

任清源丞。神龙元年正月，张柬之与桓彦范、敬晖等趁武则天病发动政变，复辟唐朝。因功擢天官尚书，封汉阳郡公，后升为汉阳王。不久，遭武三思排挤，被流放泷州，气愤致死，时年八十二。

⑦“把个”句：苏子瞻，即苏轼，北宋大文学家、大书画家，反对王安石变法。神宗时，被贬为黄州（今湖北省黄冈市）团练副使。哲宗时，新党再度执政，又被贬谪到惠州（今广东惠阳），63 岁时被远徙儋州（今属海南省）。赦还的第二年，死于常州（今江苏省常州市）。

⑧ 渥丹：涂上红色，形容脸蛋红润且有光泽。《诗·秦风·终南》中曰“颜如渥丹”。

⑨“又早”句：又已经到了晚年。《后汉书·冯异传》中曰“失之东隅，收之桑榆”。东隅，指日出的地方；桑榆，指日落的地方。后来以桑榆比喻人的晚年。

赏析

此两曲为张养浩所作《沉醉东风》七首中的两首。这七首均以“因此上功名意懒”作结，讲了自己淡泊功名、心灰意懒的种种原因。

第一曲：曲的前六句，写了六个历史人物及其遭遇。首句写东汉名将班超，次句写楚国大夫屈原，第三句写秦国宰相李斯，第四句写晋朝名士陆机，第五句写唐朝忠臣张柬之，第六句写宋朝文豪苏轼。这六个人的朝代跨度极大，包括了战国、秦、汉、晋、唐、宋。他们所处时代不同，但遭遇类似，作者正是以此来告诫后人：古往今来求取功名的路上总是布满了危机。此曲列举史实，以“飘零”“憔悴”“悲”“叹”“遭难”“长流”等字样加以渲染，使结论自见。一系列命途多舛的历史人物集中出现在这样一首篇幅短小的作品中，加重了其悲剧分量，展现了历史大貌，读来触目惊心。

第二曲：在此曲中，作者通过感叹年华已逝，来说明自己“因此上功名意懒”的原因。首句以“渥丹”“斑斑”构成鲜明对比，紧接着又以“桃李春”“桑榆晚”这样一组明显的对照，充分表现出作者对于青春不再的悲痛之情。“只为天地无情乐事悭”，又丰富了曲子“人生苦短，应及时行乐”的主题。

[双调]折桂令①

过金山寺

长江浩浩西来，水面云山，山上楼台。山水相连，楼台相对，天与安排②。诗句成风烟动色，酒杯倾天地忘怀。醉眼睁，遥望蓬莱③，一半儿云遮，一半儿烟霾④。

中　秋

一轮飞镜谁磨⑤？照彻乾坤，印透山河。玉露泠泠⑥，洗秋空银汉⑦无波，比常夜清光更多⑧，尽无碍桂影婆娑⑨。老子高歌，为问嫦娥，良夜恹恹⑩，不醉如何。

注释

① 张养浩《[双调]折桂令》共八首，为隐退后所作。

② 天与安排：上天做好了安排，天定。与，替。

③ 蓬莱：《汉书·郊祀志》中曰“自威宣、燕昭使人入海求蓬莱、方丈、瀛洲，此三神山者，其传在渤海中。”后来蓬莱泛指仙境，这里指金山寺的蓬莱宫。

④ 烟霾：因空气中的尘埃、气体形成浑浊不清的景象。

⑤“一轮”句：形容明月像铜镜刚磨过那样明亮。铜镜，比喻月亮。辛弃疾《太常引》有“一轮秋影转金波，飞镜又重磨”。

⑥ 玉露泠泠：露珠洁白因而显得特别清冷。玉露，露珠澄澈透明的样子。秦观《鹊桥仙》有“金风玉露一相逢，便胜却人间无数”。

⑦ 银汉：银河。苏轼《阳关曲》有“暮云收尽溢清寒，银汉无声转玉盘”。

⑧“比常夜”句：化用辛弃疾《太常引》中“斫去月婆娑，人道是清光更多”的语意。

⑨ 桂：传说月宫中有桂树。婆娑：形容树叶影子舞动的样子。

⑩ 恹恹：形容精神颓靡的样子。

赏析

这两首曲子皆为写景之作，两首曲子的共同之处在于笔触绵密，层次分明。

第一曲：此曲写的是作者登上金山寺的所见所感。“长江浩浩西来，水面云山，山上楼台”，作者下笔先描写金山寺气势不凡的背景。流至江苏，却突然出现“水面云山”的景象，巍峨的金山在江中突兀而起。作者在这里用“浩浩西来”的长江作背景，以动衬静，金山的景象就显得更加壮观。金山高耸入云，而金山寺“山水相连，楼台相对，天与安排”。到这里，作者开始具体描绘金山寺的景况。金山寺倒映江中，山与水连在一起，楼台上下相互映照。这景象何等壮丽奇妙，真是鬼斧神工，所以作者说是“天与安排”。面对如此奇观，作者豪兴大发，饮酒作诗，借景抒怀。他举杯痛饮，乘兴赋诗，连风云烟霞好像也为之变色。“遥望蓬莱，一半儿云遮，一半儿烟霾”，最后几笔给整个画面染上了一层朦胧的色彩，引人遐思。作者从山与水、山与云、山水与楼台的种种关系上写出了金山景色的诗情画意，在给人以美的享受的同时，又能给人以情的感染。

第二曲：此曲多侧面描摹月光，烘托出明月如水、静谧清幽的中秋氛围，抒发的是作者在中秋之夜想要一醉方休的情致。“一轮飞镜谁磨？照彻乾坤，印透山河。”起首一问，排空而入，造语奇崛。作者以“飞镜”作比，给人一种新奇之感。而“谁磨”一问，更加凸显月光的明亮无比。接着作者转入对月光的具体描写，侧面烘托月光的明亮。“玉露泠泠，洗秋空银汉无波”，这两句从另一个侧面来写，较之前者更显空灵。“比常夜清光更多，尽无碍桂影婆娑”，秋光如洗，却并不妨碍月中桂树展现其优美身影。作者饮酒高歌，并向嫦娥发问：在此美好月夜，怎能不举杯痛饮，一醉方休呢？全曲情因景生，自然唯美，不落俗套。

郑光祖

［双调］蟾宫曲[①]

梦中作

半窗幽梦微茫，歌罢钱塘[②]，赋罢高唐[③]。风入罗帏，爽入疏棂[④]，月照纱窗。缥缈见梨花淡妆[⑤]，依稀闻兰麝余香[⑥]。唤起思量，待不思量，怎不思量。

注释

① 郑光祖生于元世祖至元初年，字德辉，汉族，元代著名的杂剧家和散曲家，平阳襄陵（今山西临汾市襄汾县）人。郑光祖从小就受到戏剧艺术的熏陶，青年时期便红遍南方，是南方戏剧界的巨擘。所作杂剧 18 种，现存有《周公摄政》《王粲登楼》《翰林风月》《倩女离魂》《伊尹扶汤》《老君堂》《三战吕布》等，其中《倩女离魂》最著名，后三种被质疑并非郑光祖作品。除杂剧外，郑光祖写散曲，有小令六首、套数两套流传。元曲四大家之一。这首《蟾宫曲》写梦中幽情，虚实相生，缠绵悱恻，刻骨铭心。

② 歌罢钱塘：是南齐钱塘名妓苏小小的故事。苏小小所作《蝶恋花》中曰“妾本钱塘江上住，花落花开，不管流年度”。钱塘，即杭州，南宋都城，古代歌舞繁华极尽之地。

③ 赋罢高唐：高唐，战国时楚国台馆名，在古云梦泽中。宋玉

《高唐赋》有楚怀王游高唐，在梦中与神女之事。

④ 罗帏：细纱做的床帘。疏棂：疏疏落落的窗格。

⑤“缥缈”句：化用白居易《长恨歌》中“玉容寂寞泪阑干，梨花一枝春带雨”。缥缈，隐隐约约，恍恍惚惚；梨花淡妆，形容女子的妆容像梨花一样清淡素雅。

⑥“依稀”句：化用欧阳炯《浣溪沙》中“兰麝细香闻喘息，绮罗纤缕见肌肤”。依稀，仿佛；兰麝，兰香与麝香，均为名贵的香料。

赏析

《太和正音谱》记载：“郑德辉之词如九天珠玉。”并评价道：“其词出语不凡，若咳唾落乎九天，临风而生珠玉，诚杰作也。”这首小令，以梦醒感受来传递相思之苦，手法新颖奇巧。开篇半帘幽梦，营造出一种迷离的气氛，窗户半开，若明若暗，梦境渐渐缥缈迷蒙。“歌罢”“赋罢”两句，连用典故，含蓄表达主人公和梦中情人相会之欢。两个“罢”字，是对风流云散的强调，也为引出下文对梦醒时分的描写。梦醒时迷迷糊糊，主人公似乎还能看见梨花淡妆的美人儿，依稀能够捕捉到空气中若有似无的兰麝余香。这奇特的描绘，恰恰表现出缠绵悱恻的思念。末三句以“思量”结尾，一唱三叹，一层一层激起读者心中的涟漪，使人更真切地感受到梦中的欢愉和醒后的怅然，同时从侧面烘托出主人公的一往情深和无法割舍的相思之苦。

［正宫］塞鸿秋[①]

门前五柳侵江路，庄儿紧依白蘋渡[②]。除彭泽县令无心做，渊明老子达时务[③]。频将浊酒沽，识破兴亡数[④]，醉时节笑撚着黄花去[⑤]。

又

金谷园⑥那得三生富，铁门限⑦枉作千年妒。汨罗江空把三闾污⑧，北邙山谁是千钟禄⑨？想应陶令杯⑩，不到刘伶⑪墓，怎相逢不饮空归去？

注释

①这两首《［正宫］塞鸿秋》表达的是元曲中常见的避世、洁身自好的思想，但其语句新颖巧妙。这首小令描绘陶渊明隐居自适的生活和嗜酒喜菊的情趣，赞扬陶渊明鄙弃功名利禄的达观的人生态度，表现了作者怀才不遇的愤懑和对现实的不满之情。

②五柳：陶渊明著有《五柳先生传》，因此"五柳"处为隐士的向往之处。白蘋渡：长满白萍的渡口，也是隐士的向往之所。

③"除彭泽县令"句：陶渊明曾做了八十天的彭泽县令，不愿为五斗米折腰，毅然离职而去。除，任命。

④识破亡兴数：看透兴亡命运。数，命理。

⑤"醉时"句：陶渊明嗜酒好菊，萧统《陶渊明传》中曰"尝九月九日无酒，出宅边菊丛中坐，久之，满手把菊，忽值（江州刺史王）弘送酒至，即便就酌，醉而归"。

⑥金谷园：晋代富豪石崇所建，其经常在金谷园中大摆宴席。此句是说富贵不能长久。

⑦铁门限：铁门槛，比喻过不去的坎儿。范成大有"纵有千年铁门限，终须一个土馒头"一句。

⑧"汨罗江"句：汨罗江今在湖南，屈原被放逐后于农历五月五日自沉汨罗江。三闾，即屈原，三闾大夫的简称。战国时楚国所设的官司，掌管屈、昭、景三姓贵族的事，屈原曾任此职。

⑨"北邙山"句：北邙山，在洛阳市北，东汉、魏的王侯公卿多葬于此，后来泛指一般的墓地。千钟禄，达官厚禄。《左传》中曰"侈十则钟"。杜预注："（钟）六斛四斗。"

⑩ 陶令杯：陶渊明曾做过县令，又性嗜酒，所以称陶令杯。

⑪ 刘伶：西晋沛国（今安徽省宿州市）人，字伯伦。“竹林七贤”之一。性嗜酒，作《酒德颂》，蔑视封建礼教，赞扬醉乡生活。李贺《将进酒》中曰“劝君终日酩酊醉，酒不到刘伶坟上土”。

赏析

这两首曲子为元曲中较为常见的归隐避世之作。这类作品往往通过列举多个历史人物的不幸遭遇来表明作者心迹，以官场之险恶与田园之乐趣形成鲜明对比，抒发作者对现实的愤懑之情和对山水的喜爱之情。

第一曲：第一、二句以“五柳”“白蘋”两个典型意象开头，表面上写景，实际上隐晦地点出此曲中人的住所。三、四句与前两句相呼应，表明曲中人正是“除彭泽县令无心做”的“渊明老子”。陶渊明曾自白“性嗜酒”，不惜将自己两顷田地五十亩种秫（酿酒的材料），五十亩种粳（稻谷），可见陶渊明爱酒之深沉。隐士历来纷纷效仿，故而作者也“频将浊酒沽”，以此寄托自己的归隐之心。“识破兴亡数，醉时节笑撚着黄花去”两句将作者醉酒后的姿态刻画得淋漓尽致。看似是酒后的胡言乱语，实则是作者在经历人生起伏之后总结出的历史规律。

第二曲：此曲同样表达了作者对现实的不满，语言辛辣，典故颇多，极富哲理。前四句句式工整，每一句借用一个典故，借此带出作者对历史过往和功名利禄的厌恶感。最后集中到两个好饮酒的人物身上——刘伶、陶渊明，表明了作者的人生态度。在曲子的最后，作者以一个问句作结，宣泄了心头积聚已久的感情，可见作者文字功力之深。

曾 瑞①

[中吕] 山坡羊

讥 时

繁花春尽，穷途人困，太平分的清闲运②。整乾坤，会经纶③，奈何不遂风雷④信？朝市得安为大隐⑤。咱，装做蠢；民，何受窘！

注释

① 曾瑞，生卒年不详，元代散曲作家。字瑞卿，自号褐夫。因喜江浙人才景物之盛，移家钱塘（今杭州市）。神采卓异，衣冠整肃，优游于市井，洒然如神仙中人。志不屈物，故不愿仕，因号“褐夫”。大兴（今北京市大兴区）人，一说平州人。曾瑞的散曲以写男女恋情、山林隐逸为主，也有一些讽世的题材。他的散曲中不避俚俗，有时以市井语入于曲中，继承了早期散曲通俗本色的传统。杂剧有《王月英元夜留鞋记》，今存散曲约小令 90 余首、套数 17 首。

② “太平分”句：有“理该摊得”“命中注定”的意味。清闲运，不用做官而感到清闲。这是想做官而做不到的愤懑不满之词。

③ 整乾坤，会经纶：比喻自己有治理天下的才能。

④ 风雷：指极大的力量，这里说得到施展自己才能的机会。

⑤ 大隐：旧有“小隐”“中隐”“大隐”之说，小隐隐于山林，大

隐隐于市井之中。

赏析

这首曲子紧扣“讥时”主题写事。“繁花春尽”，正是情思最浓的时候。作者以此等凋落景象开篇，赋予了全曲感时讥世的色彩。在草房享受“清闲运”，也好过在金玉堂里苦苦挣扎。中间四句承接上句基调，感情越发悲愤，难以抑制。“咱，装做蠢；民，何受窘”一句与张养浩的“兴，百姓苦。亡，百姓苦”有异曲同工之妙。此曲以深沉透彻的笔触揭露出上位者堕落而不负责任的一面，发人深省，为后世所借鉴。

［南吕］四块玉[①]

酷　吏

官况甜，公途险[②]，虎豹重关[③]整威严。仇多恩少人皆厌。业贯盈[④]，横祸添，无处闪。

注释

① 这首《［南吕］四块玉》反映了当时元朝实行的种族歧视制度，重用蒙古人、色目人，政治腐败的历史情境。

② “官况”二句：此两句互文现义，“甜”是功名的诱惑力，只是表面现象，而真正的“险”是官场处处荆棘丛生。

③ 虎豹重关：虎豹守着一重一重的门，形容门禁森严。屈原《招魂》中曰“虎豹九关，啄害下人些”。

④ 业贯盈：有深重的罪孽、恶贯满盈。业同“孽”，恶行、恶业。

赏析

此曲在语言上不事雕琢，却犀利精辟，从冷峻的笔调中不难体会出作者愤世嫉俗的心情。起首“官况甜，公途险”两句，互文见义，

“甜”“险”二字的对比引人深思。“甜”代表了功名利禄的诱惑力，其背后实则险象环生；如果溺于“甜”中，执迷不悟，则前景可畏。“甜”“险”之间，可以说是名利场中大部分人都能感受到的吧！接下来，作者便对这一意思作了生发。“虎豹重关”，森严难进，凡人入则遭害。这里借来比喻官府，生动确切。“整威严”，作威作福之状可以想见，令人生厌。不过，“重关”的主人的日子并不好过。“仇多恩少皆厌”，这里既有与被统治者之间的不可调和的矛盾，也有与上司、同僚之间的恩恩怨怨。作者至此并未对为官者的狼狈处境进行延伸，而是直接地揭露其结局：“业贯盈，横祸满，无处闪。”一个“盈”，一个“满”，使人感到作恶如此之多，报应如此之速，而“无处闪”的结尾与“官况甜”两相对应，讽刺至极。

［南吕］骂玉郎过感皇恩采茶歌[1]

闺 情

《骂玉郎》才郎远送秋江岸，斟别酒唱阳关，临岐无语空长叹[2]。酒已阑[3]，曲未残，人初散。《感皇恩》月缺花残，枕剩衾寒[4]。脸消香，眉蹙黛，髻松鬟。心长怀去后，信不寄平安。拆鸾凤，分莺燕[5]，杳鱼雁。《采茶歌》对遥山，倚阑干，当时无计锁雕鞍[6]。去后思量悔应晚，别时容易见时难。

闺中闻杜鹃

《骂玉郎》无情杜宇闲淘气，头直上耳根底[7]，声声聒得人心碎。你怎知，我就里[8]，愁无际？《感皇恩》帘幕低垂，重门深闭。曲栏边，雕檐外，画楼西。把春醒[9]唤起，将晓梦惊回。无明夜，闲聒噪，厮禁持[10]。《采茶歌》我几曾离，这绣罗帏？没来由劝道我不如归。狂客江南正着迷，这声儿好去对俺那人啼。

注释

①《[南吕]骂玉郎过感皇恩采茶歌》两首闺情曲在众多闺情元曲中风格别致，别出心裁。两首皆为带过曲，都由骂玉郎、感皇恩、采茶歌三支曲子组成。

② 才郎：女子对丈夫的尊称。阳关：故址在甘肃敦煌西南，因在玉门关南，称“阳关”。临岐：临近分别的时候。岐，通“歧”，分岔路。

③ 酒已阑：酒已经喝完。阑，尽，完。

④ 月缺花残：古人以花好月圆比喻美好团圆，那么月缺花残意为离别之苦。枕剩衾寒：指亲朋好友各自离去。

⑤ 鸾凤、莺燕：比喻夫妻。

⑥“当时”句：化用柳永《定风波》中“早知恁么，悔当初、不把雕鞍锁”。

⑦ 杜宇：即杜鹃，又名子规。它的叫声哀怨，听着又像“不如归去”，不忍听闻。因此诗词中多以子规啼声来寄托哀思离愁。张炎《高阳台》中曰“莫开帘，怕见飞花，怕听啼鹃”。头直上：头顶上面。北方方言。

⑧ 就里：内心。纪君祥《赵氏孤儿》杂剧有“那屠岸贾将我的孩儿十分见喜，他岂知就里的事?”

⑨ 酲：原指喝醉酒后不省人事，这里指因春困而神志不清。

⑩ 厮禁持：形容相互纠缠的样子。

赏析

此二曲都写思妇情思，新颖别致。作者以铺陈直叙的艺术手法、明快清新的语言，细致地刻画了女子思念情人的心理状态。

第一曲：此曲呈现了少女青涩的闺情。运用多个鼎足对，使得曲中女子的形象更为真实生动。“脸消香，眉蹙黛，髻松鬟”一句是对女主人公的外貌描写，女子为爱“香消玉殒”，可见相思之深。相思别无所寄，只能托于书信。曲子的最后“别时容易见时难”，直接套用李煜的名句，悲愁情绪瞬间凝聚到极点，无论是从语言表达上还是艺术形式上都颇为精妙。

第二曲：小令以女主人公抱怨杜宇无情开始，诉说春愁无限的情思。她咒骂杜鹃鸟的无情，因为她在“帘幕低垂，重门深闭”的画楼里，正春睡消闲，不料却被“曲栏边，雕檐外”的啼声吵醒，惊扰了她的好梦。这鸟还一直叫着“不如归去”，她又想到了自己远方的“狂客”还乐不知返，更加心烦了。作者充分运用了带过曲的特点，衔接自然，起承转合可谓天衣无缝，质朴中兼有诙谐之趣。

［中吕］喜春来·遣兴春云鬟①

相 思

你残花态那衣叩，咱减腰围攒带钩②，这般情绪几时休？思配偶，争奈不自由。

又

鸳鸯作对关前世，翡翠成双约后期③，无缘难得做夫妻。除梦里，惊觉各东西。

妓 家

无钱难解双生④闷，有钞能驱倩女魂⑤，粉营花寨⑥紧关门。咱受窘，披撇见钱亲。

注释

① 曾瑞共作《喜春来》22首。

② 残花态、减腰围：指因相思而日渐消瘦，源自“衣带渐宽终不悔，为伊消得人憔悴”。

③ 鸳鸯、翡翠：比喻情侣或夫妻。

④ 双生：双渐。双渐、苏小卿的爱情故事在当时颇为流传，苏小卿本是个重情不重财的歌伎，但这里比拟双渐家的歌伎却恰恰相反，重财轻情，相当诙谐。此句的意思是因为她都爱富嫌贫，所以双生这样的穷苦书生十分苦闷。

⑤ 倩女魂：倩女离魂的故事在当时流传甚广，郑光祖《倩女离魂》杂剧叙述，秀才王文举与倩女指腹为婚，王文举不幸父母早亡，倩女之母遂有悔约的打算，借口只有王文举得了进士之后才能成婚，想赖掉这门婚事，不料倩女却十分忠实于爱情。就在王文举赴京应试，与倩女柳亭相别之后，由于思念王文举，倩女的魂魄便离了原身，追随王文举一起奔赴京城。而王文举却不知是倩女的魂魄与他在一起，还以为是倩女本人同他一起赴京。因此，在他状元及第的第三年后，他准备从京城启程赴官，顺便打道去探望岳母，便先修书一封告知倩女的父母。于是王文举偕同倩女魂魄来到了倩女身边，倩女魂魄与身体合一，一对恩爱夫妻真正相聚团圆。

⑥ 粉营花寨：指青楼。

赏析

第一曲：此曲语言灵动，风格活泼。首二句是工整的一联，写的是女子因相思之情而日渐消瘦。“残花态”用以比喻女子孱弱的姿态；“减腰围”同“衣带渐宽终不悔”，即暗示主人公为情所伤而衣带渐宽。此二句口语化色彩较浓，有明显的“你”“咱”等俗字。第三句运用反问的修辞手法，与李煜的千古名句“问君能有几多愁”具有相同的表达效果。“争奈不自由”一句可谓是点睛之笔，这也是作者真正想要表达的主题。女主人公或许是一位身份低下、受制于人的女子。她不是不想去找自己的情郎，只是自己被囚禁在这舞榭歌台之中，如笼中之鸟，虽然生活优渥，但一生都困于一隅，没有自由。此曲主题复杂，作者既表达了女子的相思之情，也表达了对失足女等下层人民的无限同情。

第二曲：从前三句的“鸳鸯”“翡翠”“无缘”可看出此曲是写男女相恋，却因种种原因不得已而分开。爱之愈深，思之愈切，甚至在梦里，主人公都“惊觉各东西”，害怕自己终有一天将与自己心爱的另一半各奔东西。此曲全然是一个思妇内心情感的自然流露，酷似女子喋喋不休的倾诉，现实感极强。

第三曲：此曲视角颇为新颖，全曲由“钱”字贯穿，着眼于“钱”对爱情的巨大作用，讽刺失足女爱钱不爱人的本性。起首两句用元人熟知的“双生苏卿”“倩女离魂”的爱情传奇展开论述。虽是旧题材，作者却别出心裁，不强调双方爱情的真挚，而是强调双方到底有没有“钱”。双渐是个穷苦书生，歌伎苏小卿当然不会与他修成正果，也难怪“无钱难解双生闷”了。倩女也是如此，如果有钱，便“能驱倩女魂”。“粉营花寨”即妓院，这里是说失足女无情，早早关上了青楼的大门。最后一句将喜富厌贫的失足女形象刻画得栩栩如生，颇为生动。

虞　集①

［双调］折桂令

席上偶谈蜀汉事，因赋短柱体②

銮舆三顾茅庐，汉祚难扶③。日暮桑榆，深渡南泸④。长驱西蜀，力拒东吴⑤。美乎周瑜妙术，悲夫关羽云殂。天数盈虚，造物乘除，问汝何如？早赋归欤。

注释

① 虞集，字伯生，号道园，世称邵庵先生。祖籍成都仁寿（今四川省眉山市仁寿县）。元代著名学者、诗人。虞集素负文名，与揭傒斯、柳贯、黄溍并称“元儒四家”；诗与揭傒斯、范梈、杨载齐名，人称“元诗四家”。

② 短柱体：元曲巧体之一，每两字一韵，每句两韵或三韵。

③“銮舆”句：说的是刘备三顾茅庐请诸葛亮出山打下蜀汉江山，江山却葬送在刘二世刘禅手中一事，所以说“汉祚难扶”。銮舆，帝皇的驾车；祚，皇位。

④“日暮桑榆”句：说的是诸葛亮晚年率军平息南方叛乱。桑榆，晚年，旧时有太阳落在桑树和榆树之间的说法，所以桑榆比喻晚年。

⑤“长驱”两句：也是说诸葛亮为蜀汉建立的功劳。

赏析

此曲是怀古述志之作，以三国时魏、蜀、吴三国争雄为背景，抒发作者对于人事变迁、兴衰胜败转眼成空的感慨。全曲分为前后两部分，前八句围绕蜀汉展开，后四句才是总结句，表现了作者认为兴亡皆由天数而定的历史观。前六句概括出刘备建国、诸葛亮辅佐、汉室衰微的过程。除了首句为六字之外，其余五句皆是四字为一句，短促有力，同时韵律紧凑，显得稳健遒劲，气度恢弘。“力拒东吴”之后，自然而然把语意引到另一层面。“美乎周瑜妙术，悲夫关羽云殂”，写周瑜与蜀汉共同击退曹兵的事迹，同时也写出关羽在与东吴的矛盾中消亡的结果。曲子后两句是作者在前面基础上总结出的感想。他认为天地间无论何物都有定数，没有人能逃脱这个命运，与其沉浮于世，不如早点看破世俗。这首曲子是作者在席上所作，但工整精巧，说理巧妙，可见作者才气之高，境界之深。

刘时中[1]

［南吕］四块玉

泛彩舟，携红袖[2]，一曲新声按伊州[3]。樽前更有忘机友[4]：波上鸥，花底鸠，湖畔柳。

又

看野花，携村酒，烦恼如何到心头。红缨白马[5]难消受。二顷田，两头牛，饱时候。

又

佐国心[6]，拿云手[7]，命里无时莫强求。随缘过得休生受[8]。几叶锦，几匹绸，暖时候。

又

禄万钟[9]，家千口，父子为官弟封侯。画堂不管铜壶漏[10]，休费心，休过求，擷[11]破头。

注释

①刘时中（约元成宗大德年间前后在世），洪都（今江西南昌）人，元代散曲家。官学士，时中工作曲，今存小令六十余支，套数三四首，以《水仙子西湖四时渔歌》最著名。他的两套散曲作品《端正

好·上高监司》，一扫曲坛吟风弄月、离愁别恨的旧习，直接批判当时政治的重大问题，这在元散曲中几乎是绝无仅有的。前套由15支小令组成，描写在天灾人祸下，广大贫苦百姓在死亡线上挣扎的悲惨遭遇。后套由34文小令组成，长达1800字，为元代散曲之冠。刘时中《[南吕] 四块玉》共10首，写的都是隐逸主题。

② 红袖：穿着靓装的美人。

③ 按：边按板边唱歌。伊州：唐宋名曲。

④ 忘机友：没有心机的、坦诚相待的好朋友，即下文的波上鸥、花底鸠、湖畔柳。

⑤ 红缨白马：指官场生活。

⑥ 佐国心：辅佐君王治理天下的心。

⑦ 拿云手：比喻有极大的志向又有高强的本事。李贺《致酒行》曰“少年心事当拿云，谁念幽寒坐呜呃”。

⑧ 休生受：不要吃苦作难。

⑨ 禄万钟：丰厚的薪酬。禄，俸禄；钟，古代计量单位。

⑩ 画堂：华丽的房子。铜壶漏：计时工具。这句的意思是光阴似箭，日月如梭。

⑪ 攧：跌倒。

赏析

这组小令共有十首，主题都是“隐逸”，分别从景、情两方面阐述自己想要隐居的原因。第一首和第二首从赏景角度出发，表现隐居生活的乐趣和闲适；第三首和第四首从抒情角度出发，表现现实生活的残酷和无情。

第一曲：这是一幅早春游玩图，“泛彩舟”是写作者游玩的地点，“携红袖”点明人物，“一曲新声按伊州”是作者游玩时唱的曲。“樽前更有忘机友”，承上启下，最后三句皆是用意象暗喻前一句的“忘机友”，语言古雅，颇有趣味。

第二曲：此曲依旧以写景为主，前三句的“看野花，携村酒，烦恼如何到心头”点明曲子的时间、地点以及作者此时的心情。对作者来说，“红缨白马”的官场生活让他“难消受”。紧接着，作者在最后三句阐明了自己的理想生活：种二顷地，养两头牛，自给自足，乐得逍遥。

第三曲：此曲不再写景，而是抒情。与第二首一样，此曲也是强调官场生活的“难消受”。开头两句“佐国心，拿云手”，这人人都渴望做到的事却被作者说成是“命里无时莫强求。随缘过得休生受”，这一切都是命中注定，不该也不必苦苦追求。

第四曲：此曲的讽刺意味最为强烈。作者告诫世人不要迷恋功名，也呼应曲子的最后一句“休费心，休过求，攧破头”，令人深思。

［中吕］朝天子

邸万户席上①

柳营②，月明，听传过将军令。高楼鼓角戒严更③，卧护得边声静④。横槊吟情，投壶歌兴，有前人旧典型⑤。战争，惯经，草木也知名姓⑥。

又

《虎韬》《豹韬》⑦，一览胸中了。时时拂拭旧弓刀，却恨封侯早。夜月铙歌⑧，春风牙纛⑨，看团花锦战袍。鬓毛，木雕⑩，谁便道冯唐老⑪。

注释

① 邸万户：生平事迹不详。这两首《朝天子》的主题都是歌颂边塞的某一位将军，由此可知元曲的题材不仅仅局限于田园和离愁。

② 柳营：细柳营的简称。《史记·绛侯世家》记载“文帝后六年，

匈奴大入边。乃以宗正刘礼为将军，军霸上；祝兹侯徐历为将军，军棘门；以河内守（周）亚夫为将军，军细柳，以备胡。上自劳军，至霸上及棘门军，直驰入，将以下骑送迎。已而至细柳军，军士吏被甲，锐兵刃，彀弓弩，持满，天子先驱至，不得入。……文帝曰：'嗟乎！此真将军矣！曩者霸上、棘门军，若儿戏耳。'”后来用细柳营比喻有纪律有战斗力的军队。

③ 严更：夜里禁戒的更鼓。

④ 边身静：军营边上都很安静，指没有战事发生。

⑤ 横槊吟情：指将军文武双全，有大将风度。苏轼《前赤壁赋》有“方其破荆州，下江陵，顺流而东也，舳舻千里，旌旗蔽空，酾酒临江，横槊赋诗，固一世之雄也”。投壶歌兴：古代宴会的一种娱乐方式。《礼记·投壶》篇说，以壶口为目标，用矢投入，以投中者决胜负，负者罚酒。典型：楷模。

⑥“草木”句：说将军的声誉极高。黄庭坚《送范德孺知庆州》有“乃翁知国如知兵，塞垣草木识威名”。

⑦《虎韬》《豹韬》：古代兵书，相传是周代的姜太公所作，全书六卷，分为文韬、武韬、龙韬、虎韬、豹韬、犬韬。

⑧ 铙歌：乐府鼓吹曲的其中一部，用来提升军队士气及宴享功臣。《古今注》有“所以建武扬盛德，风劝战士也”。铙，古代军队中的一种打击乐器。

⑨ 牙纛：大将军的大旗，也称作“牙旗”。

⑩ 木雕：或说“未凋”，形近而讹。雕，同“凋”，说将军两边头发还没有变白。

⑪ 冯唐：文帝时，为中郎署长，时年已老。曾在文帝面前为云中守魏尚辩解，指出“赏轻罚重”之失，文帝乃复以魏尚为云中守，并任用他为车骑都尉。景帝时，以唐为楚相。武帝立，求贤良，举冯唐，时唐年九十余，不能复为官（事见《史记·冯唐传》）。苏轼《江城子》有“鬓微霜，又何妨！持节云中，何日遣冯唐?”

赏析

这两首小令，是作者在邸万户宴席上赠主人而作。

第一首：这首曲子前三韵为一句，交代了主人的身份以及作歌的地点。“柳营”，即细柳营，为汉将周亚夫屯军之地。因其纪律森严，故后世以“柳营”代称纪律严明。“高楼”，即兵营里的高楼，“卧护”即扶病护卫，这二句承上启下，进一步展开具体描写。明月高悬，戍楼鼓角，兵营一片“边声静”的肃穆景象。曲子的前四句都是表达对邸万户的尊崇之情，却巧妙地融入写景，富有诗情画意。曲子的后六句则是以古喻今，借三国时曹操父子“横槊赋诗”、汉将祭遵“雅歌投壶”、唐刺史张万福“草木知名”的历史典故暗赞邸万户的英明神武。

第二首：这支小令的赞赏之情越发浓郁。《虎韬》《豹韬》指的是《六韬》，相传为姜太公所作，这里泛指兵书。昔时使“边声静”的将军现在却“时时拂拭旧弓刀”，恨无继续建功立业的机会。后一句“却恨封侯早”极为巧妙。人人都恨不得“封侯”，而这位将军却怨恨它实现得太早，自己早已白发斑斑，无法再驰骋沙场、浴血杀敌，只能“看团花锦战袍”了。可就在全曲笼罩着悲哀气氛的时候，作者笔锋陡然一转，结以激昂热血之音：“鬓毛，木雕，谁便道冯唐老。”

［中吕］红绣鞋

劝收心①

不指望成家立计，则寻思卖笑求食，早巴得个前程你便宜。虽然没花下子②，也须是脚头妻，立下个妇名儿少甚的③？

注释

①诗词中有以议论为题材的，曲中也有，此曲亦然。

②花下子：指没有真情实意、逢场作戏的嫖客。

③“也须是”句：说的是只要失足女从良，付出真情实意也能收获一份美满爱情甚至是美满家庭。

赏析

此曲通篇以议论笔法劝告失足女收心从良，别有风味。“不指望成家立计，则寻思卖笑求食”，这两句指失足女不愿正儿八经地成家立业，而是选择走歪门邪道，作者由此引出“劝收心”的主题。“也须是”句意谓只要失足女真心从良，便可以被人真心疼爱、成为对方愿意冷暖与共的妻子。本篇每句都加了衬字，又多用口语俗语，体现出散曲语言朴素的通俗本色，同时以议论为曲，十分独特。

[双调]折桂令①

农

想田家作苦区区②，有斗酒豚蹄，畅饮歌呼。瓦钵瓷瓯，村箫社鼓，落得③装愚。吾将种牵衣自舞，妇秦人击缶相娱。儿女供厨，仆妾扶舆④，无是无非，不乐何如？

渔

鳜鱼肥流水桃花，山雨溪风，漠漠平沙。箬笠蓑衣，笔床茶灶，小作生涯。樵青采芳洲蓼牙，渔童薪别浦蒹葭⑤。小小渔艖，泛宅浮家⑥，一舸鸱夷，万顷烟霞。

樵

正山寒黄独无苗，听斤斧丁丁，空谷潇潇。有涧底荆薪，淮南丛桂，吾意堪樵。赤脚婢香粳旋捣，长须奴野菜时挑。云暗山腰，水洍⑦溪桥，日暮归来，酒满山瓢。

牧

被野猿山鸟相留，药解延年，草解忘忧。土木形骸，烟霞活计，麋鹿交游[⑧]。闷来访箕山许由[⑨]，闲时寻嵩顶丹丘。莫莫休休，荡荡悠悠，挈子携妻，老隐南州。

注释

① 元曲中的农、渔、樵、牧只是作者笔下的题材，他们过着闲适惬意的田园生活，是曲作家十分向往的生活。但实际中的农、渔、樵、牧和曲中的生活相差甚远，只是作者抒发感情的题材而已。

② 区区：很少。

③ 落得：落到这般境地，这里是自甘愚痴。

④ 仆妾扶舆：有仆人有小妾自然不该是农家该有的生活，是富足人家才有的生活。

⑤ 蒹葭：芦苇。《诗经》有“蒹葭苍苍，白露为霜”。

⑥ 泛宅浮家：渔人常年生活在河上和船里。

⑦ 冱：因天气寒冷水凝结。

⑧ “土木”三句：化为土木，以烟霞为工作，和麋鹿交朋友。这三句的意思是和自然和睦相处，不分彼此。

⑨ 许由：晋代著名隐士，曾居住在箕山。

赏析

此为重头小令四首，分咏农、渔、樵、牧四事。刘时中在这组曲中极力讴歌了农民、渔父、樵夫和牧人这四种人与世无争却趣味盎然的生活。这是作者的美好想象，这种想象也反映了作者对现实生活的不满。

第一首小令写的是农民的生活，第二首小令写的是渔民的生活，第三首小令写的是山民的生活，第四首写的是牧民的生活。这四类人生活各不相同，但都是依靠自然而得以生存。通读四首小令可知，作者极尽笔墨，运用大量并不完全切合现实的例子描绘这四类人的生活，其中暗含作者背后独特的情感。在作者的心目中，农民应当是“儿女供厨，仆妾扶舆”；渔民应当是“小小渔艖，泛宅浮家”；山民应当是“赤脚婢香粳旋捣，长须奴野菜时挑”；牧民应当是“挈子携妻，老隐南州”。然而，这些都只是作者的想象，与现实中的情况相去甚远。不难看出，作者写这些普通民众的生活，是想向读者展示自己的理想社会，他希望这些辛苦谋生的人最终能够守得云开见月明，过上幸福的生活。全曲曲词典雅秀丽，惹人向往。

[双调]殿前欢①

醉翁酡②，醒来徐步杖藜拖③。家童伴我池塘坐，鸥鹭清波。映水红莲五六科④，秋光过，两句新题破。秋霜残菊，夜雨枯荷。

又

醉颜酡，太翁庄上走如梭。门前几个官人坐，有虎皮驮驮。呼王留唤伴哥⑤，无一个，空叫得喉咙破。人踏了瓜果，马践了田禾。

注释

①这类曲子是抒发道教情怀之作，歌颂修道者的逍遥，描绘修道环境的幽美宁静或者劝诫世人摒弃名利，追求清高。

②酡：喝了酒脸上发红。

③徐步：慢慢走。藜：藜木做的拐杖。

④科：通“棵”。

⑤王留、伴哥：元曲中常见的农家名字。

赏析

同样是借助醉翁的眼睛描绘这个世界，曲一中的醉翁看到的是青山绿水、鸟雀纷飞。“醒来徐步杖藜拖”，主人公喝得酩酊大醉，醒来时借用藜木做的拐杖徐步行走，跟随家童来到池塘边欣赏风景，看那成群的鸥鹭从绿水清波上掠过，红莲的倒影映照在水面，一切美不胜收。可惜秋天就快要过去，只剩下那残碎的菊花与那夜雨中的枯荷。曲一以老翁醉酒起兴，塑造了一个清幽安宁的环境，同时也反映了作者对这种生活的向往。

曲二则运用白描，呈现了元朝官吏下乡，百姓遭殃的情景。先是生动地刻画了几个官人作恶的丑态：如狼似虎的官吏们喝得醉醺醺的，带着人明目张胆地踩踏瓜果，不仅没有道歉，连身下的马匹也跟着践踏粮食作物。田庄主人急得满头大汗，想要唤人帮助却无人应答，只能任由官员作践粮食。字里行间透露出对现实的无奈之感。面对这种惨淡的现实，主人公不仅不能反抗，还不得有任何怨言，讽刺意味颇浓。

阿鲁威①

[双调]蟾宫曲

怀　古

鸱夷②后那个清闲？谁爱雨笠烟蓑，七里严湍③。除却巢由④，更无人到，颍水箕山。叹落日孤鸿往还⑤，笑桃源洞口⑥谁关？试问刘郎⑦，几度花开，几度花残？

又

问人间谁是英雄？有临江，横槊曹公⑧。紫盖黄旗，多应借得，赤壁东风⑨。更惊起南阳卧龙⑩，便成名《八阵图》⑪中。鼎足三分，一分西蜀，一分江东。

注释

①阿鲁威，生卒年不详，字叔重，号东泉。曾任南剑太守、经筵官、参知政事。能诗，著名学者教育家，尤擅长作散曲，被列为散曲七十大家之一，今有几十支散曲传世，散见于《阳春白雪》《乐府群珠》等书。《太和正音谱·古今群英乐府格势》篇，称其词曲风格“如鹤唳青霄”。曾任翰林侍读学士，翻译过《世祖圣训》《资治通鉴》等书。这两首《蟾宫曲》表现的是当时知识分子阶级共有的避世远祸的思想。

② 鸱夷：指范蠡。蠡辅佐越勾践，雪了会稽之耻，知道勾践可以共患难而不可以共安乐，乃携西施，泛舟游于五湖之上，变名易姓。到了齐，叫作“鸱夷子皮”，到了陶，又叫作“陶朱公”。（事见《史记·越王勾践世家》及《史记·货殖列传》）

③ 七里严湍：指东汉严子陵隐居不仕，在七里滩钓鱼过活的事。

④ 巢由：巢，巢父。尧时隐士，不营世利，以树为巢而寝其上，故时人号曰巢父。由，许由。尧把天下让给他，他认为玷污了他的耳朵，于是到颍水之滨去洗耳。并遁居于颍水之阳、箕山之下，终生不出。（见皇甫谧《高士传》）

⑤“落日”句：化用苏轼《卜算子》“惟见幽人独往来，缥缈孤鸿影”的句意。孤鸿，这里喻隐居的高士。

⑥ 桃源洞口：陶渊明《桃花源记》说一个打鱼的人从桃花源到一山洞，看到秦时避乱者的后裔聚居那里，过着无剥削的自由生活，但是出来以后，便再也找不到了。后指避世隐居的地方。这句的意思是即使桃花洞口开着，也没有人想进去。

⑦ 刘郎：刘晨。相传东汉永平年间，他与阮肇同入天台山采药，遇二女子，邀至家，留居半载，还乡时，子孙已历七世。（见《幽明录》及《太平广记》）

⑧“临江”二句：苏轼在《前赤壁赋》中说曹操“破荆州，下江陵”“酾酒临江，横槊赋诗”，不失英雄本色。

⑨ 紫盖黄旗：古人认为天空出现黄旗紫盖的云气，是出帝王的兆头。这里指曹魏最终统一天下。赤壁东风：《三国志·吴志·周瑜传》记载，周瑜用部将黄盖计，以轻便战船数十艘，载着满灌油脂的干柴，外盖帷幕，诈称投降。等到接近敌船时，放起火来，恰巧这时东南风大起，向西北延烧，曹兵大败。杜牧《赤壁》诗曰“东风不与周郎便，铜雀春深锁二乔”。

⑩ 南阳卧龙：《三国志·蜀志·诸葛亮传》记载，徐庶对先主说：“诸葛孔明者，卧龙也，将军岂愿见之乎？”诸葛亮《出师表》有“臣

本布衣，躬耕于南阳”。

⑪ 成名《八阵图》:《三国志·诸葛亮传》有“演兵法，作八阵图”。据说诸葛亮曾于永安县（今重庆奉节县东南）永安宫前的平沙上，聚石垒成天、地、风、云、龙、虎、鸟、蛇八阵。吴蜀在江陵（今湘北宜昌东）会战，蜀兵败退，吴军统帅陆逊追逐至此，看到了八阵图，惊叹诸葛亮的军事才能，就退了兵。杜甫《八阵图》诗有“功盖三分国，名成八阵图”。高度概括了诸葛亮的历史功绩。

赏析

阿鲁威这两首《蟾宫曲》较有新意，最突出的特点都是连续用典。曲一列举历史上众多隐居事例，质疑隐居的意义。不同于一般咏史怀古题材中对隐逸生活的颂扬，在曲家笔下，隐居也是烦琐而孤寂的，非常人所能为，可谓出新。相比曲一，曲二的典故则更是家喻户晓，使读者能够身入其境。短短一首小令中高度概括、颂扬了三国英雄曹操、孙权、诸葛亮的英雄事迹。对于三位历史人物，作者有着自己的一套独特看法，论曹操，作者借苏东坡“酾酒临江，横槊赋诗”证明曹操确为一代枭雄；论孙权，“紫盖黄旗”点明他的霸王之气，但一个语气词“应”却使孙权的英雄地位打上了一层疑问。作者想要推崇赞赏的人物自然而出。一个“惊”字给人一种惊艳之感，花在诸葛亮身上的笔墨也比其他两位英雄多。最后化用杜甫的诗句点名诸葛亮三分天下之功，一气呵成，雄浑顿挫。全曲既有个人情感，也积淀着历史底蕴，视野开阔，笔势雄健，气度昂扬，读来让人振奋。

王元鼎[①]

［越调］凭栏人

闺　怨

垂柳依依惹暮烟，素魄娟娟当绣轩[②]。妾身独自眠，月圆人未圆。

又

啼得花残声更悲[③]，叫得春归郎未知。杜鹃奴倩伊[④]，问郎何日归？

注释

① 王元鼎，字里，元成宗大德年间在世，与阿鲁威同时，官至翰林学士。当时，都中有名妓郭氏顺时秀，姿态娴雅，善杂剧旦本，与元鼎相昵。偶有疾，思得马板肠充馔，元鼎杀所骑千金五花马，取肠以供，都人传为佳话。阿鲁威戏问当时名妓顺时秀："我比王元鼎如何?"她对答的大意是："参政（阿鲁威）宰相也，学士（王元鼎）才人也。治君泽民，则学士不及参政；嘲风咏月，则参政不及学士。"《太和正音谱》把他列入"词林英杰"中。现存散曲小令七首、套数两套。

② 素魄：月亮。娟娟：美好的样子。

③ "啼得"句：化用辛弃疾《贺新郎》中"更那堪鹧鸪声住，杜鹃声切"。

④ 奴：女子自称。倩：请。伊：彼，他。

赏析

曲一着重渲染闺怨之情。“柳”的意象多半和离愁哀怨有关，而在这里，同样以垂柳依依的姿态刻画出女主人公不舍的心情。月色美好，闺房却冷冷清清，如此良辰美景却无人陪伴。意象重叠，层层递进，以“月圆”和“人未圆”作比，刻画出女主人公那浓烈的相思之情。

曲二同样细致地点明相思之情，含蓄蕴藉，步步深入。化用辛弃疾“更那堪鹧鸪声住，杜鹃声切”的词句，让女主人公苦苦相思的场景呈现在读者的眼前。等待多日仍旧未见到自己心上人的身影，女主人公无奈至极，只能借着那杜鹃之口，急切地发出请求：我思念的那个人，到底何时才能回来呢？其浓浓相思之情不由令人为之动容。

薛昂夫[1]

［正宫］塞鸿秋

功名万里忙如燕[2]，斯文一脉微如线[3]，光阴寸隙[4]流如电，风雪两鬓白如练。尽道便休官，林下何曾见[5]？至今寂寞彭泽县[6]。

注释

① 薛昂夫，原名薛超吾，元代散曲家，色目人。历官江西省令史、佥典瑞院事、太平路总管、衢州路总管等职。善篆书，有诗名，诗集已佚。诗作存于《皇元风雅后集》《元诗选》等集中。散曲作品存小令 60 余首、套数 3 首，见录于《阳春白雪》《太平乐府》《乐府群珠》等集中。

② 功名万里：汉代班超希望立功边疆封侯之事。这句话的意思是为了功名利禄整天像燕子一样忙碌。

③ 斯文：指接受儒家思想的人追求品格追求修养。《论语 · 子罕》曰“天之将丧斯文也，后死者不得与于斯文也”。这句说的是那些追求功名的人快把人格丧失掉。

④ 光阴寸隙：时光飞快。

⑤“林下”句：化用灵彻《东林寺酬韦丹刺史》中“相逢尽道休官好，林下何曾见一人”。

⑥“彭泽县”句：陶渊明曾经做过彭泽县的县令，这句的意思是归隐的人还是很少。

赏析

这是一首讽刺之曲，生动刻画了那些终日为功名利禄而奔忙的官吏形象。这些官吏沉迷仕途，斯文丧尽，还在虚伪地假作归隐之辞。薛昂夫以“寂寞”的陶渊明作对比，无情地剥落了假名士的假面。作者以“功名万里忙如燕”领起全篇，燕子忙碌的身影恰似那些追求功名利禄的人，比喻生动自然，将这些人的追逐之态表现得淋漓尽致。“斯文”比作人格，“微如线”则表示为了追求功名，这些人初心尽丧，人格品质淡薄如一丝细线一般，轻微地扰动就能断裂。作者见识了太多这样的人，他们都说着要归隐山林，但又有几人是出于真心、落到实处呢？作者不由发出嘲讽，那些附庸风雅、一味追求功名的人只是嘴上说说，行动上却没有任何表示，真正归隐的人还是很少。

［双调］蟾宫曲

雪①

天仙碧玉琼瑶②，点点杨花③，片片鹅毛④。访戴归来⑤，寻梅懒去⑥，独钓无聊⑦。一个饮羊羔⑧红炉暖阁，一个冻骑驴野店溪桥⑨，你自评跋，那个清高，那个粗豪？

注释

①此曲以雪来表现隐逸思想，为元曲中少见。

②碧玉琼瑶：形容雪晶莹剔透，高洁清澈。

③点点杨花：这里用杨花比作雪。苏轼《少年游》有“飞雪似杨花”句。

④片片鹅毛：用鹅毛比作雪。白居易《雪夜喜李郎中见访》有

“可怜今夜鹅毛雪”句。

⑤ 访戴归来：王徽之尝居山阴（今浙江绍兴），忽然想起住在剡中（今浙江嵊州）的戴安道，于是在夜雪初霁、月色清朗的夜里，乘小舟去看望他，过门不入而返。人问其故。曰：“乘兴而来，兴尽而返，何必见戴?”（见《晋书·王徽之传》及《世说新语·任诞》）

⑥ 寻梅懒去：这是孟浩然踏雪寻梅的故事。

⑦ 独钓无聊：化用柳宗元《江雪》“孤舟蓑笠翁，独钓寒江雪”的句意。

⑧ 羊羔：美酒名。

⑨“冻骑驴”句：指孟浩然一类骚人雅士的孤高洒脱行径。

赏析

这是一首咏雪之曲，曲家无一字正面写到雪，而连用几个与雪相关的典故，借雪吟咏隐逸之趣，以“雪”的晶莹剔透、高洁清澈来表现归隐。此曲独具匠心而又富有新意，乃咏物曲中之精品。开篇用三个妙喻领起，将漫天飞舞的大雪写得飘逸灵动。点点杨花化用苏东坡“飞雪似杨花”的诗句，“片片鹅毛”化用白居易“可怜今夜鹅毛雪”的诗句，两次化用，大大增强了曲子的文学性。紧接着排列出几个典故，又增强了曲子雅的境界。王徽之风雪夜泛舟访戴逵，“乘兴而来，兴尽而返”；孟浩然骑驴踏雪寻梅，孤高洒脱；柳宗元被贬永州，“孤舟蓑笠翁，独钓寒江雪”。“你自评跋，那个清高，那个粗豪”，这样开放式的结尾，使作品更显洒脱、自然。

［中吕］山坡羊

大江东去，长安西过[①]，为功名走遍天涯路。厌舟车[②]，喜琴书[③]。早星星鬓影瓜田暮[④]，心待足时名便足。高，高处苦；低，低处苦。

注释

①“大江”两句：为功名奔波于大江南北。

②厌舟车：厌烦四处奔波求官的羁旅生活。

③喜琴书：喜欢弹琴，自娱自乐的隐逸生活。

④星星鬓影：形容白发。瓜田暮：汉邵平，本来是秦东陵侯，秦亡后，在城门口卖瓜，瓜甜美，世称“东陵瓜”。这句的意思是说作者自己的隐逸生活。

赏析

“大江东去，长安西过，为功名走遍天涯路”，足迹从中原燕京遍及大江南北，道尽了作者一生宦游奔波之累与功名难就之怨。“厌舟车，喜琴书，早星星鬓影瓜田暮”，“舟车”指南来北往的水陆旅途，“琴书”指书斋生活。一厌一喜，对比鲜明。“瓜田暮”是用典，喻弃官归隐，故有下句感慨：“心待足时名便足。”若能如陶渊明那样知足，也就能“乐乎天命”了。“高，高处苦；低，低处苦”，这里的高低是指官位的高低。这里作者以简洁明了的排偶句，概括了处于不同境地的士人颇为近似的状况，高、低形式不同，但都受制于“名缰利锁”，心不得安宁。“心待足时名便足”，摆脱“名缰利锁”，才能实现真正意义上的自由。

[双调]湘妃怨

集　句①

几年无事傍江湖，醉倒黄公旧酒垆②。人间纵有伤心处，也不到刘伶坟上土③，醉乡中不辨贤愚。对风流人物，看江山画图④，便醉倒何如！

注释

①集句：即集句体，元曲巧体之一，诗词中也有，指从前人诗文中巧妙组织、为我所用。

②“几年”两句：唐陆龟蒙《何袭美春夕酒醒》有“几年无事傍江湖，醉倒黄公旧酒垆。觉后不知明月上，满身花影倩人扶”。黄公，魏晋间一卖酒人。

③“也不到”句：唐李贺《将进酒》有“劝君终日酩酊醉，酒不到刘伶坟上土”。

④“对风流”二句：苏轼《念奴娇·赤壁怀古》有“大江东去浪淘尽，千古风流人物”“江山如画，一时多少豪杰”。

赏析

“几年无事傍江湖，醉倒黄公旧酒垆”领起全篇，渲染出一种闲适自然的状态。“几年无事”点明作者的清闲，“醉倒”表明作者想要远离尘世琐碎事务的心情。“也不到刘伶坟上土”，化用李贺的词句，同时选取魏晋南北朝间的“竹林七贤”刘伶的典故，一代隐士的放荡不羁更加坚定了作者想要一醉方休、不问世事的决心。世事时刻都在变化，江山如画，豪杰辈出，而对作者来说，及时行乐才是最重要的，一切都比不过作者发自心底感叹的那句“便醉倒何如！”全曲围绕“无事”二字展开。因为“无事”，所以“傍江湖”，这是作者的无奈，一醉万事休，酒乡就是安乐乡。这里有壮美江山，这里有风流人物，没有让人担忧让人失望让人愤怒的凡尘俗事。如此，便醉倒何如？

贯云石①

［双调］水仙子

田　家

绿阴茅屋两三间，院后溪流门外山。山桃野杏开无限，怕春光虚过眼，得浮生②半日清闲。邀邻翁为伴，使家僮过盏③，直吃的老瓦盆干。

又

满林红叶乱翩翩，醉尽秋霜④锦树残，苍苔静拂题看。酒微温石鼎寒，瓦杯深洗尽愁烦，衣宽解，事不关⑤，直吃的老瓦盆干。

注释

① 贯云石，字浮岑，号成斋、疏仙、酸斋，元代散曲作家、著名诗人、散文作家。元朝畏兀儿人，精通汉文。存小令 70 余首、套数 8 套，有专集《酸斋乐府》，近人任讷所辑。任讷将他的散曲与自号“甜斋”的徐再思的散曲合为一起，世称《酸甜乐府》。贯云石的散曲以写山林逸乐生活与男女恋情为主。作品风格基本上属豪放派，以清丽见长。他还是最早的散曲评论家，曾为《阳春白雪》《小山乐府》作序，在当时散曲界十分活跃，而且很有影响。其《水仙子》共四首，皆写

田园主题。

② 浮生：虚浮不定的生活。李白《春夜宴桃李园序》有“浮生若梦，为欢几何?”唐代诗人李涉《题鹤林寺壁》有“终日昏昏醉梦间，忽闻春尽强登山。因过竹院逢僧话，偷得浮生半日闲”。

③ 过盏：传递酒杯给下一个人，即邻翁。

④ 醉尽秋霜：树林里都是凋落的红叶。

⑤ 事不关：世间的事不放在心上。

赏析

两曲都描写了田园隐居之乐，在赞美田家生活的同时反衬尘世生活的繁杂，语言直率而意味隽永。

第一曲：绿树掩映间，两三间茅屋依稀可见，小院后溪水潺潺，门外黛色山峦起伏连绵。寥寥数笔就勾勒出一幅恬静安宁的田园美景图。春意正浓，山桃野杏开得漫山遍野。“得浮生半日清闲”化用李涉“因过竹林逢僧话，偷得浮生半日闲”的诗句，使上下文衔接自然。如此大好春光不可辜负，于是主人公邀请邻家老翁做伴，一起喝茶饮酒。浅斟低唱间，不被世俗所束缚的快乐感也就随之而来。

第二曲：同样是描写田园之乐，相比第一曲，曲二抒发的感情更为直白。秋风起，红叶纷飞，主人公坐在石阶上静静观赏眼前的秋景。一杯酒下肚，烦扰仿佛少了一大半。与其兀自郁闷那些烦心事，不如脱下衣服喝得大汗淋漓，烦恼尽忘，岂不潇洒自在？此曲表面上写隐逸之乐，但从“衣宽解，事不关”可看出作者鲜明的思想感情，对污浊黑暗社会的深深厌弃。只有甩开这些凡尘俗事，才能找到心灵的净土。

［正宫］塞鸿秋①

代人作

战西风几点宾鸿②至，感起我南朝千古伤心事③。展花笺[4]欲写几句知心事，空教我停霜毫[5]半晌无才思。往常得兴时，一扫无瑕疵[6]。今日个病恹恹[7]刚写下两个相思字。

注释

①贯云石《塞鸿秋》共两首。

②宾鸿：鸿，候鸟。《礼记·月令》有“鸿雁来宾”。

③“感起我”句：吴激《人月圆》有“南朝千古伤心事，犹唱后庭花”。

④花笺：华丽的信笺。

⑤霜毫：用白兔毛做的毛笔。

⑥瑕疵：本指美玉上的斑点，这里指诗文中的小毛病。

⑦病恹恹：因相思而精神不振。

赏析

“代人作”在元散曲中比较常见，多为文人代替女子写信，此曲亦然。全曲以起兴手法开篇，先勾画出一幅萧瑟凄凉的秋景图，为下文作了充分的情感铺垫。深秋西风可谓肃杀凛冽，大雁南飞，气氛悲凉萧索，女主人公不由触景生情，回忆起往事。展开花笺，却是“半晌无才思”。难道是因为文才不足吗？并不是。五、六两句对“往常”的补叙，生动地描绘了女主人公往常文思敏捷的程度，与上句“停霜毫半晌无才思”形成强烈对比，暗示了眼下“无才思”的真实原因。作者用欲写时的“无才思”，来渲染女主人公实际上的思如潮涌；用今与昔写作情形的反常，来强调女主人公内心悲伤至极的实情。

[中吕]红绣鞋[1]

挨着靠着云窗同坐，看着笑着月枕双歌[2]，听着数着愁着怕着[3]早四更过。四更过，情未足，情未足，夜如梭。天那！更闰[4]一更妨甚么。

注释

①这里男女之情写得大胆率真，毫无逢场作戏之感。为诗词中未见，而且用了顶真、重叠的民歌手法。

②月枕：月亮形状的枕头。双歌：一起唱歌。

③听着数着愁着怕着：听着敲打声，数着打更声，愁天亮，怕分离。

④闰：农历有闰月，但无闰更。这里是突发奇想，表现女子痴情，希望有闰更，延长和情人在一起的时间。

赏析

开篇便是数个动词的叠加，恋人间欢爱之景扑面而来。“挨着”“靠着”“看着”“笑着”等动词极尽铺陈，两人的亲密姿态如在眼前，而“听着”“数着”又侧面突出女子害怕时间流逝的惶恐心理，与情人相处的时间太短，就算是一整天对坐也无法缓解自己的相思之情。听着四更敲过，主人公更是失望至极，夜晚的时光怎么会如梭子一般飞快流逝呢？二人多日相思，一朝相会，同喜也同忧。“天那！更闰一更妨甚么”，他们是多么希望彼此的时光能够得以延长啊。曲子通俗易懂。运用叠字和重句体显得俏皮可爱，句意逐渐加深，缠绵悱恻的感情排山倒海般涌现。

［双调］殿前欢[1]

畅幽哉[2]，春风无处不楼台。一时怀抱俱无奈，总对天开。就渊明归去来，怕鹤怨山禽怪[3]。问甚功名！酸斋是我，我是酸斋。

又

楚怀王，忠臣跳入汨罗江。《离骚》读罢空惆怅，日月同光④。伤心来笑一场，笑你个三闾强。为甚不身心放？沧浪污你，你污沧浪⑤。

注释

① 贯云石《殿前欢》共八首。

② 畅幽哉：真幽美啊。

③ “就渊明”两句：这两句的意思是谁可效仿陶渊明归隐山林，绝不犹犹豫豫，以免被山林中走兽飞禽所见怪。表明归隐之心已决。

④ 日月同光：《史记·屈原贾生列传》称赞《离骚》“虽与日月争光可也”。

⑤ 沧浪污你，你污沧浪：《孟子·离娄上》云“有孺子歌曰：‘沧浪之水清兮，可以濯我缨；沧浪之水浊兮，可以濯我足。’孔子曰：‘小子听之，清斯濯缨，浊斯濯足矣，自取之也。’”沧浪，汉水的下游，这里指汨罗江。

赏析

第一曲：春天，作者于草长莺飞、花明柳媚中登楼望远。春风从山林间款款而来，温柔地拂过每一寸苍翠，穿过楼阁水榭，轻吻作者的面庞。在盎然春色中，喊出“畅幽哉”三字的作者，内心何其愉悦畅快。他如此喜悦不仅为春日而生，更因鱼归故渊，鸟返旧林而越发热烈。随后一转，他想到自己满腔热血，一身才华无处施展，只能对天长叹，感怀伤时。于是作者语似旷达地自我劝谏，若仍想着俗世功名，必定惹来野鹤山禽的怨怼，不如跟随五柳先生的脚步，将俗事暂且抛诸脑后。“酸斋是我，我是酸斋”，写得超脱豪迈，正是还我本来面目之意。

第二曲：楚怀王不辨忠良，致使屈原含冤而死，开篇一句掷地有声，字字饱含作者对不公的控诉。读罢《离骚》，掩卷沉思，屈原的追问犹在耳畔。屈原品格尚与日月争光，可此等纯粹之人，也落得个葬身鱼腹的悲惨下场。痛定思痛，作者一改历来人们对屈原沉江的积极态度，而反弹琵琶，做起翻案文章。他恨铁不成钢地痛呼，生性至纯的三闾大夫，可否放下自己的坚贞来将性命保全！与其说滔滔江水玷污了屈原，不如说屈原轻贱了自己，白白让一身风骨沉入河沙。但细细想来，这又何尝不是作者自己对生命的妥协呢？此曲可谓天马行空，古今共见，奇诡至极。

［双调］清江引立春[①]

（限金、木、水、火、土五字冠于每句之首，句各用春字。）

金钗影摇春燕斜，木杪[②]生春叶。水塘春始波，火候春初热，土牛儿载将春到也。

又

竞功名有如车下坡，惊险谁参破。昨日玉堂臣，今日遭残祸，争如我避风波走在安乐窝。

又

闲来唱会清江引，解放闲愁闷。富贵在于天，生死由乎命，且开怀与知音谈笑饮。

又

弃微名去来[③]心快哉，一笑白云外。知音三五人，痛饮何妨碍？醉袍袖舞嫌天地窄。

注释

①此曲为嵌字体，暗嵌金、木、水、火、土五字，为元曲巧体之一。

② 木杪：树木的末梢。

③ 去来：辞官归去。

赏析

第一曲：此曲将金、木、水、火、土五种基础元素融于每句春色之中。华美的金钗随着窈窕淑女轻盈婀娜的步子，在阳光下摇晃出一片细碎的剪影。立春时节，女人们的发髻上斜斜地点缀着春燕发饰。一“斜”一“摇”，绰约生姿。经过了一个冬季的树木，在春风轻拂下萌生出嫩绿的新叶，绵密的春风也轻轻吹动平静的水塘，泛起点点涟漪。“火候春初热”，立春过后，气温一点一点往上爬，已经稍稍显出燥热的迹象。先有春色开篇，后有打春风俗收束全文。春到人间，万物欣荣，生机盎然与民俗古朴之景可见一斑。

第二曲：在尔虞我诈的官场，追名逐利如驱车下坡，稍不留神就会超出自己的掌控范围，坠入深渊。其中的惊险没有人能够预知。昔为座上宾，今为阶下囚。这样的事情在官场屡见不鲜。于是作者发出感叹，与其处处如履薄冰，不如像他一样，远离世俗纷争，避开人生的处处风波，回到安乐窝，逍遥自得。

第三曲：闲暇时，一曲《清江引》足以慰藉心灵，排遣烦闷。在作者眼中，死生有命，富贵在天。既然人无法左右命运的安排，那就暂且珍惜能与好友开怀畅饮的日子，用欢快与洒脱填满每刻，不用去想以后会如何，此刻能纵声谈笑，也不失为一种乐趣。

第四曲：摒弃官位，回到自由身，如今没有了官场琐事的纷扰，终于能来去自如，放声大笑。有三五知音，有金樽清酒；大醉之际，击盏奏乐，酒香氤氲。天地似乎很大，大到整个天地都能任君戏耍。天地又似乎很小，小到甚至容不下这个卓然的舞者。

周文质[1]

[正宫]叨叨令

自　叹

筑墙的曾入高宗梦[2]，钓鱼的也应飞熊梦[3]，受贫的是个凄凉梦，做官的是个荣华梦。笑煞人也么哥，笑煞人也么哥，梦中又说人间梦[4]。

注释

① 周文质，字仲彬，元代文学家。建德（今属浙江省）人，后居杭州。《录鬼簿》对他有详细的记载："体貌清癯，学问渊博，资性工巧，文笔新奇。家世儒业，俯就路吏。善丹青，能歌舞，明曲调，谐音律。性尚豪侠，好事敬客善绘画。"所作杂剧今知有四种。现仅《苏武还乡》(或称《苏武还朝》)存有残曲。散曲存有小令43首、套数5套，多男女相思之作。《叨叨令》曲文体的主要特征是重复使用两遍"也么哥"。此曲写人生虚幻如梦，反映了元作曲家因对当时社会政治的失望而产生的愤懑之情。本曲围绕一个"梦"字，大量用典写实，对比鲜明，揭露深刻。

② "筑墙"句：传说是一个从事版筑的奴隶，在傅岩那个地方劳动，高宗"夜梦得圣人，名曰说，以梦所见视群臣百吏，皆非也。于是乃使百工营求之野，得说于傅险（岩）中……得而与之语，果圣人，举以为相，殷国大治"。(见《史记·殷本纪》)

③“钓鱼”句：钓鱼的，指吕尚，即姜太公。《史记·齐太公世家》：“西伯将出猎，卜之，曰：‘所获非龙非彨，非虎非罴，所获霸王之辅。’于是周西伯猎，果遇太公于渭之阳，与语大说……载与俱归，立为师。”西伯，即周文王。“非虎”，《宋书·符瑞志》作“非熊”，后又由“非熊”论为“飞熊”，因有“飞熊入梦”的传说。

④“梦中”句：这是化用《庄子·齐物论》中的“梦之中又占其梦焉”的意思。

赏析

作者以自叹为题，从自己的人生际遇出发，观望红尘俗世。过往红尘一并看破，终化为几句惨淡的慨叹。曲作开篇叹道“筑墙的曾入高宗梦，钓鱼的也应飞熊梦”，不论是筑墙的人还是钓鱼的人，这些大多数人眼中的社会底层人士都憧憬着有朝一日能如傅说遇高宗、太公遇文王，然后得遂己愿，平步青云，实现才华和抱负。后又叹“受贫的是个凄凉梦，做官的是个荣华梦”，芸芸众生，各自特别，可以说人生际遇本就不尽相同。社会阶级不同，自然做着各不相同的梦。然而作者对于这些人间的梦，给予了无情的讥笑，认为这些是在人生这一场梦中继续说梦而已，虚幻至极，犹如镜花水月，可笑可叹。

［正宫］叨叨令

悲　秋

叮叮当当铁马儿①乞留定琅闹，啾啾唧唧促织儿②依柔依然叫，滴滴点点细雨儿淅零淅留哨，潇潇洒洒梧叶儿失留疏刺落。睡不着也么哥，睡不着也么哥。孤孤零零单枕上迷彫模登③靠。

注释

①铁马儿：风铃。

② 促织儿：蟋蟀。

③ 迷飑模登：迷迷糊糊。

赏析

秋天的萧瑟之气勾起了作者对恋人的思念，或许正是因为这份思念，才让客观的“秋声”染上了一层悲凉意味。此曲以一系列象声词和叠词摹状秋的声响，表现了主人公化不开的忧愁。主人公立于堂前，风铃声似乎搅动了他心头的愁绪，促织啾啾唧唧，秋雨淅淅沥沥，秋雨的冲洗让本就稀疏的梧桐更显零落，这种强烈的共鸣足以使主人公“孤孤零零单枕上迷飑模登靠”。在这样一个秋夜，风声、雨声、虫鸣声、落叶声，声声入耳，让作者原本潜伏的愁绪逐渐发酵，内心的孤独凄凉感愈演愈烈，使得他辗转反侧难以入眠。此曲情景交融，含蓄内敛，寥寥数语就把秋的凄清和主人公的孤寂烦闷传神地表现出来，足见作者的匠心。

[双调] 落梅风

楼台小，风味佳，动新愁雨初风乍[①]。知不知对春思念他，倚阑干海棠花下。

又

新秋夜，微醉时，月明中倚栏独自[②]。吟成几联断肠诗[③]，说不尽满怀心事。

又

鸾凤配，莺燕约[④]，感萧娘[⑤]肯怜才貌。除琴剑[⑥]又别无珍共宝，则一片至诚心要也不要。

注释

① 乍：起初。

②倚栏独自："独自倚栏"的倒文，为了押韵。

③断肠诗：悲伤到极致的诗集。宋代女词人朱淑真有《断肠诗集》。

④鸾凤配，莺燕约：比喻男女之间爱情的盟约。

⑤萧娘：女子的泛称。尹鹗《临江仙》中有"一番莲菱生池沼，槛前风送馨香。昔年与此绊萧娘，相偎伫立。牵惹诉衷肠"。

⑥琴剑：古代知识分子的随身行装。

赏析

第一曲：楼台虽小，风景独好。女子独倚高楼，向远方眺望。风乍起，吹来雨滴，也吹动了女子的愁绪。她牵挂的人儿，如今在何方？他又是否知道，此刻倚着栏杆立于海棠花下的女子正对着满目春色思念着他。全曲余韵悠长。读者仿佛亲眼看见了一位黛眉微蹙，双目含情的女子立于海棠树下，在翘首企盼思念之人的归来。

第二曲：初秋良夜，主人公满怀心事却无人倾诉。为了消解愁绪，主人公提了一壶清酒，对月独酌。想起李白有诗云："抽刀断水水更流，举杯浇愁愁更愁。"此言不虚，已经微醉，此愁却不见消解半分。

第三曲：这首恋曲，深切表达出清贫文士重才重心的爱情观，读来深情感人。鸾凤匹配，莺燕相约，感谢萧娘肯爱惜我的人品才貌。除了琴剑，我身上除了颗赤诚的心，再没有其他珍宝。作者一介书生，在面对自己心爱的姑娘时，他真诚地感激心上人愿意欣赏他的才华和样貌。书生在世，除却随身佩带的琴剑，再无其他能够送给心上人。但尽管物质上不甚优渥，他还有一颗赤子之心。而实际上这颗心已比什么都重要。作者以反问"要也不要"结尾，更加强了语气，让读者感到真诚可贵，爱情无价。

[越调]寨儿令

弹玉指[①]，觑腰枝，想前生欠他憔悴死。锦帐琴瑟，罗帕

胭脂，则落的害相思。曾约在桃李开时，到今日杨柳垂丝。假题情绝句诗，虚写恨断肠词②。嗤！都扯做纸条儿。

又

踏草茵，步苔痕，忆宫妆③懒观蝶翅粉。桃脸香新，柳黛愁颦，谁道不消魂！海棠台榭清晨，梨花院落黄昏。卷帘邀皓月，把酒问东君④。春，偏恼少年人。

又

清景幽，水痕收，潇潇几株霜后柳。往日追游，此际还羞，新恨上眉头。丹枫不返金沟，碧云深锁朱楼。风凉梧翠减，露冷菊香浮。秋，妆点许多愁。

注释

① 弹玉指：指打量自己的手指，看看自己因为相思消瘦了多少。

② "假题"两句：情人没有如约而至，只寄来了有关情情爱爱的诗词。

③ 宫妆：宫中流行的妆容。

④ 东君：指代春。古人用东南西北分别代表春夏秋冬。

赏析

三首曲子所表达的都是相思之情，表现手法也有相似之处。第一曲里用"弹玉指，觑腰枝"勾勒出身体的逐渐消瘦，突出女子相思程度之深；第二曲里"柳黛愁颦，谁道不消魂"，因为相思，女子憔悴损；而在第三曲里则表现为"秋，妆点许多愁"，以秋风瑟瑟衬托女子愁绪纷飞。三首曲里都有对景物的描写，或杨柳依依，飞絮满天；或海棠花落，梨花深院；又或是碧云朱楼，冷菊暗香。唯一不变的是这些偏冷色调的景物中，都隐喻浓浓的相思苦。

乔　吉①

［正宫］绿幺遍

自　述

不占龙头②选，不入名贤传③。时时酒圣，处处诗禅。烟霞状元，江湖醉仙，笑谈便是编修院④。留连⑤，批风抹月⑥四十年。

注释

①乔吉，字梦符，号笙鹤翁，又号惺惺道人。太原（今属山西省）人，元代杂剧家，他一生怀才不遇，倾其精力创作散曲、杂剧。《录鬼簿》中说他“美姿容，善词章，以威严自饬，人敬畏之”，又作吊词云“平生湖海少知音，几曲宫商大用心。百年光景还争甚？空赢得，雪鬓侵，跨仙禽，路绕云深”。从中大略可见他的为人。他的杂剧作品，见于《元曲选》《古名家杂剧》《柳枝集》等中。散曲作品据《全元散曲》所辑存小令200余首、套曲11首。散曲集今有抄本《文湖州集词》1卷、李开先辑《乔梦符小令》1卷，及任讷《散曲丛刊》本《梦符散曲》。

②龙头：状元。

③名贤传：录入名人贤者的传记。

④编修院：即翰林院。

⑤ 留连：不愿离去。高适《行路难》有“五侯相逢大道边，美人弦管争留连”。

⑥ 批风抹月：吟风弄月。

赏析

不稀罕登上状元榜，也不愿载入名贤传。只愿饮酒时能饮酒，做个自在快活的酒中圣。若能处处作诗谈禅，我便是世间吟赏烟霞的状元郎，笑傲江湖的醉酒仙。我在山林间笑谈古今，便如同在翰林院编修国史。

此曲是作者的自述。作者怀才不遇，一生寄情诗酒，自喻为“烟霞状元，江湖醉仙”，然而作为知识分子，他并非一开始就无意仕途。这鄙薄官场的洒脱态度，是他在四十年光阴积淀中慢慢生成的。

[中吕] 满庭芳①

渔父词

吴头楚尾②，江山入梦，海鸟忘机。闲来得觉胡伦③睡，枕着蓑衣。钓台下风云庆会，纶竿上日月交蚀。知滋味，桃花浪里，春水鳜鱼肥。

又

携鱼换酒，鱼鲜可口，酒热扶头④。盘中不是鲸鲵⑤肉，鲟鲊初熟。太湖水光摇酒瓯⑥，洞庭山影落鱼舟。归来后，一竿钓钩，不挂古今愁。

注释

① 乔吉《满庭芳》以“渔父词”为题者共20首，但并非一时一地所作。

② 吴头楚尾：江西省北部，为春秋时楚国和吴国的交界处。

③ 胡伦：通“囫囵”，意为浑然一体，这里是说睡得香甜。

④ 扶头：兴奋起来的意思，也作酒名。

⑤ 鲸鲵：鲸鱼，鲸为雄，鲵为雌。

⑥ 瓯：一种瓦器。

赏析

第一曲：“吴头楚尾，江山入梦”，渔父生活在吴头楚尾山水间，睁眼看见山水，闭眼梦见山水。接下来的“海鸟忘机”用《列子·黄帝》典，是说渔父没有心机，所以鸥鸟也乐于与他为伴。渔父心胸坦荡，了无牵挂，所以枕着蓑衣，就能睡一个好觉。“枕着蓑衣”写渔父悠然自得的睡态，富有生活情趣。“钓台下风云庆会，纶竿上日月交蚀”，一觉睡醒，就在水边垂钓消磨时光，好不惬意。文末又巧化唐朝张志和《渔歌子》“西塞山前白鹭飞，桃花流水鳜鱼肥”之句。春日桃花随流水漂向远方，清澈见底的河水中肥美的鳜鱼欢快地游弋。渔父就在这样富饶的江南水乡，乐享美好恬静的隐居生活。

第二曲：渔父自食其力、自得其乐，每天劳动归来，携上几条鱼，换来一壶酒。熟鱼入口鲜美，温酒入喉醇香，他就这样惬意地享用自己的劳动果实。生活如此美好，环境更加迷人。“太湖水光摇酒瓯，洞庭山影落鱼舟”，湖光山水色，堪与何人说。人在景中，如入画中，这是渔父的生活美学。“归来后，一竿钓钩，不挂古今愁”，古往今来的纷乱忧愁与简简单单的垂钓之乐形成对比，更见渔父悠闲舒适的生活。

［双调］水仙子

为友人作

搅柔肠离恨病相兼[①]，重聚首佳期卦怎占？豫章城[②]开

了座相思店。闷勾肆[3]儿逐日添，愁行货顿塌[4]在眉尖。税钱[5]比茶船上欠，斤两[6]去等秤上掂，吃紧的历册般拘钤。

怨风情

眼前花怎得接连枝[7]，眉上锁[8]新教配钥匙，描笔儿勾销了伤春事。闷葫芦铰断线儿，锦鸳鸯别对了个雄雌。野蜂儿难寻觅，蝎虎儿干害死，蚕蛹儿毕罢了相思。

注释

① 恨病相兼：怨恨加上相思。

② 豫章城：故址今在江西省南昌市。宋元流行的双渐苏卿的爱情故事中，双渐曾到豫章城寻找苏卿。

③ 勾肆：宋元时期卖艺人卖艺的场所。

④ 顿塌：堆积。

⑤ 税钱：这里指相思缴的税。

⑥ 斤两：这里指愁苦的重量要在秤上掂量。

⑦ 连枝：连理枝。

⑧ 眉上锁：眉头紧锁像锁一样难开。

赏析

两曲善用修辞，幽默风趣，令人耳目一新。曲一中，相思似可用秤量，以风趣幽默的语气诉说思念之痛。作者大量运用商业用语，以开店、行货、税钱等别具一格的比喻来彰显相思的沉重。曲二写的是闺怨，却并没有给人压抑之感。作者运用了大量形象的比喻，且喻体通俗易懂。女主人公独自坐在闺房里，眉头微蹙，埋怨那位惹她相思的人。从一个“野”字看来，对方可能极不安分。“蝎虎儿干害死，蚕蛹儿毕罢了相思”，女主人公疲于相思，心又恼恨，于是下定决心斩断相思。与其害得自己魂不守舍，还不如舍弃这段恋情，也好落个内心安宁。

［双调］折桂令

七夕赠歌者[①]

崔徽休写丹青[②]，雨弱云娇，水秀山明。箸点[③]歌唇，葱枝纤手，好个卿卿[④]。水洒不着春妆[⑤]整整，风吹的倒玉立亭亭，浅醉微醒，谁伴云屏？今夜新凉，卧看双星[⑥]。

又

黄四娘沽酒当垆[⑦]，一片青旗，一曲骊珠[⑧]。滴露和云，添花补柳，梳洗工夫。无半点闲愁去处，问三生醉梦何如。笑倩谁扶，又被春纤，搅住吟须[⑨]。

注释

① 宋元时期词曲大多都是由歌伎唱诵，大多词曲都有专门的词曲家为她们所创作。

② 崔徽：唐代著名美丽歌伎，常画自己的肖像送给恋人。丹青：绘画，描摹。

③ 箸点：形容女子的嘴巴像筷子头那样小巧。

④ 卿卿：情侣之间的昵称。

⑤ 春妆：春日盛装。

⑥ 双星：指牛郎织女星。

⑦“黄四娘”句：黄四娘，美女的泛称；当垆，用了卓文君和司马相如私奔后当垆卖酒的典故。

⑧ 骊珠：传说中的珍珠，在骊龙颔下。这里用骊珠形容歌声动人清丽。

⑨ 倩：通“请”。春纤：代指女子修长纤细的手指。搅住吟须：歌伎向词曲家索要词曲。吟须，作者自指。

赏析

女子之美，美在歌声动人，美在娇俏柔弱，美在活泼开朗。第一曲中，作者笔下的女子明媚如画。弱雨娇云、秀水明山，无一不是世间美好事物，而歌女集四者于一身。樱唇一点，小如筷箸；纤纤素手，细如葱根；体态轻盈，弱柳扶风。歌女之美无与伦比，而值此良夜，这样一位难得的美人却只能独坐云屏，一个人带着浅浅的醉意卧看双星。此番描写更加凸显了她的孤寂感，也流露出了作者的怜惜之情。曲二中盛装打扮的歌女犹如花朵一般娇艳，最后一句“笑倩谁扶，又被春纤，搅住吟须”，一个“笑”，一个“搅”，可以看出两人关系非同一般，使佳人形象更丰满动人。

[双调]清江引

笑靥儿①

凤酥②不将腮斗儿匀，巧倩含娇俊③。红镌玉有痕，暖嵌花生晕，旋窝儿粉香都是春。

又

一团可人衠④是娇，妆点如花貌。抬叠起脸上愁，出落腮边俏，千金这窝儿里消费了⑤。

注释

① 笑靥儿：笑起来双颊的两个酒窝。

② 凤酥：一种化妆品。

③ “巧倩”句：意为笑起来十分娇美可爱。巧倩，动人可爱的笑容。《诗经·卫风·硕人》有“巧笑倩兮，美目盼兮”。

④ 衠：纯粹。

⑤ “千金”句：歌伎们欢迎卖笑的人生。

赏析

第一曲：笑靥之美，色如春晓之花。开头寥寥几笔就点染出了主人公笑容的娇美。她两腮不点而红，双眼不画而亮，让人不由想到《诗经》当中的“巧笑倩兮，美目盼兮”。接着作者继续铺陈刻画她的美，“旋窝儿粉香都是春”，这生动可爱的模样真像极了明媚的春光。

第二曲：此曲看似描写歌伎的娇艳美丽，实则道出了这个群体的辛酸与无奈。她们每天盛装打扮博得客人欢笑，心里的苦闷却无处诉说，表面风光无限，实则落寞寂寥。她们总要老去的，当青春不再容貌改，又有几人会真心对待她们呢？

［双调］卖花声

悟　世

肝肠百练炉间铁，富贵三更枕上蝶①，功名两字酒中蛇②。尖风③薄雪，残杯冷炙④，掩清灯竹篱茅舍。

注释

①“富贵”句：用了庄周梦蝶的典故。此句的意思是富贵不过是一场梦而已。

②“功名”句：用了杯弓蛇影的典故，此句的意思是功名像酒杯中的蛇影一样不可捉摸。

③尖风：让人感到刺骨的寒风。

④残杯冷炙：这里是指生活贫苦。

赏析

此曲前三句是一个鼎足对，头一句概括作者的精神状态，表明他早已失去对生活的热情。第二、三句连用两个典故，说如今富贵功名于他而言只是幻影。这展现了作者历尽沧桑后大彻大悟、通达世事的心境。后三句写景，刻画出作者如今的凄苦生活。屋外风雪交加，风是刺骨的寒风，雪是割人的薄雪。再看屋内，一盏青灯、两盘残肴、几杯淡酒。寒在风雪，寒在世情，寒在人心。这里的写景与前文的抒情自然地融为一体，使人心生寒意。而在当时的社会环境中，像作者这样处境的寒士不在少数。

［中吕］山坡羊①

寄　兴

鹏抟九万②，腰缠十万，扬州鹤背骑来惯③。事间关，景阑珊④，黄金不富英雄汉。一片世情⑤天地宽。白，也是眼；青，也是眼⑥。

冬日写怀

朝三暮四，昨非今是，痴儿⑦不解荣枯事。攒家私，宠花枝⑧，黄金壮起荒淫志，千百锭买张招状纸。身，已至此；心，犹未死！

注释

① 元曲中的《山坡羊》大多都讽刺现实，暗含隐喻。

② 鹏抟九万：庄子《逍遥游》有“鹏之徙于南冥也，水击三千里，抟扶摇而上者九万里”。抟，盘旋的样子，形容大鹏起飞时就像一阵旋风，这里比喻有远大志向的人。

③“腰缠”两句：南朝梁殷芸《殷芸小说》中有人说“‘腰缠十万贯，骑鹤上扬州’。欲兼三者”。这两句的意思是升官、求财、成神仙三者兼而有之。

④ 事间关：世事艰险、道路崎岖。间关，道路艰险。阑珊：衰

落、凋蔽。

⑤ 世情：世态炎凉，化用杜甫诗句“世情恶衰歇，万事随转烛”。

⑥“白，也是眼”两句：用阮籍能做“青白眼”的典故，说明已经看破人情世态。《晋书·阮籍传》记载，阮籍能做青白眼，用青眼看人表示敬重，用白眼看人，表示蔑视。

⑦ 痴儿：贪恋功名利禄的人。

⑧ 宠花枝：好女色。

赏析

两曲都表达了对炎凉世风的抨击，以及对各种追名逐利小人的不屑。

第一曲以典故起头，呈现了当时的社会风气。当一个人富裕得志，众人对他青眼相加；而当他从高处跌落，等待他的就只有白眼了。人们追求的目标只有“钱权”二字，世态炎凉令人心寒。与此同时，作者也发出了他的心声：不管你是青眼看人还是白眼看人，他都要保持自己的节操，矢志不渝！第二曲一开头“朝三暮四，昨非今是，痴儿不解荣枯事”，道出了世事的变幻无常。昨天还正确的事情到了今天可能就成错的了。“痴儿”指的正是那些一味追求名利的人。这些人早已忘却初心，他们整天“攒家私，宠花枝，黄金壮起荒淫志，千百锭买张招状纸”。整首曲子语言犀利，具有很强的警世意义。

[越调] 天净沙

即　事①

莺莺燕燕②春春，花花柳柳③真真，事事风风韵韵④，娇娇嫩嫩，停停当当⑤人人。

注释

① 即事：即眼前所看到的景，当下所悟的情。

② 莺莺燕燕：比喻少女。

③ 花花柳柳：比喻失足女。

④ 风风韵韵：指人的风度和韵味，后来多指少妇的风流韵味。

⑤ 停停当当：也作“婷婷当当”，形容动作体态优美自然。

赏析

此曲赞美女子的容貌风韵，描绘了和谐美满的爱情。前两句用春天里莺燕双双飞舞、花柳婆娑多姿来形容久别重逢后的喜悦心情，也写出了心上人的娇柔可爱。用画中美女“真真”突出女子的美好。后三句赞美女子言谈举止很有风度，富于韵致，一切都恰到好处，真是个无可挑剔的可意美人。此曲最突出的特点是全篇使用叠字，颇具重叠复沓的音韵美，且语带双关，言简义丰，读来饶有趣味。

［双调］清江引①

相　思

相思有如少债②的，每日相催逼③。常挑着一担④愁，准⑤不了三分利。这本钱见他时才算得。

注释

① 清江引：曲牌名

② 少债：欠债，既是相思就像欠债那般。

③ 催逼：形容相思得紧。

④ 一担：元代时的一种市语，形容非常沉重。

⑤ 准：还，偿还。

赏析

这是一首相思曲，曲家将相思比喻成欠债讨债，构思精巧，用语通俗流利，读来颇具谐趣。“相思有如少债的，每日相催逼”，相思之苦如债务，日日催人逼人折磨人，令人无法躲闪。这真切形象地道出了无法逃避的思念之苦。下面两句写相思者的精神状态。“常挑着一担愁”，愁思沉重，如重担在肩，而这担又是卸不下的，将无形之愁具体化。“准不了三分利”，又暗中道出了相思之苦随离别时日增加而不断加剧的感受。既然利息的三分尚且无法偿还，那么“本钱”何时才能偿清呢？于是曲子最后说“这本钱见他时才算得”，“见他时”，即见到所思念的人儿时，上面所说的苦楚才能彻底消除。此曲比喻新奇，作者别出心裁地以放债喻相思，化无形为有形，将抽象的感受具体化，生动地表现出相思之深重，集中笔力写负债人之苦，如此相思之苦也就具体可感了。这显示出作家很高的想象力和语言表现能力。

赵善庆[①]

［中吕］山坡羊

燕　子

来时春社，去时秋社[②]，年年来去搬寒热。语喃喃，忙劫劫[③]，春风堂上寻王谢，巷陌乌衣夕照斜[④]。兴，多见些；亡，都尽说。

长安怀古

骊山横岫，渭水环秀，山河百二[⑤]还如旧。狐兔悲，草木秋，秦宫隋苑徒遗臭，唐阙汉陵何处有？山，空自愁；河，空自流。

注释

① 赵善庆，一作文宝，一作赵孟庆，字文贤；元代文学家。饶州乐平（今江西省乐平市）人。《录鬼簿》说他“善卜术，任阴阳学正”。著杂剧《教女兵》《村学堂》8种，均佚。散曲存小令29首。《太和正音谱》称其曲“如蓝田美玉”。

② 春社：立春后第五个戊日。秋社：立秋后第五个戊日。

③ 喃喃：拟声词，燕子的叫声。劫劫：即“汲汲”，急切的样子。韩愈有“人皆劫劫，我独有余”。

④ 王谢：指代富贵人家。刘禹锡《乌衣巷》有“旧时王谢堂前燕，飞入寻常百姓家”。乌衣：指乌衣巷，在金陵城内，东晋王、谢两家居住的地方。刘禹锡《乌衣巷》有“乌衣巷口夕阳斜”。

⑤ 山河百二：比喻山河险固之地。秦国地势险要，可以凭两万兵马抵挡百万兵马。司马迁《史记·高祖本纪》有“秦，形胜之国，带河山之险，县隔千里，持戟百万，秦得百二焉”。

赏析

第一曲：“燕子经年梦，梧桐昨暮非。”燕子有迁徙的习性，秋风乍起，为抵御寒冷，燕子陆续飞往南方。待春暖花开，万物复苏，便又折返北方。年年复年年，燕子在往返，时间在流逝。它们喃喃低语，忙个不停，寻觅往年在富贵人家筑的巢。可直到落日的余晖完全消失，也不曾见昔日繁华光景。在此曲中，作者托情于燕，看似在描写燕子秋去春返这一本能活动，实际上是借燕子抒发时光易逝，历史兴亡之感叹。“兴，多见些；亡，都尽说”，结尾作者运用对偶，指出历史再如何变迁，兴也好亡也罢，都是烟云过眼，正如燕子年年归来，王谢却早已不在。这流露出了一种超脱世事之感，升华了主题。

第二曲：骊山位于长安附近的临潼东南，渭水环绕着长安。一山一水，一“横”一“环”，不仅点明所咏之地是长安，而且烘托了历代古都地势之险峻、景色之壮丽。作者登高而望，俯瞰长安风光，想起了短暂早亡的秦、隋两朝，还有当初两朝花费浩大的人力物力兴建的宫苑阙陵。如今一片豪华之地化为灰烬，徒留骂名。作者由今思昔，心中涌起无尽的慨叹。“山，空自愁；河，空自流”，此刻怀古沉思的作者又回到眼前的景中来，经过一番遐想，再看那“横岫”的骊山，似乎也在怀古生愁；“环秀”的渭水，好像也在因此叹息。然而，“古”除了用来“怀”外，别无他途。长安的山水也只能空自愁，空自流！此曲以山水起，起是绘实景；又以山水结，结是景生情。由景而情，前后呼应，结构上不可谓不严谨。同时此曲在格调上也深沉苍凉，让人不禁想起苏东坡在《赤壁赋》中所云“固一世之雄也，而今安在哉?”

［双调］庆东原

泊罗阳驿[1]

砧声住，蛩韵[2]切，静寥寥门掩清秋夜。秋心凤阙[3]，秋愁雁堞[4]，秋梦蝴蝶[5]。十载故乡心，一夜邮亭月[6]。

注释

① 驿：驿站，古代官办的交通站点，为过往使官提供食物、住宿和马匹。

② 蛩韵：蟋蟀的叫声。

③秋心凤阙：作者说自己已经没有了追逐功名的心。凤阙，朝廷。

④ 秋愁雁堞：雁阵过往引起乡愁。堞，城上矮墙。

⑤ 秋梦蝴蝶：即庄周梦蝶的典故。

⑥“十载”二句：意思是说作者常年漂泊他乡，常年思念家乡，今夜在驿站下尤其思念。

赏析

此曲写秋夜旅邸情思。作者奔走天涯，不得返回故里。“砧声住，蛩韵切”是秋夜景况。秋气清冷，长夜难寐，作者不觉思绪纷然。四下无人，捣衣的砧声已然停住。夜晚静谧，蟋蟀此起彼伏的吟唱也在这般宁静的良夜里显得越发响亮。作者独自一人坐在驿站中，关上客房门，想要掩住这个略显凄凉的清秋夜。可秋是掩不住的，它在虫声里，在凉意里，在一点一点加重作者的愁心。“秋心凤阙，秋愁雁堞，秋梦蝴蝶”，“凤阙”是京城、朝廷的代称，“雁堞”指作者常年居住的城池。“秋梦蝴蝶”，引自庄周梦蝶典。作者多年在外奔走，岁月流逝，事业未成，有家难归，故而产生人生如梦的虚无感。举头望月，月光温柔皎洁，牵动着世人对故乡的情思。今夜他只想在梦里回到故乡，赏一赏故乡的明月。

［越调］凭栏人

春日怀古

铜雀台空锁暮云①，金谷园②荒成路尘。转头千载春，断肠几辈人。

注释

①“铜雀台”句：铜雀台早已废弃。铜雀台为三国时期曹操所建，今在河北省。

②金谷园：晋代富豪石崇所建，故址在洛阳市西。

赏析

此曲用字凝练，意象丰富，作者借两处历史遗迹来表达对历史沧桑之变的感慨。前两句写景，春日里作者凭栏生发感慨。沧海桑田，时光易逝，建功如曹操，富有如石崇，多年过去他们终被淹没在历史的尘埃里。“铜雀台”彰显功绩，“金谷园”象征富贵，“锁暮云”“成路尘”则在意境上把“铜雀台”“金谷园”的衰颓之势表现得淋漓尽致。后两句叹息时光匆匆，功名富贵都是过眼云烟，然而代代都不乏为之费尽心血的“断肠人”。当汲汲于名利的世人意识到往日的繁华如今空余萧索寂寥，也许会有所领悟，有所反思吧。

马谦斋[1]

［中吕］快活三过朝天子四边静

冬

《快活三》李陵[2]台，草尽枯。燕然山，雪平铺。朔风吹冷到天衢[3]，怒吼千林木。《朝天子》玉壶，画图，费尽江山句。苍髯脱玉翠光浮，掩映楼台暮。画阁风流，朱门豪富，酒新香，开瓮初。毡帘款籁[4]，橙香缓举，半醉偎红玉。《四边静》相对红炉，笑遣金钗[5]剪画烛。梅开寒玉[6]，清香时度。何须蹇驴，不必前村去。

注释

① 马谦斋，名、字、里、生卒年及生平均不详，约元仁宗延祐中前后在世。与张可久同时，且相识。工散曲，《太平乐府》等曲选集中所收颇多。现存小令 17 首。《［中吕］快活三过朝天子四边静》分咏春夏秋冬四季。

② 李陵：李广后人，后投降于匈奴。

③ 天衢：天街，这里指代上都。

④ 款籁：轻轻地吹动籁。籁，一种乐器。

⑤ 金钗：指侍妾。

⑥ 寒玉：即雪。

赏析

这首带过曲由三首小令组成，描写了作者早年在上都的富贵生活。开篇的《快活三》中，作者写李陵台无人问津，满目枯黄，北风怒号，大雪封门。入眼即是肃杀的冬天气象。狂风暴雪，万物凋敝，这是冬日的经典镜头，也是冬日作品的主题。可是正因如此，冬日的美好回忆才显得格外温暖。紧接着，《朝天子》中画面一转，作者开始追忆早些年活色生香的日子。当年投玉壶、画丹青，才子齐聚一堂、游画阁朱楼、品香醇美酒，以诗会友，好不乐哉。《四边静》作者继续用轻快的语调描述冬日往事，屋内红泥小火、金钗剪烛、一室生春；屋外白雪红梅，甚是好看。全曲字里行间充满了闲适快意之趣。

[越调] 柳营曲

叹 世

手自搓，剑频磨[①]，古来丈夫天下多。青镜摩挲，白首蹉跎[②]，失志困衡窝[③]。有声名谁识廉颇，广才学不用萧何[④]。忙忙的逃海滨，急急的隐山阿[⑤]。今日个，平地起风波。

注释

① 剑频磨：比喻胸怀壮志，准备大展身手。贾岛《剑客》有“十年磨一剑，霜刃未曾试。今日把示君，谁有不平事”。

② 青镜：铜镜。蹉跎：光阴虚度。

③ 衡窝：隐逸者简陋不堪的房屋。

④ 廉颇：战国时期赵国名将，到了老年依然老当益壮，后被人谗言未受到赵王重用。萧何：刘邦最出名的谋士、汉朝的开国元勋。

⑤ 山阿：大的山谷。

赏析

此曲概括了当时社会上有抱负的文人一生的遭遇，抒发了其仕途不畅、怀才不遇的感慨。作者开篇用了一组明显的对比，由胸怀壮志到两鬓斑白，内心的郁闷可想而知。男儿胸怀天下者比比皆是，然而仕途得意者又有几何？作者先写青年时期摩拳擦掌，频磨剑锋，希望以后能出人头地的心愿。接下来写自己求仕未遂，空有满腹才华，却无处施展抱负，到头来只落得抚摸铜镜，叹息青丝化雪，岁月蹉跎的境地。接着以廉颇和萧何的典故寄寓自己怀才不遇的愤懑之情。在这个黑暗的时代里，即使有廉颇那样的美名、萧何那样的才干，也不会得到赏识。结尾两句点明“有志不获骋”的原因正是这险恶的宦海风波。全曲夹叙夹议，概括了元代社会扼杀人才的弊政以及官场的险恶难测，把宦海沉浮、仕途凶险刻画得入木三分，具有很高的思想性和艺术性。

［双调］水仙子

咏　竹①

贞姿不受雪霜侵，直节亭亭易见心。渭川风雨清吟枕②，花开时有凤寻③。文湖州④是个知音：春日临风醉，秋霄对月吟，舞闲阶碎影筛金。

注释

① 魏晋以来文人兴起了咏竹风气，竹成为文人诗的重要题材，此曲也是咏竹言志。

② “渭川”句：渭河风雨让诗人能够在枕上作诗。

③ “花开”句：竹子开花会引来百鸟之王凤凰。

④ 文湖州：宋代画家文同，曾做过湖州刺史，“胸有成竹”就是他的典故。

赏析

此曲是咏竹的佳作。开头两句作者抓住竹子的两大特性——颜色无改和亭亭直节，抒发了对竹的赞美之情。霜雪摧残，竹常青如故；风雨侵袭，竹亭亭而立。竹子的“节”即人之“气节”。这里是比喻像竹子一样不因世俗磨难而易节的人。“渭川风雨清吟枕”，渭河的风雨夜，诗人倚在枕上卧听竹音，就能当即构思出好的作品；“花开时有凤寻”，据《庄子·秋水》载，凤凰“非练实（竹实）不食”。除了凤凰，宋代画家也是竹子的知音。作者这样多层渲染，丰富了竹子的意蕴形象。春日，竹子似临风而饮，在春风中轻摇；秋夜，竹子似对月吟咏。月光透过竹枝竹叶，看起来斑驳闪烁。作者咏竹，也在咏拥有竹之品格的人。全曲将竹的神韵刻画得活灵活现，赞扬了君子的坚贞不屈，点明了作者自身的追求，打动人心。

［双调］沉醉东风

自　悟

取富贵青蝇竞血，进功名白蚁争穴①。虎狼丛②甚日休？是非海何时彻？人我场慢争优劣，免使傍人做话说，咫尺韶华③去也。

注释

① 青蝇竞血：原意是苍蝇在争着啄血，比喻当时社会尔虞我诈、明争暗斗的丑恶之态。白蚁争穴：原意是像一群蚂蚁在争洞穴，这里比喻追逐功名而互相争斗。

② 虎狼丛：和下文的“是非海”“人我场”都比喻黑暗残忍的官场乃至当时阴暗的社会。

③ 咫尺韶华：比喻光阴流逝飞快。

赏析

此曲是作者晚年思考的结晶。“自悟”就是自己醒悟，是洞彻世情的经验之谈。曲中极力鞭笞了官场的丑态恶习，笔力遒劲，表达了作者对自己以前仕宦生涯的反思，而这一反思也足以为来者戒。作者开篇即回忆往事，以激烈言语讽刺贪婪、卑劣的官僚汲汲于富贵的模样，他们如同“青蝇竞血”“白蚁争穴”。“虎狼丛甚日休？是非海何时彻”，这种与虎狼为邻的生活何时结束？这种是非颠倒的日子何时到头？这不仅是作者对阴暗环境的质问，也是对自己内心的拷问：这个社会早已没有正义，那与人争长短又有何意义呢？还是摆脱名缰利锁，做一个洁身自好的人来得划算。作者惜流光之虚掷，伤晚景之无多，“咫尺韶华去也”，一声叹惋，发人深省。

张可久①

［双调］折桂令

湖上即事叠韵

锦江头一掬②清愁，回首盟鸥，杨柳汀洲，俊友吴钩。晴秋楚岫③，退叟齐丘。赋远游黄州竹楼，泛中流翠袖兰舟。檀口歌讴④，玉手藏阄。诗酒觥筹，邂逅绸缪⑤，醉后相留。

注释

①张可久，字小山（见《录鬼簿》）；一说名伯远，字可久，号小山（见《尧山堂外纪》）；一说名可久，字伯远，号小山（见《词综》）；又一说字仲远，号小山（见《四库全书总目提要》），庆元（治所在今浙江宁波鄞州区）人，元朝著名散曲家、剧作家，与乔吉并称“双璧”，与张养浩合为“二张”。现存小令800余首。他毕生致力于词曲的创作，为元曲作家最多者，数量之冠。其在世时便享有盛誉。其作品风格多样，“或咏自然风光，或述颓放生活，或为酬酢，或写闺情”，是元代散曲中“清丽派”的代表作家。早年与马致远、卢挚、贯云石有交往，曾互相作曲唱和。而他的散曲里涉及的是隐居和游荡的江湖生活，正如他自己所形象概括的“半纸虚名，万里修程”（见《上小楼·春思》）。明朝朱权在其《太和正音谱》中称张可久为“词林之宗匠”，称“其词清而且丽，华而不艳”。叠韵，即叠韵体，是元曲巧体

之一，每一句中都重叠用韵。

②掬：用两手捧着东西。

③岫：小山。

④檀口歌讴：用檀板打节奏歌唱。

⑤邂逅绸缪：偶遇便相互有情，十分融洽。

赏析

曲题乃是即事而作，曲中记录了一次湖上偶遇。大家情志相投，相谈甚欢。值得注意的是，作者数次运用与归隐相关的典故，意在表达自己仕途不畅、壮志难酬的情怀，因此这次湖上偶遇的大醉同乐也就有了借乐浇愁的意味。船舫悠悠前行于锦江江头，作者掬一捧江水，任清澈的水流从指缝溜走，重新归于江中，想让江水连同自己的悲愁一并带走。不远处可见鸥鹭沙洲，随着微风摇曳的杨柳，暖阳笼罩，才子俊友来往不息，秋日的小山似也染上了盎然生机。兰舟缓行，一座座山从视线中逐渐远去。“檀口歌讴，玉手藏阄”，字里行间流露出愉悦之情。大家相处融洽，闲适快意蕴含其中。作者于是有感而发，即兴赋曲。此曲巧用叠韵，读来朗朗上口。

[中吕]朝天子

山中杂书

醉余，草书，李愿盘谷序①。青山一片范宽图②，怪我来何暮。鹤骨清癯③，蜗壳蘧庐④，得安闲心自足。蹇驴⑤，和酒壶，风雪梅花路。

春　思

见他，问咱⑥，怎忘了当初话。东风残梦小窗纱，月冷秋千架。自把琵琶，灯前弹罢。春深不到家，五花[7]，骏马，何处垂杨下[8]？

注释

① 李愿盘谷序：韩愈《送李愿归盘谷序》中提到“泉甘而土肥”是“隐逸之所盘旋”。这里说的是作者自己所欣赏的隐居生活。

② 范宽图：范宽的山水图。范宽，字中立，北宋著名画家，其画模山范水，描绘逼真。陆游《初冬杂题》诗云“身在范宽图画里，小楼西角剩凭栏”。

③ 鹤骨清癯：像鹤一样清瘦。

④ 蜗壳蘧庐：形容住室简陋像蜗牛壳一般。蘧庐，指客舍。

⑤ 蹇驴：跛驴或劣马。孟浩然、贾岛、李贺都有策蹇驴踏风雪的故事。

⑥ 咱：元代口语中的助词，相当于“着”。

⑦ 五花：唐人把马鬃剪成三簇的叫三花，剪成五簇的叫五花。李白《将进酒》有“五花马，千金裘，呼儿将去换美酒，与尔同销万古愁”。

⑧ 何处垂杨下：王维《少年行》有“相逢意气为君饮，系马高楼垂杨边”，这里化用其意。

赏析

第一曲：此曲歌咏隐居之乐。远离世俗，徜徉于山水之间，这恬静淡然的生活令人向往。作者开篇巧用“盘谷序”“范宽图”等典故，直接点明了自己归隐的意向。既然心中安然自足，那独居陋室又何陋之有呢？“蹇驴，和酒壶，风雪梅花路”运用典故，喻指作者高洁的志向。结尾寥寥数语却意味深长。

第二曲：此乃一首闺怨题材的曲子，曲词明白如话，描写了思妇对游子的思念。开篇主人公就设想与对方会面的场景，想着定要当面好好问问他为什么忘了当初的约定。语句自然熟稔，却又透着些委屈。夜深，凉风透过窗纱，惊扰了浅眠的主人公，于是推门而出。庭院的秋千在月光下清清冷冷，让主人公心中越发寂寥，干脆独自于灯下弹起琵琶。乐音悠扬，对方却听不到。春已深，对方却还没来，“五花，骏马，何处垂杨下？”字里行间流露出的愁绪令人动容。

［双调］庆东原

次马致远先辈韵

门长闭，客任敲，山童不唤陈抟①觉。袖中《六韬》②，鬓边二毛③，家里箪瓢④。他得志笑闲人，他失脚闲人笑。

又

难开眼，懒折腰⑤，白云不应蒲轮召⑥。解组汉朝⑦，寻诗灞桥，策杖临皋⑧。他得志笑闲人，他失脚闲人笑。

注释

① 陈抟：北宋著名的道士。马致远曾撰写过杂剧《陈抟高卧》。

② 六韬：古代兵书，相传为吕尚（即姜子牙）所作。

③ 鬓边二毛：两鬓的白发。庾信《哀江南赋序》有“信年始二毛，即逢丧乱”。

④ 箪瓢：喻清贫的生活。《论语·雍也》有“一箪食，一瓢饮，在陋巷，人不堪其忧，回也不改其乐”。

⑤ 折腰：喻卑躬屈节。李白《梦游天姥吟留别》有“安能摧眉折腰事权贵，使我不得开心颜”。

⑥“白云”句：不接受最有礼貌的征召。蒲轮，用蒲裹着车轮，以免颠簸。《汉书·武帝纪》有“遣使者安车蒲轮，束帛加璧，征鲁申公”。

⑦ 解组：解下印绶，辞去官职。汉朝：不敢明指当代，乃以

“汉”代当代。

⑧ 策杖临皋：陶潜在《归去来兮辞》中有“策扶老以流憩，时矫首而遐观”“登东皋以舒啸，临清流而赋诗”的语句，此用其句意，以抒发其闲适生活的情趣。

赏析

这两首曲子都吟咏隐居之趣，表现了作者安贫乐道的情怀。作者九首《庆东原》都以“他得志笑闲人，他失脚闲人笑”结尾，讽喻了那些眼光短浅的世俗庸人。

第一曲：客人前来拜访，门却始终紧闭，山童未想去惊动主人睡眠。“长”“任”二字传神地展示了隐者的豁达洒脱。这位隐者年事已高，生活清贫，但有书有山林相伴，却也乐在其中。作者塑造这样一位隐者形象，是为了讽刺现实生活中的势利小人。结尾两句中的“他”就是这种势利小人。这种人一得志就嘲笑别人无能，然而当他仕途失意，却也难逃为天下人所耻笑的结局。此曲篇幅短小，却含意深沉。

第二曲：不惹世俗繁事，不为权贵折腰，不应官府征召，只想解下印绶，辞去官职，到山林间乐享自由。开篇作者巧用“难”“懒”二字及“蒲轮”典故，接着又以陶渊明自比，展现了自己对归隐生活的向往。

[中吕]卖花声

怀　古①

阿房舞殿翻罗袖②，金谷名园③起玉楼，隋堤古柳缆龙舟④。不堪回首，东风还又⑤，野花开暮春时候。

又

美人自刎乌江岸⑥，战火曾烧赤壁山⑦，将军空老玉门关[8]。伤心秦汉[9]，生民涂炭，读书人一声长叹。

注释

① 中吕：宫调名。卖花声：曲牌名。怀古：曲题。

② 阿房：秦始皇曾征发刑徒70余万修阿房宫及骊山陵。阿房宫仅前殿即“东西五百步，南北五十丈；上可以坐万人，下可以建五丈旗；周驰为阁道，自殿下直抵南山”（《史记·秦始皇本纪》）。实际上没有完工。全句大意是说，当年秦始皇曾在华丽的阿房宫里观赏歌舞，尽情享乐。

③ 金谷名园：在河南省洛阳市西面，是晋代大官僚大富豪石崇的别墅，其中的建筑和陈设异常奢侈。

④“隋堤古柳”一句：隋炀帝开通济渠，沿河筑堤种柳，称为“隋堤”，即今江苏北部的运河堤。缆龙舟：指隋炀帝沿运河南巡江都（今扬州市）事。

⑤ 东风还又：现在又吹起了东风。这里的副词“又”起动词的作用，是由于押韵的需要。

⑥“美人”句：用典，言楚汉相争时项羽战败自刎乌江。项羽在垓下（今安徽省灵璧县东南）曾被汉军围困。夜里，他在帐中悲歌痛饮，与美人虞姬诀别，然后乘夜突出重围，在乌江（今安徽和县东）边自刎而死。

⑦“战火”句：用典，言三国时曹操惨败于赤壁。周瑜曾指挥吴蜀联军在赤壁之战中击败曹操大军。

⑧“将军”句：用典，言东汉班超垂老思归。班超因久在边塞镇守，年老思归，给皇帝写了一封奏章，上面有两句是：“臣不敢望到酒泉郡（在今甘肃），但愿生入玉门关。”（见《后汉书·班超传》）

⑨ 秦汉：泛指历朝历代。

赏析

这两首《卖花声》都是咏史怀古之曲。曲语直白通透，引人深思。

第一曲：这是一首颇具警示意义的怀古之曲，讽喻了历史上那些穷奢极欲而不免败亡的人物。“阿房舞殿翻罗袖，金谷名园起玉楼，隋堤古柳缆龙舟”，阿房宫、金谷园以及隋堤，都曾辉煌无比，风光无限，象征着财富和权力。但如今，阿房宫已是一片废墟，金谷园也荒废多时，曾经栽满青青杨柳的隋堤也被淤泥堵塞。再看它们的缔造者，也都落得众叛亲离的下场。可见人若沉溺享受，穷奢极欲，便会像那些在暮春时节绽放的花朵，用不了多久就会凋零衰败。想起这些往事，作者心情沉重。“不堪回首，东风还又”蕴含着深深的不安，东风年年都会吹起，类似的事情还会继续上演。

第二曲：此曲列举了历史上著名的英雄事迹，指出这些历史英雄人物风光的背后都是人民的苦难。作者通过引述三个典故，发表了对历史的看法。项羽、曹操、班超都是曾立下功业的一代英雄人物，但这些“功业”无不是以“生民涂炭”为代价的。可见只要是战争，不管获胜者是谁，百姓都会因此饱受苦难。“叹”字意蕴丰富，一叹国家遭难，二叹百姓遭殃，三叹读书人无奈。此曲主旨鲜明，语言清丽，格调悲凉，是元曲怀古之作中的佳品。

［双调］水仙子

红指甲①

玉纤弹泪血痕封，丹随调酥鹤顶浓。金炉拨火香云动，风流千万种。捻胭脂娇晕重重，拂海棠梢头露，按桃花扇底风，托香腮数点残红②。

注释

①诗词中皆有咏物一体，唯未见有咏指甲一类。元曲不避俚俗，其趣味不为高者所有。张可久此曲遣词造句精巧讲究，格调趣味与花间

词略同。

②残红：落花。

赏析

此曲是一首题材新颖的咏物曲，通过写佳人的一些日常举动来描写指甲，同时借描写女子的手指和指甲之美表现女子的美丽娇艳，遣词造句精巧讲究。曲中红指甲的主人轻抚海棠的样子及素手托面的样子都如画般美好。全曲虽未直接描写主人公的外貌，但她的音容笑貌如在眼前。

［黄钟］人月圆

春日次韵

罗衣①还怯东风瘦，不似少年游。匆匆尘世，看看镜里，白了人头。片时春梦②，十年往事，一点诗愁。海棠开后，梨花暮雨③，燕子空楼④。

注释

① 罗衣：一种丝质的轻便的衣服，这里指穿罗衣的人。

② 片时春梦：喻人事繁华如春夜的梦境一样容易消逝。

③ 梨花暮雨：这是说梨花落，春已残。

④ 燕子空楼：燕子楼，在今江苏省徐州市。白居易《燕子楼诗序》有“徐州故尚书（张建封）有爱妓曰盼盼，善歌舞，雅多风态。尚书既殁，彭城有旧第，第中有小楼名燕子。盼盼念旧爱不嫁，居是楼十余年”。苏轼《永遇乐》有“燕子楼空，佳人何在，空锁楼中燕”。

赏析

主人公年岁已至，身体不似少年般富有生机，阵阵东风吹过，宽大的罗衣随风贴在身上，勾勒出其清瘦的身影。望着镜中花白的鬓角，不禁心生悲切。曾经的岁月终究是如梦般消逝，无法再有。海棠开败，梨花满地，燕去楼空，无一不流露出伤感。此曲语言清丽，笼罩着淡淡的忧愁。结尾寓情于景，以哀景衬哀情，通过描写一些衰败的景象来表达作者对年华已逝的烦闷之情，情感真挚，读来让人触动。

[中吕]朝天子

和贯酸斋①

小诗，半纸，几个相思字。两行清泪破胭脂，镜里人独自。燕子莺儿，蜂媒蝶使，正春光明媚时。柳枝，翠丝，萦系煞②心间事。

席上有赠③

教坊④，色长⑤，曾侍宴丹墀⑥上。可怜新燕妒新妆，高髻堆宫样⑦，芍药多情，海棠无香⑧，花不如窈窕娘。锦囊⑨，乐章⑩，分付向樽前唱。

注释

①张可久在杭州时，常为贯云石、卢挚等人宴席上的清客，故与贯云石等唱和颇多，此乃其中之一，不过此曲属闺怨题材，代闺阁女子言相思。

②煞：很，非常。

③此曲反映了宋元时期教坊歌伎们的生活情形。

④教坊：古代国家和地方专管音乐、舞蹈类的机构。

⑤色长：教坊中各类艺人的头目。

⑥丹墀：古代宫殿前的台阶都以红色涂饰，故名，又称丹陛。岑

参《寄左省杜拾遗》诗云“联步趋丹陛，分曹限紫微”。

⑦ 宫样：宫廷中流行的式样。

⑧“芍药多情”两句：化用了秦观《春日》中“有情芍药含春泪，无力蔷薇卧晓枝”一句。

⑨ 锦囊：用锦制作而成的袋子，古代多用来盛诗稿或机密文字。

⑩ 乐章：即诗词。

赏析

第一曲：此曲属相思题材。临案端坐，玉手执笔，纸短情长，不过徐徐落下片语，那窈窕身影便因愁绪而低低啜泣起来。尽管清泪划过，胭脂在脸上留下痕迹，仍无损镜中人的美貌。可思念之人不在身边，这般貌美又给谁人瞧呢？窗外，阳光正暖，燕莺站立枝头，悦耳歌唱；蜂蝶醉心花丛，流连忘返，一派春意浓浓的景象。此情此景，窗内佳人心中的愁绪越发难以消散，好似柳枝翠丝随风摇曳，枝蔓缠绕繁杂的样子。本曲以闺怨为主题，塑造了一个春日里思念爱人的愁苦闺阁女子形象。作者以乐景衬哀情，美好的春景只会令佳人徒增伤悲。通过描绘春日里其乐融融的景象，表达了女子对爱人的思念及愁闷之情。

第二曲：乐音悠扬，羽衣翩跹，教坊里曾侍奉于殿前的色长正指导着新人。“可怜新燕妒新妆，高髻堆宫样”，教坊新人们聚在一起着讨论时兴的妆容。芍药海棠再动人，都不如眼前这些佳人。曲中“妒”“堆”传神刻画了教坊新人重视自身容貌，喜爱装扮的特点。“芍药多情，海棠无香，花不如窈窕娘”，作者化用前人诗句，突出人比花娇。殿内歌舞升平，教坊新人吟诗奏乐，服侍达官贵人。结尾是新人于殿前侍奉的场景的刻画，与本曲首句相呼应。新人终将成旧人，眼前这些新鲜血液也会在未来成为容颜逝去的色长。此曲通过对教坊歌伎们生活情景的描写，不仅展示了她们的貌美风姿，也借用她们的经历抒发时光易逝，红颜易老的感慨。

［中吕］满庭芳

山中杂兴

人生可怜，流光一瞬[①]，华表千年[②]。江山好处追游遍，古意翛然[③]伞。琵琶恨青衫乐天[④]，洞箫寒赤壁坡仙[⑤]。村酒好溪鱼贱，芙蓉岸边，醉上钓鱼船。

又

风波[⑥]几场，急疏利锁，顿解名缰[⑦]。故园老树应无恙，梦绕沧浪[⑧]。伴赤松归欤子房[⑨]，赋寒梅瘦却何郎[⑩]。溪桥上，东风暗香，浮动月昏黄[⑪]。

注释

① 流光一瞬：指时光如水，光阴易逝。

② 华表千年：《搜神后记》说到丁令威在灵虚山学道成仙后，化鹤归来，落于城门华表柱上。时有少年欲射之，鹤乃飞鸣作人言"有鸟有鸟丁令威，去家千年今始归。城郭如故人民非，何不学仙冢累累？"华表，古代设在宫殿、城垣或陵墓前的大柱。

③ 翛然：无拘无束、自由自在的样子。

④"琵琶恨"句：白居易，字乐天。他在《琵琶行》中，叙述一个琵琶女"老大嫁作商人妇"的故事，末云："座中泣下谁最多，江州司马青衫湿。"

⑤"洞箫寒"句：苏轼，号东坡，人们呼为"坡仙"。他在黄州贬所曾经与客泛舟游于赤壁之下，并作了《赤壁赋》（有《前赤壁赋》和《后赤壁赋》之分，通常指的是前者）。在《赤壁赋》说："客有吹洞箫者，倚歌而和之。其声呜呜然，如怨如慕，如泣如诉；余音袅袅，不绝如缕。"此用其事。

⑥ 风波：指人世间的是非。

⑦ 利锁、名缰：喻为名利所控制。柳永《夏云峰》词有“向此免、名缰利锁，虚费光阴”。

⑧ 梦绕沧浪：指向往避世隐居生活。《楚辞·渔父》有“渔父莞尔而笑，鼓枻而去，歌曰：‘沧浪之水清兮，可以濯吾缨；沧浪之水浊兮，可以濯吾足。’”王逸章有“渔父避世隐身，钓鱼江滨，欣然自乐”。

⑨“伴赤松”句：张良，字子房，刘邦统一天下后，他表示“愿弃人间事，欲从赤松子游耳”(《史记·留侯世家》)。赤松子，传说中的仙人。

⑩“赋寒梅”句：何郎，指南朝·梁著名诗人何逊。他在扬州任法曹时曾作《咏早梅》诗，有句云“衔霜当路发，映雪拟寒开”。清江昉刻《何水部集》此诗下有注云“逊廨舍有梅花一株，日夕吟咏其下，赋诗云云。后居洛思之。再请其任，抵扬州，花方盛开，逊对花彷徨，终日不能去”。瘦却，因日夕吟咏而瘦。

⑪“东风”二句：宋林逋《山园小梅》诗曰“疏影横斜水清浅，暗香浮动月黄昏”。这里是化用了林诗。

赏析

在这两首曲子中，作者巧用典故，既展现了对先辈名士的敬佩推崇之情，也表明了自己的追求及向往。第一曲中作者开篇就点出人生短暂、时光如水，抓住易逝的时光乐享自由才不负韶华。第二曲中作者直抒胸臆，他经历了几场人海风波后下定决心要摆脱名缰利锁。“急”“顿”二字，充分表达出了作者的迫切心情。“故园老树应无恙”，故园老树是昔日家园生活的象征，此句透露出作者对“归去来”的渴望及对故土故人的怀念。“沧浪”代指随遇而安，不求功名的隐士居所或归隐之思。“梦绕沧浪”，作者做梦都想着归隐，进一步表达归隐和返回故里的决心。“伴赤松归软子房，赋寒梅瘦却何郎。溪桥上，东风暗香，浮动月昏黄”，以典作结，含蓄蕴藉。

［中吕］齐天乐过[1]红衫儿

道　情

《齐天乐》人生底事[2]辛苦，枉被儒冠[3]误。读书，图，驷马高车[4]，但沾着者也之乎[5]。区区[6]，牢落[7]江湖，奔走在仕途[8]。半纸虚名[9]，十载功夫。人传《梁甫吟[10]》，自献《长门赋[11]》，谁三顾茅庐[12]。《红衫儿》白鹭洲[13]边住，黄鹤矶[14]头去，唤奚奴[15]，鲙鲈鱼，何必谋诸妇。酒葫芦，醉模糊，也有安排我处。

注释

① 过：这首带过曲包括《齐天乐》和《红衫儿》两支曲子。

② 底事：何事。

③ 儒冠：古时读书人戴的帽子。杜甫《奉赠韦左丞二十二韵》曰“纨绔不饿死，儒冠多误身”。

④ 驷马高车：古代显贵者的车乘。驷，一车四马。此处用司马相如一事。司马相如未发迹时，从成都去长安，出城北十里，在升仙桥桥上题云：“不乘驷马高车，不过此桥。”（见《太平御览》引《华阳国志》）

⑤ 者也之乎：即“之乎者也”，文言助词，言读书人咬文嚼字。

⑥ 区区：同“驱驱”，奔忙。

⑦ 牢落：无所寄托。

⑧ 仕途：做官的道路。

⑨ 半纸虚名：谓功名虚幻。

⑩ 梁甫吟：乐府楚调曲名。

⑪ 长门赋：司马相如曾为居长宫的陈皇后作《长门赋》，以献汉武帝。

⑫ 三顾茅庐：刘备访诸葛亮一事。

⑬ 白鹭洲：在南京市水西门外。

⑭ 黄鹤矶：在武汉市武昌区蛇山。

⑮ 奚奴：仆童。奚，古代奴隶的一种。

赏析

这首带过曲由两首小令组成，抒发了读书人怀才不遇的愤慨之情。人辛苦忙碌究竟是为了什么呢？作为一个读书人，满腹经纶没有施展的机会，到头来只白白被那顶儒冠所误。为了做官，读书人需要历经千辛万苦。“区区，牢落江湖，奔走在仕途。半纸虚名，十载功夫”，道尽了读书人的苦况。但是结果如何呢？十年苦读，不过收获一个会舞文弄墨的虚名罢了，这里将读书人的愤慨之情抒写得淋漓尽致。东汉末年诸葛亮足智多谋，西汉司马相如博学多才，他们幸而有明主赏识，才华不致浪费。可当今的读书人是没有这份幸运的。这是读书人的人生悲剧，更是社会的悲剧，是整个时代的悲剧。

[越调] 寨儿令①

次　韵

你见么，我愁他，青门②几年不种瓜。世味嚼蜡③，尘事抟沙④，聚散树头鸦⑤。自休官清煞陶家⑥，为调羹⑦俗了梅花。饮一杯金谷酒⑧，分七碗玉川茶⑨，嗏⑩，不强如坐三日县官衙。

注释

① 寨儿令：曲牌名，又名“柳营曲”。第七、八两句可作六字句，多对句。

② 青门：秦亡后，东陵侯邵平隐居长安城青门外种瓜为生。

③ 世味嚼蜡：社会人情浅薄，没有味道。

④ 尘事抟沙：比喻社会一盘散沙，怎么也聚拢不起来。

⑤ 聚散树头鸦：人之聚散如同树上的乌鸦，聚散无常。

⑥ 陶家：指陶渊明家，陶渊明晚年清贫。

⑦ 调羹：梅子结果实后用来做酸味调味品。

⑧金谷酒：金谷园饮用的高级酒。金谷园是晋代富豪石崇的园林。

⑨ 玉川茶：指唐代诗人卢仝的茶。卢仝，号玉川子。

⑩ 嗏：语气词。

赏析

“世事抟沙嚼蜡，等闲荣辱休惊讶”，元人常以“嚼蜡”“抟沙”借喻世态炎凉，人情冷暖。此曲借对邵平身世的怀念，引出“世味嚼蜡，尘事抟沙”，以至人生如“聚散树头鸦”的感慨。“聚散树头鸦”引汉代翟公典，那个故侯邵平，和当年的翟公有着同样的遭遇和感受。世事无常，宦海沉浮，人生起落。至廷尉，宾客盈门；及去官，宾客走散，门可罗雀。接着作者笔锋一转，道出自己的内心。作者在看破了浊尘的世态炎凉后，只希望摆脱名利纷争，如陶渊明一样“登东皋以舒啸，临清流而赋诗”，过自由自在的生活。“俗了梅花”语意双关，一方面指梅花沦为调料“落了俗”，另一方面暗喻高雅之士入了仕途，就不再清高，而是显得“俗不可耐”。作者感叹，如果暇时能“饮一杯金谷酒”，再“分七碗玉川茶”，比起做县太爷的“抱官囚”生活强多了。

任　昱[①]

［正宫］小梁州

湖上分韵得玉字[②]

波涵玉镜浸晴晖，鸣玉船移。玉箫[③]吹过画桥西。玉泉内，玉树锦云迷。《幺》[④]玉楼帘幕香风细，玉阑干杨柳依依。飞玉觞，留玉佩，玉人沉醉。花外玉骢嘶。

注释

①任昱，生卒年不详，字则明，四明（今浙江省宁波市）人。与张可久、曹明善为同时代人，少时好狎游，一生不仕。从其《隐居》曲可知，任昱曾作为一"布衣"往来于苏、杭。晚年锐志读书，擅长五言诗。所作散曲小令在歌伎中传唱广泛。

②嵌字体为元曲巧体之一，本曲每句嵌一"玉"字。

③玉箫：据说秦穆公有女弄玉，喜欢箫，引来凤凰，后随凤凰飞去。

④《幺》：北曲后一曲与前调相同，则称《幺》或《幺篇》。幺，即又。词大多两片，而南北曲一般单片，所以任昱两支《小梁州》连用，且内容密切关联，几欲成为一首词。

赏析

此曲运用嵌字体，是作者游景之作，写湖上的所观所感。春和景明，晴空万里，作者寻芳踏青，来到一处湖边。湖畔游人如蚁，船舫多如烟云，作者的情感却不同眼前景象这般热闹。作者化用"玉箫"

飞去的典故，抒发对岁月随风逝去的无奈之感。又连用“玉泉”“玉树”“玉楼”“玉阑干”等意象，加之“玉觞”“玉佩”，令人眼花缭乱。作者以纷繁复杂的乐景衬托“沉醉”的哀情，极富感染力。

［中吕］上小楼

隐　居

荆棘满途，蓬莱闲住①。诸葛茅庐②，陶令松菊③，张翰莼鲈④。不顺俗，不妄图⑤，清高风度⑥。任年年落花飞絮。

注释

① 荆棘满途：比喻仕途险恶。蓬莱：传说中为神仙所居之地，此喻作者的隐居之地。

② 诸葛茅庐：诸葛亮年轻时隐居南阳，住茅屋，亲自耕种。

③ 陶令松菊：陶渊明喜种松菊，其《归去来兮辞》有“三径就荒，松菊犹存”。

④ 张翰莼鲈：见前姚燧《中吕·醉高歌》注④。以上三句都是以古人自比。

⑤ 妄图：妄想。

⑥ 清风高度：清雅高洁的风度。

赏析

开篇“荆棘满途”四字，点明作者隐居乃是仕途险恶、世道艰难的情势使然。紧接着，作者连用三个典故构成鼎足对，呈现了一派闲适之境。仙气缥缈的蓬莱岛、简雅古朴的草庐茅舍、爽口的纯羹鲈鱼、亭亭如盖的青松、傲霜盛开的黄菊，这诸多的意象接连铺现在眼前，身之所处，口之所食，目之所接，一切都使作者感到亲切而适意，其“清高风度”跃然纸上。作者不顺俗而流，内心淡泊自在，颇有“随意春芳歇，王孙自可留”的隐居情怀。此曲写作者的隐居之情，有对世道无常的不平之气，也蕴含着对隐居生活的强烈向往，但更多的是作者希望在艰难浊世之中能保持清高自持的风度。

［南吕］金字经

重到湖上

碧水寺边寺，绿杨楼外楼[①]，闲看青山云去留。鸥，飘飘随钓舟。今非旧，对花一醉休[②]。

注释

① 楼外楼：南宋林升《题临安邸》诗有“山外青山楼外楼，西湖歌舞几时休”。林诗隐含讽喻之旨。此处虽借用其典，但寓意恰相反。

② 休：罢了。此句可能指面向美人一醉方休。

赏析

此曲是作者所作《［南吕］金字经》中的三首小曲之一，篇幅较短，作者通过对湖上的直观描写，表达了对湖上美景的喜爱赞赏之情。另一方面也借写西湖盛景，抒发物是人非的感慨。其中，“绿杨楼外楼”一句化用林升的“山外青山楼外楼”，直接引用其字面意思，更衬湖之景旖旎，烟波浩渺。只是世事变迁，今非昔比，如此好风光和从前相似，人事却大不相同了。面对眼前的湖光山水色，作者不禁叹道“今非旧，对花一醉休”。

［双调］沉醉东风

信　笔[①]

有待江山信美[②]，无情岁月相催。东里[③]来，西邻[④]

醉，听渔樵讲些兴废[5]。依旧中原一布衣[6]，更休想麒麟画里[7]。

注释

① 沉醉东风：双调曲牌，定格句式为六六、三三七、七七，七句六韵。其中前四句须构成两对。信笔：随笔而作。

② 有待：指江山好像等待人的登临。信美：确实很美。信，确实、的确。

③ 东里：东边的邻里。

④ 西邻：与上文“东里”相对，“邻”“里”互文见义。

⑤ 渔樵：渔夫、樵夫。兴废：国家兴亡，朝代更替。

⑥ 依旧中原一布衣：指终老为仕。此句化自马致远《金字经》“昆杀中原一布衣”。中原，即中土，此对边塞而言，是广义的。布衣，穿粗布衣服的人，指代平民百姓。

⑦ 休想：不要想，别想。麒麟画：画像于麒麟阁。麒麟阁，汉武帝时建，在未央宫内。汉宣帝时，画功臣霍光、张安世、韩增、苏武等十一人像于阁上。后泛指建功立业，青史留名。

赏析

此曲描写了乡村幽居生活，抒发了作者因年华老去而功业无成的烦闷之情。作者任昱一生不仕，未曾建立丰功伟业，便觉自身碌碌无为，虚度年华，如今岁月相催，追悔莫及。他在醉酒之后呆坐江头，听渔樵们讲些国家兴亡更替的故事，愁绪渐浓，不禁悲从中来。自己原本就只是一个普通的平民百姓，又怎能妄想可以登上为功臣供奉祭祀的麒麟阁呢？最后两句分别化用“昆杀中原一布衣”和“麒麟阁”的典故，点明了作者内心真实的想法。他并非不想建树功业，青史留名，只是为现实所困，不能如愿罢了。同时，曲中还夹杂着作者对自己悲惨人生的暗嘲，岁月易逝，人生易老，而自己无所作为，尚在这红尘浊世中踽踽独行。

徐再思[1]

［双调］沉醉东风[2]

春　情

一自多才间阔[3]，几时盼得成合。今日个猛见他，门前过，待唤着怕人瞧科[4]。我这里高唱当时《水调歌》[5]，要识得声音是我。

注释

① 徐再思，字德可，号甜斋，元代散曲作家。嘉兴（今属浙江省）人，与张可久、贯云石为同时代人。一生活动足迹似乎没有离开过江浙一带。现存小令 103 首，主要内容集中在写景、相思、归隐、咏史等方面。后人将其散曲与贯云石（号酸斋）作品合辑为《酸甜乐府》。

② 双调：宫调名，十二宫调之一。双调为元曲常用宫调。沉醉东风：曲牌名，南北曲兼有。北曲属双调，南曲属仙吕入双调。

③ 多才：对所爱的人的爱称。间阔：即久别。

④ 瞧科：看见，发现。科，元杂剧术语，表示舞台上演员动作、情态及场所营造的特定效果。

⑤ 水调歌：《碧鸡漫志》载，隋炀帝开凿汴河时，曾制《水调歌》。《水调》，是唐时大曲，其歌头称为《水调歌头》，此处的《水调歌》，当指《水调歌头》。

赏析

此曲是一个少女的内心独白，作者将女子的心理活动刻画得细腻微妙，颇为动人。一个恋爱中情真意切的女子形象呼之欲出。曲词保留了大量的口语，语言极具民歌特点。

她与恋人阔别多时，首句用“一自”，表明从分别那一刻起，她的思念就未停止过，她的心愿单纯而朴素，只是“盼得成合”。而这时猛然间看见他从门前走过，想要叫他，又怕惊动旁人。于是她灵机一动，高声唱起两人从前都很喜欢的《水调歌头》，好让他循音而来。寥寥几笔，少女的娇俏聪明之态就跃然纸上。到此，全曲戛然而止，似有未完之意——她的恋人听到她的歌声会有何反应？二人能否修成正果？一切的一切都给读者留下了无限的遐想空间，使读者也关心起这个女子的命运来，令人回味。

[双调]蟾宫曲

春　情

平生不会相思，才会相思，便害相思。身似浮云，心如飞絮，气若游丝①。空一缕余香在此，盼千金②游子何之③。证候④来时，正是何时。灯半昏时，月半明时。

注释

①游丝：空中飘浮的蛛丝，这里比喻气息微弱。

②千金：喻珍贵。

③何之：到哪里去。

④证候：病的症状。

赏析

此曲将年轻女子的相思之情刻画得入木三分，读来动人。“平生不会相思，才会相思，便害相思”，这位少女情窦初开，才解相思，因为是初尝爱情，所以一旦不见情人，相思之情便显现出来。在见不到情郎的时候，便被无尽的相思之苦所害。下面三句便具体地形容这位患了相思病的少女的种种神情与心态。作者连用了三个比喻。“身似浮云”，状其坐卧不安，游移不定的样子；“心如飞絮”，言其心烦意乱，神情恍惚的状态；“气若游丝”，则描写她相思成疾，气微力弱的样子。这形象地表现出了少女的痴情。“空一缕余香在此”，闺房寂寞，她的情思绵绵不绝。最难挨的还是夜深人静时，昏黄灯光下，她眺望窗外明月，月色朦胧，而君在远方。那不可排遣的相思之情才下眉头，又上心头了。

［双调］水仙子

夜　雨

一声梧叶一声秋①，一点芭蕉一点愁②，三更归梦三更后。落灯花，棋未收③，叹新丰孤馆人留④。枕上十年事⑤，江南二老忧⑥，都到心头。

注释

①“一声”句：温庭筠《更漏子》有“梧桐树，三更雨，不道离情正苦。一叶叶，一声声，空阶滴到明”，这是概括其词意。

②“一点芭蕉”句：杜牧有《芭蕉》诗，“芭蕉为雨移，故向窗前种。怜渠点滴声，留得归乡梦。梦远莫归乡，觉来一翻动”。此取其意境。

③落灯花，棋未收：赵师秀《有约》诗有“有约不来过夜半，闲敲棋子落灯花”。

④新丰：故址在今陕西省西安市。汉刘邦定都关中，因其父太公思归故里，乃仿丰地街巷筑城，徙诸故旧于此，让太公居之，乃大悦

（见《史记·高祖本纪》“更命郦邑曰新丰”注引《括地志》）。这里暗用马周在新丰被店主冷落的故事。

⑤ 枕上十年事：此用黄庭坚《虞美人·宜州见梅作》“平生个里愿深怀，去国十年老尽少年心”的词意。

⑥ 江南：因作者家在江南，故云。二老：双亲。

赏析

“一声梧叶一声秋，一点芭蕉一点愁”，开头两句便烘托了一种孤寂惆怅的气氛。秋雨淅沥，一点一滴打在枯黄的芭蕉叶上，也直直打入作者心中，倍添忧伤之情。雨夜梦醒，作者见到的只是一炷残灯与凌乱的棋枰，想到自己身处异乡，所以紧接着说“叹新丰孤馆人留”。从梦中回到现实，作者感叹所居的新丰旅馆建造得虽好，如今却一片清冷，偌大的孤馆只余自己一人，思乡之情于是更加深重。量平生悲欢离合，数十年的漂泊流转，除了徒增离愁别绪，更无他物。不知自己那远在家乡的双亲现在过得如何，一时酸甜苦辣俱上心头，不知几时休。“都到心头”四字戛然而止，含无限悲慨。客中夜雨，倍添离人惆怅；夜半梦回，更令人百感交集。全曲抒发了羁旅忧思，感情深挚。

［双调］卖花声

雪儿娇小歌《金缕》①，老子婆娑倒玉壶②，满身花影倩人扶③。昨宵不记，雕鞍归去，问今朝酒醒何处④。

又

云深不见南来羽⑤，水远难寻北去鱼⑥，两年不寄半行书。危楼目断⑦，云山无数，望天涯故人何处。

注释

① 雪儿：有名的艺伎，唐代李密的爱姬。金缕：曲名。

② 婆娑：高兴起舞的样子。玉壶：珍贵的壶。辛弃疾《感皇恩·寿范倅》有“一醉何妨玉壶倒”。

③“满身花影”句：陆龟蒙《和袭美春夕酒醒》有“觉后不知新月上，满身花影倩人扶”，此用其句。

④“问今朝”句：柳永《雨霖铃》有“今宵酒醒何处？杨柳岸、晓风残月”，此用其意。

⑤ 南来羽：南来雁。古有“雁足传书”的故事，此处用典。

⑥北去鱼：送信的使者。《古乐府·饮马长城窟行》：“呼儿烹鲤鱼，中有尺素书。长跪读素书，书中竟何如？上言加餐食，下言长相忆。”后因以书传信或书人为“鱼书”或“鱼雁”。此处用典。

⑦ 危楼目断：危楼，高楼；目断，目力所及。

赏析

这两首曲一写欢会，一写别离，曲语典雅。曲一中朗日初照，霜雪初融，人面花影，美人轻歌曼舞的身姿如花朵般娇艳，令人沉醉。曲二中主人公看向天空，看见白云朵朵，可云中没有锦书，如今南北分隔，音书绝。倚栏眺望，眼前起起伏伏的山峦，正像极了主人公心中无绝期的相思。

［黄钟］人月圆①

甘露②怀古

江皋楼③观前朝寺，秋色入秦淮④。败垣⑤芳草，空廊⑥落叶，深砌⑦苍苔。远人⑧南去，夕阳西下，江水东来。木兰⑨花在，山僧⑩试问：知为谁⑪开？

注释

①人月圆：词牌名，亦为曲牌名。此调始于王诜，因词中“人月圆时”句，取以为名。

②甘露：即甘露寺，位于今江苏省镇江市北固山后峰。建于三国东吴甘露元年，后屡毁屡建。相传为刘备东吴招亲之处。

③江皋楼：皋，江边的高地。此谓甘露寺一带的楼阁，如清晖亭、江声阁等。

④秦淮：即秦淮河，位于今江苏省南京市。

⑤败垣：坏墙。

⑥空廊：指响屧廊。相传吴王令西施辈步屧（木底鞋），廊虚而响，故名。

⑦深砌：年份久远的台阶。深，指历时久远。

⑧远人：远道而来的游人。

⑨木兰：香木名，皮似桂，状如南树，去皮不死，高数仞。常用象征人品格高洁。

⑩山僧试问：倒装句，即试问山僧。

⑪为谁：为何，为什么。

赏析

此曲怀古伤今，借故游甘露寺时所见之景，抒发自身漂泊江湖、身在他乡的羁旅愁思。首二句紧扣地名，写登楼临远、山高水阔之壮景，提挈全篇，并点明秋季时令，为下文分写山寺江水和抒发寥落悲秋之情张本。

接着以“败垣芳草，空廊落叶，深砌苍苔”，突出甘露寺的荒凉残破。目之所及，断壁残垣，野草疯长；回廊空空，枯叶满地；年久台阶，苔痕碧绿。这萧条之景不由让人遥想昔时甘露寺香火旺盛，三国无数英雄浴血杀敌的画面。“远人南去”，暮色余晖里只余作者一人独自惆怅。

宋方壶[1]

［中吕］山坡羊

道　情

青山相待，白云相爱，梦不到紫罗袍[2]共黄金带。一茅斋，野花开。管甚谁家兴废谁成败，陋巷箪瓢[3]亦乐哉。贫，气不改；达，志不改。

注释

① 宋方壶，名子正，华亭（今上海松江）人。传说有座仙山名“方壶”，而宋子正“不择地而有其乐，则非‘方壶’而‘方壶’也”。因得名。

② 紫罗袍：古代官员的一种服饰。

③ 陋巷箪瓢：取自《论语》，孔子形容他的徒弟颜回“子曰：‘贤哉！回也。一箪食，一瓢饮，在陋巷。人不堪其忧，回也不改其乐。’”

赏析

“青山相待，白云相爱”展现了这山林风光的魅力和作者对这山林风光的陶醉情态。作者厌恶官场，从来不会梦到自己穿上紫罗袍、系上黄金带的样子。他所向往的生活，只需一间小茅屋。虽是陋室，但陋室附近有生意、有野趣，便可自我满足。所居只是简陋的“一茅斋”，但眼前有“野花开”可赏，远望有“青山相待，白云相爱”，而无名利是非之缠，如此岂不怡然自得？既可怡然自得，那“谁家兴废谁成败”便无须理睬了。最后的排比句“贫，气不改；达，志不改”，斩钉截铁，戛然而止，收煞全篇，掷地有声，把思想的高度和情感的强度有力地推进了一层。全曲抒发了作者醉心山水，但求自适的高情雅致，耐人寻味。

[双调] 水仙子

居庸关中秋对月

一天蟾影①映婆娑②，万古谁将此镜③磨？年年到今宵不缺些儿个，广寒宫好快活，碧天遥难问姮娥④。我独对清光坐，闲将白雪⑤歌，月儿你团圆我却如何？

注释

① 蟾影：传说中月中有蟾蜍，所以蟾也是月的代称。

② 婆娑：月亮上桂树舞动的样子。

③ 此镜：同样指月亮。

④ 姮娥：即嫦娥。

⑤ 白雪：代指高雅的乐曲，《阳春》《白雪》都是古代楚国高雅的乐曲，能够属而和的，只有极少数人。

赏析

中秋团圆夜，作者孤身一人仰头望月。开首“一天蟾影映婆娑”，便给读者呈现出一幅绝美的中秋月夜图：天无纤尘，月影憧憧，如水的银辉倾洒庭院。此情此景，作者不由得展开联想，“万古谁将此镜磨？”将“今宵”猛地扩展到“万古”之中，视野顿时无比开阔。“广寒宫好快活”，寄情于景，团圆节人未圆，自己只能对月独酌、把酒对月，不免羡慕起广寒宫里起舞的嫦娥。月光下，满腔的愁苦越酿越浓。良久，作者终于在无尽的孤独和思念中爆发了："月儿你团圆我却如何?"体现了作者对于羁旅异乡、月圆人却散的不满之情。中秋佳节，月色如水，正是亲朋团圆的日子。可就算满月当空，如若离人不归，便越发惹人心碎。此曲借中秋佳节，抒发羁旅之思，读来令人动容。

[中吕]红绣鞋

阅　世

短命[①]的偏逢薄幸[②]，老成的偏遇真成，无情的休想遇多情。懵懂[③]的怜瞌睡，鹘伶[④]的惜惺惺，若要轻别人还自轻。

注释

① 短命：在此处指的是缺德的人。

② 薄幸：指无情无义的人。

③ 懵懂：糊里糊涂，不晓世事。

④ 鹘伶：机灵狡猾，聪明人。

赏析

此曲标题为"阅世"，即对世间的阅历看法。在此曲中，曲家用六组现象观照人生，警策而有力。全曲六句，句式大致相同，内容也近似。首句说缺德的人必然会遇到薄情的人，老成的人必然会遇到真诚的人，无情的人休想遇到多情的人；接着说糊涂人必然赏识瞌睡虫，相反，聪明人也会受到机灵人的爱惜。物以类聚，人以群分，你是什么样的人就会遇到什么的人。最后一句笔锋尖锐，总结全篇，发人深省。再从语言上看："短命的""老成的""懵懂的""鹘伶的"，以至"惺惺惜惺惺"，这些通俗而具有元代特色的俗语自然而纯熟地运用，更显明快风趣。

[双调] 清江引

托　咏①

剔秃圞一轮天外月，拜了低低说。是必②常团圆，休着些儿缺。愿天下有情底③似你者。

注释

① 托咏：即托物咏志。

② 是必：一定要。

③ 底：的。

赏析

此曲名为“托咏”，顾名思义，也就是托物咏怀。这首咏月之曲简洁而通俗，全曲以大量俗语入曲，吟咏“月圆”现象。作者将人情附在月圆之上，归结为“月圆人长久”的美好祝愿，有情有思有致。中秋佳节，一名女子神情虔诚，向月祈祷自己的愿望。她的愿望很简单，只希望自己的家庭像月一般永远没有缺损，团团圆圆。而后，这个愿望再次升华：女子不再局限于有情人和自己团圆的范畴，而是推己及人，愿天下所有有情之人都美满无缺，团圆幸福。纵观全篇，曲子虽然短小，表达的情感却并不单薄，反而深厚感人。

孙周卿[1]

[双调]水仙子

舟　中

孤舟夜泊洞庭边，灯火青荧[2]对客船。朔风吹老梅花片，推开篷雪满天。诗豪与风雪争先。雪片与风鏖战[3]，诗和雪缴缠，一笑琅然[4]。

山居自乐

朝吟暮醉两相宜，花落花开总不知。虚名嚼破无滋味，比[5]闲人惹是非，淡家私[6]付山妻[7]。水碓里舂来米，山庄上线了鸡[8]，事事休提。

注释

① 孙周卿，生卒年、生平不详，古邠（今陕西省旬邑县东北）人，也有一种说法是河南开封人。

② 青荧：青光闪烁。

③ 鏖战：激战。

④ 琅然：笑声朗朗的样子。

⑤ 比：相同，好似。

⑥ 淡家私：穷家。谦称。

⑦ 山妻：对妻子的谦称。

⑧ 线了鸡：阉鸡。线，同“骟”，阉割。

赏析

第一曲以洞庭湖的灯火来概写江边风景，“孤舟”“灯火”两句描写出一种旷远幽寂的静态景色，“孤”字表达作者远游无依的寂寞，夜半寂静，风撼动梅树发出的簌簌声显得越发明显。接着“推开”的动作让作者看到了外头的飞雪，原来风吹雪落的声音与风吹落花的声音十分相似。于是作者又惊又喜，连用三个动词“争”“战”“缠”步步递进，运用拟人的手法把风雪大作的情景以及心中随风雪而兴的诗情描绘得生动形象。本曲前半部分语言隽永、耐人寻味，而后半部分豪气满怀、生趣盎然。在游子羁旅因愁抒怀的作品中，如此洒脱、豪放的实为少有。

第二曲描写隐居生活。孙周卿年轻时曾为官，后来终于看破功名归隐乡野，此曲暗衬了其人生经历，也表达了其享受隐居生活的安逸悠闲之情。首两句“朝吟暮醉”刻画出作者生活的场景。他早晨吟诗作乐，夜晚醉酒寻欢，以至几乎不曾察觉花开花落、四季更替。接着“虚名嚼破无滋味”，是作者在惬意生活之中发出的真实感叹。比起追求高官厚禄，作者更加喜爱隐居于山林之中。于是作者用颇为通俗的语言写其融入山水后的生活。作者是乐享当下平淡美好的小日子的，呼应曲题“山居自乐”。

[双调] 蟾宫曲

自　乐

草团标①正对山凹，山竹炊粳②，山水煎茶。山芋山薯，山葱山韭，山果山花。山溜③响冰敲月牙④，扫山云惊散林鸦。山色元⑤佳，山景堪夸，山外晴霞，山下人家。

注释

①草团标：茅棚，茅草房子。

②炊粳：做饭。粳，粳稻米。

③山溜：山间的泉水、山溪，非常小股的水流。

④冰敲月牙：像敲击着月牙形的冰块。形容水声叮咚清脆。

⑤元：同“原”，本来。

赏析

此曲嵌字非常巧妙，组合自然流丽，每句都有“山”字，爱山乐山之情尽显。茅屋面对山凹，有取之不尽的山竹可以炊饭，有清冽的山泉水可以煎茶。这里有铺天盖地的山芋山薯，有俯拾皆是的山葱山韭，还有漫山遍野的山果山花。物质条件虽比不上通衢闹市、华堂高阁，但其中自有一番真趣。除了饮食之乐，更有景物之乐。山间泉水叮咚响，其声如冰敲月牙。山云流动林鸦飞，山中晴霞绕人家。此曲蕴含一种悠然自得的隐逸之乐，每句的组合也颇为自然，毫无板滞之感。

顾德润①

[越调] 黄蔷薇过庆元贞

御水流红叶②

《黄蔷薇》步秋香径晚，怨翠阁衾寒。笑把霜枫叶拣，写罢衷情兴懒。《庆元贞》几年月冷倚阑干，半生花落盼天颜，九重云锁隔巫山③。休看作等闲，好去到人间。

注释

① 顾德润，字均泽（一作君泽），号九山，松江人。生卒年均不详，约元仁宗延祐末前后在世。以杭州路吏，迁平江。德润工作曲，《太和正音谱》被评为“如雪中乔木”。

② 御水流红叶：词句取自红叶典故。据唐范摅《云溪友议》记载：唐宣宗时，舍人卢渥偶然从御沟中拾到一片题有一首绝句的红叶，就把它藏在箱子里。后来宣宗放宫女外嫁，卢渥也得配一人，成婚后，其妻在箱中发现红叶，惊讶不已，卢渥才知她就是那个在红叶上题诗的宫女。红叶诗云：“流水何太急，深宫尽日闲。殷勤谢红叶，好去到人间。”表现了深宫女子对世间情爱的渴望和追求。

③ 九重云锁隔巫山：化用巫山神女为楚王荐枕的典故。

赏析

这首带过曲抒发了作者多年科场失意的感情。《黄蔷薇》一曲模拟当年宫女题诗的场景，同时也是自况；《庆元贞》则写尽文人的失意情怀，包含无限怨恨绝望之情。开首四句表面上是在描述宫女在红叶上题诗的情景，实际上是作者假“红叶题诗”之事来寄托自己的感情。深秋夜晚，天寒被冷，心情哀怨，不能成眠，作者独自徘徊在花园曲径。他捡起地上的枫叶，随手把玩，忽有所悟，于是就题诗叶上，倾诉胸中淤积的苦衷。当苦衷写罢，他心境已趋于平静，对科举功名也心灰意冷了。《庆元贞》前三句明写宫女情思，暗写失意文人的哀怨之情。“冷”“落”“锁”浸透着无限怨恨、绝望的感情。作者对功名心灰意冷之后，不得不采取“等闲”处世的态度。两支小令衔接十分自然。前者叙事，勾画出主人公的处境和举动；后者抒情，披露主人公的内心世界。这一整体构思，不仅体现了诗文内容与词曲本色的巧妙结合，而且使全曲字句多具双重含义，读来饶有趣味。

［中吕］醉高歌过摊破喜春来

旅　中

《醉高歌》长江远映青山，回首难穷望眼。扁舟来往蒹葭[①]岸，人憔悴云林又晚。《摊破喜春来》篱边黄菊经霜暗，囊底青蚨逐日悭[②]。破清思，晚砧[③]鸣，断愁肠，檐马韵[④]，惊客梦，梦晓钟寒，归去难！修一缄[⑤]，回两字寄平安。

注释

①蒹葭：芦苇。

②囊底青蚨逐日悭：意思是口袋里的钱一天比一少。青蚨，传说中虫名，代指钱。干宝《搜神记》记载：“南方有虫，名青蚨，大如蚕子。取其子，母即飞来，不以远近，虽潜取其子，母必知处。以母血涂钱八十一文，以子血涂钱八十一文。每市物，或先用母钱，或先用子

钱，皆复飞归，轮转无已，故《淮南万毕术》以之还钱，名曰青蚨。”因称钱为“青蚨”。悭，吝啬，“少”的意思。

③ 晚砧：黄昏时的捣衣声。

④檐马韵：檐马，屋檐角的风铃，即屋檐上的风铃有节奏地响动。

⑤ 修一缄：缄，将信封口，代指信件，意思是写一封信。

赏析

此曲写旅中愁苦，着意描写旅程的漫长无尽、生活的凄苦，把思归心切的游子的羁愁宣泄得淋漓尽致，深切感人。长江水映着远处的青山，回头望却怎么也望不到尽头。作者乘着一叶小舟经过长满芦苇的岸边，烟雾笼罩着云林，天色已晚。篱边的黄菊经过霜打，已经有些枯萎，经过漫长的旅途，口袋里的钱也越发少了。傍晚的捣衣声搅乱了作者的思绪，屋檐上的风铃声更使作者肝肠寸断。作者久久难以入眠，可刚一睡着，那破晓的钟声又将他从睡梦中惊醒。作者摇头连连，苦笑一声“归去难”，想要回家又办不到，还是先写封家书，报个平安吧。结句“修一缄，回两字寄平安”，看似调侃，实则痛苦万分。此曲的前半部分《醉高歌》主要写景，以哀景衬哀情，表达游子羁旅之苦。后半部分《摊破喜春来》几句也有写景，但更多的是将景物与自己的思想感情相结合，境界则更上一层楼。两首曲子结合，使得整首曲子情景交融，不失为一首感情深厚的羁旅之作。

曹　德①

［双调］沉醉东风

隐　居

鸱夷革屈沉了伍胥②，江鱼腹葬送了三闾。数间谏时，独醒处，岂是遭诛被放招伏？一舸秋风去五湖，也博个名传万古。

注释

① 曹德，字明善，衢州（今浙江省衢县）人。曾任衢州路吏、山东宪吏。后至元五年，曹德在都下作《清江引》（又名《岷江录》）二曲讥讽权贵伯颜擅自专权，杀害郯王彻彻笃，锻炼诸狱，延及无辜。大书揭于五门之上，因此声名大噪。明贾仲明称他“神京独赋《长门柳》（即《清江引》首句），士林中逞俊流，万人内占了鳌头”。因伯颜缉捕，乃南逃吴中僧舍避祸。居数年，伯颜事败，方再入京。他与任则明、马昂夫等相交。任作有《清江引·曹明善北回》曲，曹则有《喜春来·和则明韵》曲、《小梁州·侍马昂夫相公游柯山》曲。

② 伍胥：伍子胥。吴王赐死伍子胥之后，用马皮筏子装着他的尸身，放到江水中任其浮沉。伍子胥尸体随浪扬波，漂浮于潮水之间，人们常看到红旗白马相伴的伍子胥立于潮头之上，于是就为他建庙，纪念他。每年中秋月圆时，潮水最大，杭州人便敲锣打鼓地迎接潮水，说是

祭祀潮神。

赏析

这是一首自吐心声之曲，曲家借用伍子胥、屈原、范蠡等历史人物不同命运的对比，表明自己乐在隐居的人生志趣。开篇作者巧用两个典故。伍子胥一夜白头，赐死后裹鸱夷沉浮漂泊；屈原投江自尽，尸身被江鱼啃食。这两个人都是因为受到小人谗言而沦落至死，作者借此暗示自己也和二人一样受到小人猜忌。紧接着，作者以一种强烈的反问语气来表示自己的愤懑之情。他认为自己忠心耿耿，为国家扫除奸邪，却只能遭到小人排挤，孤独地度过一生。“一舸秋风去五湖，也博个名传万古。”作者幡然醒悟，与其这样受到猜忌郁郁寡欢，那还不如隐居山中，做个潇洒闲人，也能博个名传万古。统观全曲，无情的控告，通俗的语言文字，坦诚的表达感情，足见作者的功底。

［中吕］喜春来

和则明韵

春云巧似山翁①帽，古柳横为独木桥。风微尘软落红②飘，沙岸好，草色上罗袍。

又

春来南国③花如绣，雨过西湖水似油④。小瀛洲⑤外小红楼，人病酒，料自下帘钩。

注释

①山翁：指晋代襄阳太守山简。他常常戴着白色的头巾，嗜酒。

②落红：飘落的花瓣。

③南国：南方。

④ 水似油：形容雨后的西湖水面平滑如油。

⑤ 瀛洲：古代传说中三仙山之一，与蓬莱、方丈并称。

赏析

这两首曲子抒发了对春景的沉醉与热爱以及作者的闲适之情。曲语典雅，与诗词接近。

第一曲：这首小令写山野春色，寥寥几笔，便勾勒出一幅风光明媚的春游图，春色撩人，风微尘软，白云染上了春日的气息。古柳横生，就像搭起的独木桥。微风吹起尘土，落花随风飘舞。沙岸的景色就是如此美好。不同于以往的春日颂歌，此曲运用了许多别开生面的比喻，如将白云比作山简常戴的帽子，将柳树比作独木桥。这在以往对云、柳的比喻中是从未有过的，作者丰富的想象力给曲子添上了新奇的一笔。

第二曲：此曲仍是写游冶之乐，表现了作者热爱自然风光的情趣。南方的春，总是精美如画——鲜花盛开如锦似绣，雨后西湖湖水光亮平滑如油。瀛洲外小红楼上，醉酒早睡的佳人更是让人浮想联翩，意动神摇。

[双调] 折桂令

自　述

淡生涯却不多争①，卖药修琴，负笈担簦②。雪岭樵柯，烟村牧笛，月渡渔罾。究生死干忙煞老僧，学飞升空老了先生。我腹膨脝，我貌狰狞，我发鬅鬙。除了衔怀，百拙无能。

注释

① 淡生涯却不多争：淡薄功名利禄的生活。

② 负笈担簦：背着书箱奔走求学。

赏析

曹德的这首《自述》描写了其生活经历和志趣，这段经历可能同他躲避伯颜缉捕时期的生活有关，字里行间也渗透了些许不平之气。开篇第一句便挈领全篇，概括作者一生的追求，即淡泊名利，不与世俗同流合污。然后开始描述自己日常的生活：卖药修琴，背着书箱奔走求学。接着刻画自己求学过程的艰苦。“究生死干忙煞老僧”，作者不再描述现实生活，而是转向内心，语言虽粗俚，但感情真挚深切。最后几句给读者展现出了一个不同寻常的隐士形象——大腹便便，容貌狰狞，披头散发，衣冠不整。在我们的印象中，那些隐居于山林之间的名士，总是一副潇洒俊逸、风流儒雅的模样。可此曲却跳出古板印象，颇赋谐趣，给读者带来了独特的感受。

高克礼[①]

[越调]黄蔷薇过庆元贞

《黄蔷薇》燕燕[②]别无甚孝顺，哥哥行[③]在意殷勤。玉纳子藤箱儿问肯[④]，便待要锦帐罗帏就亲。《庆元贞》唬得我惊急列[⑤]蓦出卧房门，他措支剌扯住我皂腰裙[⑥]，我软兀剌[⑦]好话儿倒温存。一来怕夫人情性哏[⑧]，二来怕误妾百年身。

又

又不曾看生见长，便这般割肚牵肠。唤奶奶酪子里赐赏，撮醋醋孩儿弄璋。断送得他萧萧鞍马出咸阳，只因他重重恩爱在昭阳，引惹得纷纷戈戟闹渔阳。哎，三郎，睡海棠。都则为一曲舞霓裳。

注释

① 高克礼，字敬臣（一作敬德），号秋泉，河间人。生平不详，约元文宗至顺中前后在世。

② 燕燕：关汉卿杂剧《诈妮子调风月》中婢女的名字，这首小令是借该剧中燕燕的事而作。

③ 哥哥行：即哥哥那边，指《诈妮子调风月》中的官家公子。

④ 玉纳子藤箱儿问肯：《诈妮子调风月》中的公子用玉纳子和藤箱

儿作为求婚的礼物。问肯，古代男子向女家求婚时的一种礼节。

⑤惊急列：惊慌、急忙。

⑥措支剌：张皇失措。皂：黑色。

⑦软兀剌：软软地。

⑧性情哏：性情狠。哏，元曲中常作狠用。

赏析

这两首带过曲一咏时事，一咏史。前一首吟咏燕燕与小千户之事，作者抓住小千户在闺房求亲时的前后状况，突出动作描写，衬以当时俗语，充分表现了燕燕的内心活动，艺术效果极佳。后一首吟咏天宝遗事，大量运用当时口语，将唐玄宗、杨贵妃和安禄山三者关系表现得颇为谐趣。此曲是关汉卿杂剧《诈妮子调风月》中的一个片段，讲的是婢女燕燕奉自家夫人之命，侍候一个前来探亲的小千户。在见面期间，小千户为燕燕的美貌所折服，遂心生歹念，妄想与燕燕苟合。而燕燕聪明机智，不为所动，巧妙地度过这次危机。此曲便是赞扬燕燕敢于反抗、不怕强权的抗争精神，极具启发意味。第一首将镜头投向两人相遇时所发生的状况，这也是故事的高潮。小千户见燕燕年轻貌美，拿出玉纳藤箱赠予燕燕，紧接着要对她“锦帐罗帏就亲”，燕燕一边与他周旋，一边远离卧室，温言细语加以解释。第二首则是以燕燕的口吻，描写燕燕的心理活动。她以唐玄宗宠爱杨玉环的典故，自我警醒，劝告自己不要向杨玉环一样，空有美貌，最后却死无葬身之地。这两首曲子有两点值得称道：一是动作性极强，“就亲”“扯住”等一系列动作，一个接着一个；二是语言本色流畅，各种俚语穿插其中，更显曲之本色当行。

王　晔①

［双调］折桂令

问苏卿

俏排场惯战曾经，自古惺惺，爱惜惺惺。燕友莺朋，花阴柳影，海誓山盟②。那一个坚心志诚？那一个薄幸杂情？则问苏卿，是爱冯魁，是爱双生？

答

平生恨落风尘，虚度年华，减尽精神。月枕云窗，锦衾绣褥，柳户花门。一个将百十引江茶问肯，一个将数十联诗句求亲。心事纷纭：待嫁了茶商，怕误了诗人。

注释

① 王晔，字日华，一作日新，号南斋。杭州人。生卒年不详。

② 海誓山盟：多指情人间的誓言，表达了对未来的期许。

赏析

本首曲子取材于当时一个十分流行的民间爱情故事：男主人公双渐考中状元回乡，却发现自己所爱之人苏小卿遭到鸨母威胁，被迫嫁给了一个名为冯魁的茶商。双渐知道后，一夜千里赶到临安，夺回苏小卿，两人自此结为夫妻。

第一曲：前几句先总结出爱情的规律，后连续抛出几个问题“那一个坚心志诚？那一个薄幸杂情？则问苏小卿，是爱冯魁，是爱双生？”双渐痴情不改，故而苦苦追问苏小卿的选择，读来不由暗暗期待接下来女主人公的回答。

第二曲：此曲则是女主人公的回答，引出曲子主题。“待嫁了茶商，怕误了诗人。”鸨母已经将苏小卿暗地里卖与了茶商，苏卿向双渐表明自己的处境。

此曲采用一问一答的文体对故事进行复述，借双渐问、苏卿答的模式简要勾勒了二人现今的困难处境，以歌颂两人情比金坚，伉俪情深。

[双调]殿前欢

再 问

小苏卿：言词道得不实诚①。江茶诗句相兼并。那件着情，休胡芦提二四应，相傒幸。端的接谁红定？休教勘问，便索招承。

答

满怀冤，被冯魁掩扑了丽春园，江茶万引谁情愿？听妾明言。多情小解元②，休埋怨。俺违不过亲娘面。一时间不是，误走上茶船。

注释

① 实诚：诚实。

② 解元：唐代诸州县送举子赴京应礼部试称解，州县试称解试，名居第一者称解元。宋代沿用此称，明清两代用以称乡试第一名。

赏析

此两曲是对作者另一首曲子《双调·折桂令》的续写。无论是《折桂令》还是《殿前欢》，作者歌颂的主题都是忠贞美好的爱情。

第一曲：面对苏小卿的回答，双渐并不能接受。在双渐看来，苏小卿模棱两可的态度是对他感情的戏弄。于是他发出一番嗔怪和质问，但在这嗔怪的背后，却是真挚绵长的深情。

第二曲：这首曲子更像是女子对自身身世命运的抗诉。“多情笑解元，休埋怨”一句是对心上人温声细语的安慰；“俺违不过亲娘面”一句是解释自己嫁给冯魁的原因；“一时间不是，误走上茶船”，一个郁郁寡欢的女子对着铜镜抽泣自语的模样跃然纸上。声声嗟叹，结语透露的凄凉无力之感瞬间把感情推向高潮，其孤寂愤慨更显得难以平息。

王仲元[1]

[中吕]普天乐

春日多雨

无一日惠风和[2]，常四野彤云布，那里肯妆金点翠[3]，只待要迸玉筛珠[4]。这其间湖景阴，恰便似江天暮，冷清清孤山路，六桥[5]迷雪压模糊。瞥见游春杜甫，只疑是寻梅浩然，莫不是相访林逋？

注释

① 王仲元，元后期北曲作家，生平不详。

② 惠风和：春风和畅。

③ 妆金点翠：阳光照耀绿草地。

④ 迸玉筛珠：形容雨点如玉珠般下落。

⑤ 六桥：指西湖上映波、锁澜、望山、压堤、东浦、跨虹六桥。

赏析

湖上白天阴云密布，迷迷蒙蒙。通往孤山的路上行人稀少，显得冷清；桥上积雪覆盖，望过去也模模糊糊的。面对这样朦胧的迷人景色，作者恍若置身梦境，仿佛瞥见了游春的杜甫，又疑是踏雪寻梅的孟浩然，也疑是"梅妻鹤子"著称的林逋。此曲景物描写刻画生动，联想丰富，宛如一幅清新淡雅的水墨画，别有一番韵味。前四句概括出西湖的天气变化状况。“这其间湖景阴，恰便似江天暮，冷清清孤山路，六桥迷雪压模糊”四句已有抒情的痕迹，但委婉含蓄。最后三句直接列出三位著名诗人典故，表达出自己对这些诗人的赞赏和羡慕之情。

吕止庵①

［仙吕］后庭花

风满紫貂裘②，霜合白玉楼。锦帐羊羔酒③，山阴雪夜舟。党家侯，一般乘兴，亏他王子猷。

注释

① 吕止庵，别有吕止轩，据考证可能是同一个人。生平不详。散曲作品内容感时悲秋，以《后庭花》十首得盛名，今存北词谱及阳春白雪中。所作散曲作品现存小令 33 首、套数 4 套。

② 紫貂裘：紫色的貂皮衣，形容衣服名贵。

③ 羊羔酒：五代末期，成熟的羊羔酒已经问世，至宋已大行于世。吴垧《五总志》记载："党公武人，遇天寒雪作时，于锦帐中命歌儿度曲，饮羊羔酒尔。"

赏析

此曲将宋初名将党进豪奢的冬日生活与王子猷雪夜访戴作对比，借二人雪天里不同的消遣方式赞美王徽之的清新脱俗，写法巧妙，读来饶有趣味。"紫貂裘""白玉楼""锦帐羊羔酒"，描写党进之奢。党进的消遣方式占据了曲子的大部分内容，作者大量铺陈党家的豪奢，只为烘托结句，指出其尊贵如此也不如文士的高雅脱俗。"一般乘兴，亏他王子猷"，作者并不否认他们两人都能尽兴。可一个"亏"字表达出了作者对王徽之的推崇之情，以此可见当时对清高脱俗之志的崇尚。

[仙吕]醉扶归

瘦后因他瘦，愁后因他愁。早知伊家不应口，谁肯先成就。营勾了人也罢手，吃得我些酩子里[①]骂低低的咒。

又

频去教人讲，不去自家忙。若得相思海上方，不道得害这些闲魔障。你笑我眠思梦想[②]，只不打到你头直上。

注释

① 酩子里：暗中，暗地里。

② 眠思梦想：睡着了一样在思念，梦中一样想着。

赏析

这两首曲子都属相思题材，借闺中女子口吻，写她们入微的心理状态，运用大量俗语，将陷入情感旋涡的女子写得活灵活现，真挚动人。在第一首小令中，首二句表明深陷相思的女子因万千愁绪而逐渐消瘦。三、四句语气娇俏，似是埋怨。五、六句语气又进一步，大胆泼辣，呈现出的女子形象也与以往温婉顺从的形象截然不同。第二首重点刻画女子在相思过程中的心理活动。“频去”吧又怕别人说闲话，但不去心里又忐忑不安，着急慌张。寥寥数语，憨厚可爱的女子形象顿时浮现在读者眼前。

真 真

[仙吕]解三醒

奴本是明珠擎掌①，怎生的流落平康②？对人前乔③做娇模样，背地里泪千行。三春南国怜飘荡④，一事东风没主张⑤，添悲怆。那里有珍珠十斛，来赎云娘⑥？

注释

①“奴本”一句：意思是说我本是父母的掌上明珠。

②平康：唐代长安城有平康里，为歌伎聚集之所，后来作妓院的代称。

③乔：假装。

④三春南国怜飘荡：命运像江南春天的柳絮，漂泊不定。

⑤一事东风没主张：一切事都要受人摆布，自己做不了主。

⑥那里有珍珠十斛，来赎云娘：谁能出珍珠十斛赎我。云娘，唐人传奇《裴航》载，秀才裴航在蓝桥驿遇仙女云英，向其求婚，虽历尽周折，终于结合。此处真氏自比云娘。

赏析

此曲为倾诉哀怨、渴望自由之作。真氏身为一名官妓，对悲惨生活有着真切感受。因此曲中的一字一句，一言一语，皆是不假雕饰，感人肺腑。本是掌上明珠的作者，今日竟沦落为妓。人前强颜欢笑，背地泪落千行。前两句运用对比的写法，衬托了作者身世的不幸，三、四句写作者身为官妓而低声下气、尊严尽失的辛酸姿态。五、六句转而抒情，借“东风”二字来隐喻自己容貌已逝，青春不再的苦痛。接着三句写作者幻想能遇见真命天子，实际上却是孤身一人的残酷现实。幻想与现实的巨大落差让她不禁发出“添悲怆”的哀叹。作者悲述自己的身世，字字血泪，语言明白如话，令人动容。

查德卿①

［仙吕］寄生草

感　叹

姜太公②贱卖了磻溪③岸，韩元帅④命博得⑤拜将坛。羡傅说⑥守定岩前版，叹灵辄⑦吃了桑间饭，劝豫让⑧吐出喉中炭。如今凌烟阁⑨一层一个鬼门关，长安道一步一个连云栈⑩。

注释

① 查德卿，名、里、生卒年及生平均不详，元仁宗延祐中前后在世。工曲，《太平乐府》中选录甚多。

② 姜太公：即吕尚。

③ 磻溪：一名璜河，在陕西宝鸡东南。相传溪上有兹泉，为姜太公垂钓遇文王处。

④ 韩元帅：即韩信。汉高祖拜为大将，后被吕后杀害。

⑤ 命博得：用生命换取得。

⑥ 傅说：傅说隐居傅岩（今山西省平陆县）时，曾为人版筑（用框架筑土墙）。高宗“夜梦得圣人，名曰说”（《史记·殷本纪》）。

⑦ 灵辄：春秋时晋人。据《左传·宣公二年》载：晋灵公的大夫赵宣子曾于首阳山打猎，在桑荫中休息，看到饿人灵辄，便拿饭给他

吃，并给了他母亲饭和肉。后晋灵公想刺杀宣子，派灵辄做伏兵，他却倒戈相救，以报一饭之恩。

⑧ 豫让：战国晋人。据《史记·刺客列传》载：豫让为晋国大夫智伯家臣，备受尊崇。后智伯为赵襄子所灭，他便“漆身为癞，吞炭为哑”，企图行刺赵襄子，为智伯报仇。后事败为襄子所杀。

⑨ 凌烟阁：唐太宗图画功臣的殿阁，此借指高官显位。

⑩ 长安道：指仕途。连云栈：陕西褒谷与斜谷间的栈道，在今陕西省汉中市褒城一带，是由陕入蜀要道。此喻危险的仕途。

赏析

此曲为借古抒怀、讽时劝世之作。首起两句突兀而起，作者认为，不仅韩信搭上自己的性命太不值得，就连姜太公离开磻溪去做官，也是“贱卖了磻溪岸”。“贱卖”与“博得”仿佛是对热衷功名者当头浇下的两瓢凉水。接下来，是三个分别以“羡”“叹”“劝”领起的鼎足对句，讲到三个历史人物。与姜太公、韩元帅一样，此三人的命运虽有不同，但在作者看来，他们都是将自由快活换作名缰利锁，为功名所累的可怜人。这表达了作者对功名仕进的彻底否定。最后两句是全篇情感发展的高潮，也是作者思想认识的凝聚点。凌烟阁、长安道，这些令人艳羡的事物，却被作者比作险恶可怖，悚然入骨的“鬼门关”“连云栈”，令人触目惊心，将作者的愤懑之情推向顶端。可以看出作者对于仕途官场是多么厌恶。此曲尤爱用典故和衬字，倾泻而出，使得整篇揭露与批判的主题更为明显。

［越调］柳营曲

金陵故址

临故国，认残碑，伤心六朝[①]如逝水。物换星移[②]，城是人非③，今古一枰棋④。南柯梦一觉初回，北邙⑤坟三尺荒堆。四围山护绕，几处树高低。谁，曾赋黍离离⑥？

注释

①六朝：指三国的吴、东晋，南朝的宋、齐、梁、陈。它们都建都在金陵（今南京）。

②物换星移：言万物变化，星辰运行，光阴过得很快。王勃《滕王阁诗》有“物换星移几度秋”。

③城是人非：言城郭犹是人民已非，环境变化得快。《搜神记》记载，“丁令威化鹤归来时唱的歌道：“城郭如故人民非，何不学仙冢累累？”

④今古一枰棋：今古的成败，不过像一局棋罢了。枰，棋盘。

⑤北邙坟：泛指墓地。因为东汉及魏的王侯公卿多葬于洛阳市北的邙山。

⑥黍离离：《诗经·王风》有“黍离”篇，内云“彼黍离离，彼稷之穗。行迈靡靡，中心如醉”。是东周的大夫看到故国的宗庙，尽为禾黍，徘徊感叹，而作是诗。

赏析

作者登临远眺，只见故土已被茫茫雾霭笼罩，只有那残碑旧文还依旧彰显出故国的气息。六朝旧事像汩汩流水，逝去不复回，只有那伫立在历史长河中的寒烟衰草不为所动，常青常绿。斗转星移，景物变迁，一切历史在作者看来不过一盘变幻无端的棋局，归根到底只是游戏一场。这变化仿若一场南柯大梦，虚无缥缈。梦醒，才知道不论王公贵族还是忠奸善恶都通通葬身于邙山之下。“四围山护绕，几处树高低”，作者在这里拉回现实，进一步抒写“物换星移几度秋”之慨，结尾独出心裁，以冷语发问“谁，曾赋黍离离?”全曲从凭吊苍苍故址始，到否定黍离之悲止，自始至终渗透出一种历史的空幻感、虚无感。朝代的更迭，历史的兴衰在作者心中再掀不起波澜。这种情绪正反映了当时部分士人对封建统治深深的失望。

［仙吕］一半儿拟美人八咏

春　妆

自将杨柳品题人，笑撚花枝比较[1]春。输与海棠三四分。再偷匀，一半儿胭脂一半儿粉。

春　醉

海棠红晕润初妍[2]，杨柳纤腰舞自偏。笑倚玉奴娇欲眠。粉郎前，一半儿支吾一半儿软。

注释

① 比较：同花朵比较。

② 妍：美好的样子。

赏析

"春"的含义极其丰富，既可以表示本季节，又可以隐喻男女恋情。作者以春日展开叙写，共题有八首，这里选取了其中两首。第一曲：春日里一个闺中女子正对镜理妆，开头两句"自将杨柳品题人，笑撚花枝比较春。""笑撚花枝"，动作有了、神态有了，曲中女子对自己美丽容颜的自信模样仿佛就在眼前。"笑撚花枝比较春"，她心里暗暗与海棠较起劲来。与海棠花比较的结果，竟是人面不如花面好，"输与海棠三四分"。这位女子可不愿服输，赶忙偷偷涂脂抹粉，要与海棠一决高下。"再偷匀，一半儿胭脂一半儿粉"，这神来的一笔，把曲中人的微妙心理表现了出来，引起读者无限遐想。主人公如此精心打扮，是心有所属，期盼得到意中人的青睐，还是要马上出门与爱人踏春？

第二曲：此曲前两句一连运用了两个比喻。佳人的醉颜神似粉红娇艳的海棠花，杨柳极言其腰肢纤细，此刻她带着醉意更显风情万种。她“笑倚玉奴娇欲眠”，竟醉到连站都站不稳，不自觉地靠在侍女身上像要睡去。即使是对着心爱之人，也没法打起精神，说话都支支吾吾，软绵绵的。此曲摹写美人醉态，下笔极为生动，为我们展现出一位娇憨慵懒的女子形象，读罢让人如见佳人海棠杨柳般的醉后风姿，如闻她燕语呢喃般的娇痴醉语。

［中吕］普天乐

别　情

鹧鸪[①]词，鸳鸯[②]帕。青楼梦断，锦字书乏。后会绝，前盟罢。淡月香风秋千下，倚阑干人比梨花。如今那里？依栖何处，流落谁家？

注释

① 鹧鸪：产于我国南方的一种珍禽，形似母鸡，头如鹌鹑，背腹部有黑白两色相杂，脚黄色。其鸣极似“行不得也哥哥”，成为骚人墨客所歌咏的对象。鹧鸪，离愁，伤感，呼唤哥哥，引发思念；声音凄清，引发惆怅；多雌雄对鸣，一唱一和，借此常喻夫唱妇随，男欢女爱。

② 鸳鸯：象征爱情的鸟。

赏析

这首曲子抒写的是离别相思，感情饱满有力，相思之情呼之欲出。开头两句，由“鸳鸯帕”勾起回忆。此刻“鸳鸯帕”是曲中人重温旧梦的凭据，他与佳人相期为盟。可是“锦字书乏”，只得“后会绝，前盟罢”，对方杳无音讯，他如今能抓住的除了这鸳鸯帕，就只有“淡月香风秋千下，倚阑干人比梨花”这幅刻在记忆深处的画了。可心中的她再鲜活，也再不能出现在自己身边。结尾三句，他又从追忆回到现实。愤愤发问：她如今在哪？住在何处？流落谁家？三个问句，感情渐次递进，一意贯串，表现了作者思而不得的怅惘之情，语尽而情不尽。

［越调］柳营曲

江　上

烟艇闲，雨蓑干，渔翁醉醒江上晚。啼鸟关关，流水潺潺，乐似富春山。数声柔橹江湾，一钩香饵波寒。回头贪兔魄①，失意②放渔竿。看，流下蓼花滩。

注释

①兔魄：月亮的别称。

②失意：不得志。

赏析

“烟艇闲，雨蓑干，渔翁醉醒江上晚”，表面看来确是悠然自得，然而终日沉湎醉乡，自是有难以言说的苦衷。当远处传来的“数声柔橹”打破了宁静，渔翁从惬意的梦中惊醒。他循着橹声望去，只见数条渔船满载而归，看向自己，“一钩香饵”还孤零零地在寒波中纹丝不动，对比生出了失落感，不由得忆起了当年科场失意的苦痛感。

回头远望“兔魄”，他恍然失神。蟾宫可望而不可即，桂枝虽美实难折，落第失意、寒江独钓的他此刻不免心神摇荡，感慨万千，以至于放下鱼竿，兀坐冥思。“看，流下蓼花滩”，等他回过神来，小船已钻进了开满蓼花的河滩。此曲通过叙事、写景、抒情的相互结合，展现了渔翁起伏的情绪，真实地表现出失意文人在归隐与出仕之间的矛盾，读来令人耳目一新。

吴西逸①

[双调]蟾宫曲

怀古

问从来谁是英雄，一个农夫②，一个渔翁③。晦迹南阳，栖身东海，一举成功。八阵图名成卧龙，六韬书功在飞熊。霸业成空，遗恨无穷。蜀道寒云，渭水秋风。

注释

① 吴西逸，名、里、生卒年及生平均不详，约元仁宗延祐末前后在世，工散曲。现存小令47首，他的作品产生过较大的影响。

② 农夫：指的是诸葛亮。

③ 渔翁：指的是姜太公。

赏析

这支曲子题为“怀古”，借思古之幽情，隐含着对现实社会的不满。试问古往今来谁是英雄？一个是躬耕南阳的诸葛亮，一个是垂钓渭水之滨的姜太公。诸葛亮因八阵图而功成名就，姜太公以《六韬》兵书而名闻天下。两人皆是才华横溢，辅佐明君，最终成就一番霸业的一代英雄。可作者将冷峻的目光投向两人曾经待过的地方。蜀道数片寒云盘旋，渭水河畔秋风习习，吕尚、诸葛亮辅成的王霸之业早已成为过眼烟云。“霸业成空，遗恨无穷”，作者怀古抒情，对如今官场鱼龙混杂、贤愚不分的黑暗现实发出慨叹，在满满的冷嘲中结束全曲。

［双调］清江引

秋　居

白雁乱飞①秋似雪，清露生凉夜②。扫却石边云，醉踏松根月，星斗满天人睡也。

注释

①乱飞：在空中无秩序地飞过。

②凉夜：秋夜。

赏析

这首《秋居》描写隐士的生活。曲中隐士闲逸潇洒，他拂去石头上缭绕的云雾，踏散松树根边上的月光，行走在无人间烟火味的画面中。读来令人神清气爽，俗念顿消。“白雁乱飞秋似雪”，作者将纯白的雁群比作秋日飞雪，联想奇特而美丽。“清露生凉夜”，本是凉夜生清露，这里故意颠倒，又增凉意。作者走笔至此，构筑了一幅晶莹清冷的画面，接着画面中出现了一位醉翁。他摇摇晃晃，踏月而来，深山云雾缭绕，松根虬曲，拂去石上的落叶，便可对着天空、对着满天星云入梦，真可以说是返璞归真了。当然，曲中画面有多洁净，现实社会就有多污浊，曲中隐者的自由正是作者的追求。

［双调］殿前欢

懒云窝，懒云堆里即无何。半间茅屋容高卧，往事南柯①。红尘自网罗，白日闲酬和，青眼偏空阔。风波远我，我远风波。

又

懒云巢，碧天无际雁行高。玉箫鹤背青松道，乐笑游遨。溪翁解冷淡嘲，山鬼②放揶揄笑，村妇唱糊涂调。风涛险我，我险风涛。

注释

①南柯：南柯一梦，其来由是隋末唐初的时候，有个叫淳于尊的人，梦到自己成了大官，被皇帝派往南柯郡任太守，在那里，受到百姓爱戴，皇帝奖赏。但是一场兵变，淳于尊战败，最后妻儿病死。他气得大叫一声，从梦中惊醒，但见月上枝头，繁星闪烁。想起梦里南柯的一切，觉得人世非常无常，所谓的富贵功名实在很容易就消失，于是他就归隐道门了。

②山鬼：山间的精怪。

赏析

第一曲：作者以玩世不恭的语气，为读者呈现了懒云窝的主人安贫乐道、自在闲适的隐居生活，表达了懒云窝主人藐视功名富贵、追求自由自在的情怀。“云”本来就是舒展自如之物，前面再加一“懒”字，则更显“云”的逍遥自在。以“懒云窝”名居所，尽显主人公的放荡不羁、不为世俗所缚的态度。抛开万千烦恼，唯有懒散高卧，这是何等悠然自得！从“红尘”“风波”等句看来，主人公似乎是从名利场退隐，肯定了其及时身退，脱红尘、远风波，乐享清闲的明智选择。名利的枷锁一挣脱，环境清静了，人心宁静了，主人公终于可以将红尘往事当作大梦一场，在大自然中收获简单的快乐。而这也正是作者所向往的。

第二曲：此曲多用典故，表达了作者厌弃官场、甘过淡泊的隐居生活的情怀。世俗的讥笑奈我何，欢乐开怀自在逍遥最重要。作者深感官场的险恶，乐于隐居在溪谷村野，不怕被人嘲笑，表现了对自由生活的向往。

［双调］蟾宫曲

纪　旧

折花枝寄与多情，唤起真真，留恋卿卿①。隐约眉峰②，依稀雾鬓③，仿佛银屏④。曾话旧花边月影，共衔杯扇底歌声⑤。款款深盟⑥，无限思量，笑语盈盈⑦。

注释

①卿卿：夫妻间的亲昵称呼。

②眉峰：古人把美人的眉比作山，所以眉端叫作“眉峰”。

③雾鬓：形容妇女头发的蓬松。

④银屏：华丽的屏风。

⑤扇底歌声：舞扇遮掩下唱的歌声。

⑥款款：形容忠贞不二。司马迁《报任安书》：“诚欲效其款款之愚。”深盟：深深的誓言。

⑦盈盈：仪态优美的样子。《古诗十九首》有“盈盈楼上女，皎皎当窗牖”。

赏析

这是一首怀人之曲，所怀之人似乎是位歌女。作者深情回忆了旧日里两人的美好时光，记忆中她的眼角眉梢，她的一颦一笑都是那么清晰、那么美好。作者也曾和她同游，一起看好花好月；也曾有过盟约，认真地说出誓言。旧日、旧人、旧时光，无一不令人怀念。曲语典雅秀丽，巧用叠词，朗朗上口。

[越调]天净沙

闲 题

楚云飞满长空，湘江不断流东，何事离多恨冗①？夕阳低送，小楼数点残鸿。

又

数声短笛沧州，半江远水孤舟，愁更浓如病酒②。夕阳时候，断肠人倚西楼。

又

江亭远树残霞，淡烟芳草平沙，绿柳阴中系马。夕阳西下，水村山郭③人家。

注释

① 冗：繁多。

② 病酒：饮酒沉醉。

③ 水村山郭：江边的村落和山外的城郭。

赏析

第一曲：此曲风格清丽恬淡，描绘了一幅潇湘夕照图，表现了羁旅行客的离愁别绪。“楚云飞满长空，湘江不断流东”，楚天云飞、湘江奔流，首两句就以白描的手法勾勒出作者所处的环境，暗含了漂泊在外的感伤。古人惯用江水喻忧愁，在此曲中，湘江就是作者忧愁的象征。它滚滚而来，浩瀚无边，一眼望去看不到终点。“何事离多恨冗?”一个设问将曲的重心由环境转向心境，“夕阳低送，小楼数点残鸿”，目光投向远方，感情也越发深沉。作者寓情于景，委婉诉说自己的心意。天色渐晚，飞禽尚有巢可归，作者却漂泊在外。看着即将消失在天边的鸿雁，多希望它们能捎上自己的心意给山水之外的故人带去，又是多么希望它们送来亲朋好友的消息。曲末之景加重了作者的愁苦，也将全曲的情感推向极致。

二、三曲情景交融，所有的景物在曲中均带上了游子的主观感受。看小舟形单影只，游子悲从中来，夕阳西下，天色暗淡下来，游子的情绪也跟着越发低落，看到黄昏里的“水村山郭人家”，游子就想到了自己遥远的家，想到了自己的漂泊无依。两曲以景写情，寄愁思于哀景，一股含蓄的绵绵愁味回荡其中。

赵显宏①

［黄钟］刮地风

别　思

春日凝妆②上翠楼，满目离愁。悔教夫婿觅封侯，蹙③损眉头。园林春到，物华依旧。并枕双歌，几时能够。团圆日是有，相思病怎休。都道我减了风流。

注释

①赵显宏，字不详，号学村，里居、生卒年及生平均不详，约元仁宗延祐末前后在世，与孙周卿同时。工散曲，所作有和李伯瞻的《殿前欢》4支，今犹存。

②凝妆：化好了妆。

③蹙：皱。

赏析

春光烂漫的时刻到了，主人公精心打扮了自己，本来要凝妆登楼，观赏春色，结果忽见杨柳青青、春意甚浓，反而惹起一腔幽怨。春天这样美好，夫君却不在身边，那春光再好，不能与夫君同看，也不过是良辰美景虚设罢了。真后悔让夫君从军边塞，建功封侯。春天如期而至，与夫君的二人时光又何日来临呢？相思成疾，使主人公日渐消瘦，这相思的时光，又何时是个头？此曲写离愁别恨，直接化用了王昌龄的

《闺怨》。全曲比较直露，将少妇心事全盘托出，由此也可见曲与诗词的区别。

［中吕］满庭芳

樵

腰间斧柯，观棋曾朽[1]，修月曾磨。不将连理枝梢锉，无缺钢多。不饶过猿枝鹤窠，惯立尽石涧泥坡。还参破，名缰利锁[2]，云外放怀歌。

注释

① 腰间斧柯，观棋曾朽：典出南朝·梁任昉《述异记》，说王质去山中打柴，观仙人对弈，在山中逗留了片刻，人世间已经过去了百年。

② 名缰利锁：名利就像缰绳一样将人锁住。

赏析

此曲述作者隐逸之志。作者从樵夫随身不离的工具——斧子入手，引用“王质观棋”和“斧凿修月”两个充满传奇色彩的传说，活脱脱地表现了一位正直刚强、蔑视名利、傲睨尘俗的高士形象，暗衬樵夫的不同凡俗。作者赞美樵夫，不仅因为他生活自在快活，更因为他精神上独立洒脱。“还参破，名缰利锁，云外放怀歌”，天下熙熙，皆为利来，名利吸引人，名利也禁锢人，也许只有像樵夫一样将荣辱参破的人，才能尽情在大自然里起舞放歌吧。

朱庭玉 ①

[越调]天净沙

秋

庭前落尽梧桐，水边开彻芙蓉，解与诗人意同。辞柯霜叶，飞来就我题红。

冬

门前六出狂飞，樽 ② 前万事休提。为问东君信息，急教人探，小梅江上先知。

注释

① 朱庭玉，“庭”或作“廷”，生平、里籍均不详。

② 樽：酒杯。

赏析

第一曲：此曲借秋景而抒诗兴。《九辩》上来就说“悲哉秋之为气也，萧瑟兮草木摇落而变衰”，起首两句正是如此。这两句对仗工整，纯用白描的手法，将园中秋景完整地勾勒出来。庭院前梧桐树的叶子都掉光了，水边的荷花也凋残了。目光所及，皆是凋敝，作者心中不由生出一丝悲秋之意。就在这时，几片“辞柯霜叶”飞来，点亮了作者的世界。它们辞别枝条，飞到作者身边要他题写诗句。作者当即便得慰藉，愁云散，诗兴起。霜叶的主动蕴含在一“辞”一“就”当中。在作者看来，霜叶有灵，能与自己心意相通，这便是“解与诗人意同”。面对万木摇落，作者没有在悲伤中深陷，而是选择在万物凋敝的人间寻觅美好，继而放大美好。也许人间从来不缺少乐观的理由，少的只是灵动爽朗的心。

第二曲：同写秋一样，此曲写江上探梅，作者同样以开头两句对景物略作点染，以明时令。在这个天寒地冻的日子，作者没有在家烤火烹茶，而是踏出家门寻找冬日里的风雅。作者有酒，也有贴近自然的心。他置身于冰清玉洁的天地间，恍惚觉得白的雪能盖住一切过往，而红的梅能点燃冬日里的江畔，也能点燃这个无牵无挂的当下。

李伯瑜①

［越调］小桃红

磕　瓜

木胎毡观要柔和，用最软的皮儿裹②。手内无他煞难过，得来呵，普天下好净③也应难躲。兀的般砌末④，守着个粉脸儿色末⑤，诨广笑声多。

注释

① 李伯瑜，名、里、生卒年及事迹均不详。

② 木胎毡观要柔和，用最软的皮儿裹：写磕瓜用木胎衬以毛毡，外面再包上一层软皮。

③ 好净：即演打诨的净角。

④ 砌末：指戏剧演出用的道具。

⑤ 粉脸儿色末：指搽大白脸的副末。

赏析

此曲简洁明了，叙述生动活泼，幽默有趣，便于我们了解当时杂剧演出中磕瓜的制作与功用。前两句写磕瓜的制作，其后描写磕瓜在演出时的用途以及使用效果。首二句“木胎毡观要柔和，用最软的皮儿裹”向我们介绍了制作磕瓜的三样材料。接着“手内无他煞难过”之句，借台上人之口吻道出了磕瓜的不可或缺。当台上的副末用磕瓜作击状时，净角也每每作“躲”状，但又总是躲犹不及，逗得大家捧腹大笑。“兀的般砌末，守着个粉脸儿色末，诨广笑声多”，台上人诨语一广，台下笑声必然多，欢乐的氛围便溢出来了。全曲几乎句句夸耀、声声赞美产品的货真价实、功用非凡，此曲很可能是一首“广告曲”。

李德载[1]

［中吕］阳春曲

赠茶肆

茶烟一缕轻轻扬，搅动兰膏[2]四座香。烹煎妙手赛维扬。非是谎，下马试来尝！

又

金芽嫩采枝头露，雪乳香浮塞上酥，我家奇品[3]世间无。君听取，声价彻皇都。

注释

① 李德载，名、里、生卒年及生平均不详，约元仁宗延祐中前后在世。工曲。

② 兰膏：古代用泽兰子炼制的油膏。

③ 奇品：稀奇的珍品。

赏析

元人茶文化繁盛，本篇便是例证。李德载《阳春曲》共 10 首，均以卖茶人的口吻吟唱，此选二首，一赞茶香，一赞茶品，声闻天下。作为早期的广告语，读来生动活泼。

第一曲："茶烟一缕轻轻扬，搅动兰膏四座香"，开头两句描写的是茶肆中烹茶的情景。随着茶烟升腾，茶香便四散开来，座客均可以闻到。“烹煎妙手赛维扬”，“妙手”是最妙的手艺，“维扬”即扬州，当时扬州煎茶技术水平一绝。“非是谎，下马试来尝”，最后两句以店家招徕叫卖的语气，请人品尝，强调了前面内容的真实可信。

第二曲：芽儿是淡黄颜色，芽儿是才“枝头露”，可见芽还嫩，茶品极高。说完了茶嫩，作者接着夸赞茶香，“雪乳香浮塞上酥”，茶嫩香至此，故第三句作者自豪地宣称“我家奇品世间无。君听取，声价彻皇都”。如此好茶，世间仅此一家！如果说“非是谎，下马试来尝”，还只是劝饮，这里的“世间无”“彻皇都”已是将自家好茶的地位拔至最高。

程景初①

［正宫］醉太平

恨绵绵深宫怨女，情默默梦断羊车②，冷清清长门寂寞长青芜，日迟迟春风院宇。泪漫漫介破琅玕玉③，闷淹淹散心出户闲凝伫，昏惨惨晚烟妆点雪模糊，淅零零洒梨花暮雨。

注释

① 程景初，生平、里籍均不详。

② 羊车：晋代有个皇帝，叫司马炎，史载后宫宫女众多，有粉黛近万，因此每天晚上到底要临幸哪个妃子，就成为一个让他十分头疼的问题。于是他想出一个办法，就是坐着羊车，让羊在宫苑里随意行走，羊车停在哪里他就在那里宠幸嫔妃。于是有个宫人便把竹枝插在门上，把盐水洒在地上。羊因为喜欢盐水的味道，停下吃食，于是羊车就停在她的宫门口。

③ 琅玕玉：美玉，形容女子肌肤如玉。

赏析

此曲写宫怨，全曲采用赋体手法，极力描摹了“怨”的广度和深度。作者以一“恨”字领起全篇，奠定抒情基调。“恨绵绵深宫怨女”，女子，是深宫的女子；忧愁，是深重的忧愁。“情默默梦断羊车”，作者运用羊车典故，显示宫妃期盼之急切。“默默”写出了宫妃冥思凝望的神态与她们噤若寒蝉，满腹愁思无可言说的凄凉景况。期盼的结果是“冷清清长门寂寞长青芜”，春风和煦，春草萋萋，她们闷闷不乐，愁思满溢，于是移足户外散心，想借风景遣愁。谁知春光撩人，益添忧愁，于是有了结句的“闷淹淹散心出户闲凝伫，昏惨惨晚烟妆点雪模糊，淅零零洒梨花暮雨”。本曲遣词造句颇为新巧，每句均冠以一组叠词，或状景、或抒情，贯穿始终，有效烘托了“深宫怨女”的绵绵长恨。

杜尊礼[1]

［仙吕］醉中天

佳人脸上黑痣

好似杨妃在，逃脱马嵬[2]灾。曾向宫中捧砚台，堪伴诗书客。叵耐无情的李白，醉拈斑管，洒松烟点破桃腮[3]。

注释

① 杜尊礼：生卒年均不详。

② 马嵬，传说中杨贵妃身死之地。

③ 桃腮：少女粉红色面颊。

赏析

此曲想象出奇大胆，曲语轻松，调侃意味颇浓。作者巧妙地运用了想象与夸张的艺术手法，构成了一幅形象鲜明的画面。"好似杨妃在，逃脱马嵬灾"，两句惊异语起头，怀疑这位佳人是杨妃再现，突出佳人之美。"曾何宫中捧砚台"，据记载，李太白奉明皇之命在御前挥毫时，贵妃曾为之捧砚。这么一位"回眸一笑百媚生"的美人捧着砚台在旁边侍候着，李太白握着饱蘸浓墨的笔，不觉看出了神，笔头一歪，向佳人的脸上挥去。"醉拈斑管，洒松烟点破桃腮"，美人的粉面上登时就出现一颗由才华盖世的诗人点染而成的黑痣，相互映衬，异趣横生。现实中的李太白当然不敢对贵妃发呆，但唯其如此，所创造的艺术作品才更具魅力。

李致远[1]

[中吕]红绣鞋

晚　秋

梦断陈王罗袜[2]，情伤学士琵琶[3]，又见西风换年华[4]。数杯添泪酒[5]，几点送秋花。行人天一涯[6]。

注释

① 李致远，生平不详。

② 梦断：梦被截断，指从梦中惊醒。陈王：指三国魏文学家曹植。他最后的封地是陈郡（今河南淮阳），谥号“思”，故被称为陈思王、陈王。罗袜：丝袜。语出曹植《洛神赋》“凌波微步，罗袜生尘”句。传说曹植曾求甄逸之女为妻，未果。甄女后归曹丕，为郭后害死。曹植入京见其遗物，伤心泪下。归途中经洛水，“感宋玉对楚王神女之事”，作《洛神赋》，其中描写神女体态轻盈、款步飘然，使用了“罗袜”一词。

③ 学士琵琶：指唐代大诗人白居易《琵琶行》诗，诗中对琵琶女寄予深切的同情，并有感于自己与琵琶女“同是天涯沦落人”而格外伤感。

④ 西风换年华：秋风萧瑟，一年将尽。

⑤ 添泪酒：化用范仲淹《苏幕遮·碧云天》词中“酒入愁肠，化

作相思泪”句意。

⑥ 天一涯：天各一方，指相隔遥远。

赏析

从与洛神相会的梦中惊醒后，作者心情犹如白居易作《琵琶行》那样伤感。萧瑟秋风又起，一年将尽。独自饮酒，独自落泪，独自看花，独自浪迹天涯。此曲用简练的语言表现了与朋友分别时的悲伤情绪。从曲子起首的典故推测，送别的朋友似乎是萍水相逢的异性。“梦断”加上“情伤”，渲染了离别的气氛。但全曲写离别而无一“离”字，只是纯以典故、意象出之，含蓄蕴藉。作者梦里的“陈王罗袜”即心中牵挂的佳人。然而“梦断”，好梦醒来，梦中人逐渐淡去，“情伤学士琵琶”，道出了从梦境完全走出来后极度思念的伤感之情。作者醒后黯然神伤，只得“数杯添泪酒，几点送秋花”，因此酒是“添泪酒”，花是“送秋花”。作者开头运用典故暗示梦的内容，而后写梦醒后的伤感思念。最后“行人天一涯”，一声长叹，对友人远行感到无比伤怀，感情生发自然。

[越调] 天净沙

离　愁

敲风修竹①珊珊②，润花小雨斑斑，有恨心情懒懒。一声长叹，临鸾③不画眉山④。

注释

① 修竹：长长的竹子。

② 珊珊：珠玉互击的声音。

③ 鸾：鸾镜，背面铸有鸾凤图案的铜镜。

④ 眉山：女子的眉毛。

赏析

这是一首闺怨之曲，开篇以一组鼎足对铺垫闺中女子的离愁别恨，叠词的运用则加深了这种愁意。“敲风修竹珊珊”，风吹动竹子发出声响。院落中，一位孤独的女子恍惚听到动静，以为是有人来，可事实上只是风敲竹的响动罢了。此句化自苏轼《贺新郎》词：“帘外谁来推绣户，枉教人、梦断瑶台曲，又却是，风敲竹。”此刻越发失落的她看见花，便想到花期有限、青春易逝，而如花般娇艳的自己，却要被愁思所扰。念及此，她泪流满面，悲从中来，自然无心梳妆。于是她“一声长叹，临鸾不画眉山”。此曲曲语典雅，巧用叠词，读来朗朗上口。

张鸣善[1]

[中吕]普天乐

嘲西席[2]

讲诗书，习功课。爷娘行[3]孝顺，兄弟行谦和。为臣要尽忠，与朋友休言过。养性终朝端然坐，免教人笑俺风魔[4]。先生道“学生琢磨”，学生道“先生絮聒[5]”，馆东[6]道“不识字由他”。

注释

① 张鸣善（生卒年均不详），名择，号顽老子，元代散曲作家。原籍平阳（今在山西），家在湖南，流寓扬州。

② 西席：家庭教师。

③ 行：行辈，一班人。

④ 风魔：疯魔，疯癫。

⑤ 絮聒：啰唆。

⑥ 馆东：出钱请老师的学生家长。

赏析

蒙元时期读书人地位颇低，张鸣善的这首《普天乐》就巧妙嵌入对话，以戏谑的口吻描摹了当时落魄知识分子的形象，生动有趣。此曲所嘲讽的绝非一个“西席”而已，它揭露并嘲讽的是整个僵化腐朽的元代教育制度，所表现的思想具有很深刻的社会意义。

“讲诗书，习功课”，开篇两句即元代家塾教育的一个经典镜头。这些枯燥乏味的内容及生硬的灌输方式自然与儿童的天性不合。于是作者紧接着向我们呈现了先生、学生、馆东三人之间不同态度的碰撞。先生要学生对儒家说教好好“琢磨”，学生对此却极为反感，嫌他啰里啰唆，说“先生絮聒”。馆东则表示无可奈何“不识字由他”。他已然对学生是放任自流了。对忠于职守的先生来说这简直是当头一棒。小令由严肃转向诙谐，在对比中刻画出了这位小人物的可怜可悲，表达作者对这种教育制度的不屑一顾，全曲充满戏剧色彩。

［中吕］普天乐

咏　世

洛阳花[①]，梁园月[②]。好花须买，皓月须赊。花倚阑干看烂漫开，月曾把酒问团圆夜[③]。月有盈亏，花有开谢，想人生最苦离别。花谢了三春[④]近也，月缺了中秋到也，人去了何日来也?

又

雨才收，花初谢。茶温凤髓，香冷鸡舌。半帘杨柳风，一枕梨花月，几度凝眸登台榭。望长安不见些些，知他是醒也醉也，贫也富也，有也无也。

又

雨儿飘，风儿扬。风吹回好梦，雨滴损柔肠。风萧萧梧叶中，雨点点芭蕉上。风雨相留添悲怆，风和雨卷起凄凉。

风雨儿怎当？风雨儿定当，风雨儿难当。

注释

① 洛阳花：即洛阳的牡丹花。欧阳修《洛阳牡丹记》称洛阳牡丹天下第一。

② 梁园月：即梁园的月色。梁园，西汉梁孝王所建。孝王曾邀请司马相如、枚乘等辞赋家在园中看花赏月吟诗。

③ 月曾把酒问团圆夜：化用苏轼《水调歌头》词曰“明月几时有，把酒问青天”。

④ 三春：孟春、仲春、季春。

赏析

这三首《普天乐》题名“咏世”，实写闺怨，展示了离别后的思念、煎熬和期盼。花好不过洛阳，月明应数梁园。花、月在这里是天地间美好事物的代称，而好花买来观看才更觉美好，明月须赊来观赏才愈觉明亮。倚着栏杆欣赏花儿烂漫，邀来明月共饮祈盼团圆。作者走笔至此，一直围绕“花”与“月”来展开，在阐发“行乐须及春”的处世哲理的同时也流露出对拥有美满生活的愿望。随后作者笔锋一转，发出景美留却难的慨叹。好花易谢待重开，明月虽缺犹能圆，而人间的别离呢，只怕后会无期。人世无常、聚散不定，《楚辞》有“悲莫悲兮生别离”（《九歌·少司命》）、“人去了何日来也？”便是这“悲”字的注解吧。此曲略显悲凉，但蕴含丰厚，富有哲理，不失意趣。同样地，二、三曲也是从闺中人的角度出发，借环境描写来谱写离情，将离情展现得倍加哀婉动人。

[双调] 水仙子

讥　时

铺眉苫眼早三公[①]，裸袖揎拳享万钟[②]，胡言乱语成时用，大纲来[③]都是烘[④]。说英雄谁是英雄？五眼鸡[⑤]岐山鸣凤[⑥]，两头蛇[⑦]南阳卧龙[⑧]，三脚猫[⑨]渭水飞熊[⑩]。

注释

① 铺眉苫眼：即舒眉展眼，此处是装模作样的意思。三公：大司马、大司徒与大司空，这里泛指高官。

② 裸袖揎拳：捋起袖子露出胳膊，这里指善吵闹之人。万钟：很高的俸禄。

③ 大纲来：总而言之，总的来说。

④ 烘：胡闹。

⑤ 五眼鸡：好斗的公鸡。

⑥ 岐山：在今陕西省岐山县。鸣凤：凤凰。

⑦ 两头蛇：毒蛇。

⑧ 南阳卧龙：即诸葛亮，这里指的是优秀的人才。

⑨ 三脚猫：没有本事的人。

⑩ 渭水飞熊：即周代的太公吕尚，这里指德高望重的高官。

赏析

此曲题为“讥时”，讥讽的是一整个时代。那个时代贤愚不分，那个时代是非颠倒，作者通过辛辣的笔调揭露了当时上层社会的腐朽无能，虚伪暴虐的丑恶本质。“铺眉苫眼早三公，裸袖揎拳享万钟”，朝廷之中，多的是不学无术而惯于装腔作势的人。如此现象究竟为何？因为“胡言乱语成时用”。在这个荒谬的时代里，胡说八道、欺世盗名者能在社会上层畅行无阻。相反，正直善良的人毫无立身之地。这个时代如此胡闹，所以拙劣的五眼鸡也能被称作“岐山鸣凤”；“两头蛇”偏被说成是“南阳卧龙”；没能耐的“三脚猫”成了“渭水飞熊”。在强烈的对比中，当时上层社会那些道貌岸然、色厉内荏者的丑恶本质一览无余。说谁是英雄谁就是，不是也是。时代之荒唐可见一斑。

杨超英

[双调]水仙子

雪晴天地一冰壶，竟往西湖探老逋[①]，骑驴踏雪溪桥路。笑王维[②]作画图，拣梅花多处提壶[③]。对酒看花笑，无钱当剑[④]沽，醉倒在西湖。

又

灯花占信[⑤]又无功，鹊报佳音耳过风[⑥]。绣衾温暖和谁共，隔云山千万重，因此上惨绿愁红[⑦]。不付能[⑧]博得团圆梦，觉来时又扑个空，杜鹃声又过墙东[⑨]。

自　足

杏花村里旧生涯，瘦竹疏梅处士家。深耕浅种收成罢，酒新篘[⑩]鱼旋打[⑪]，有鸡豚[⑫]竹笋藤花。客到家常饭，僧来谷雨茶[⑬]，闲时节自炼丹砂[⑭]。

注释

① 老逋：指北宋诗人林逋，因其爱梅，故此代指梅花。

② 王维：唐代大诗人。

③ 提壶：倒酒。

④ 当剑：把佩剑典当掉。

⑤ 灯花占信：古人迷信，认为灯芯结成花瓣，便是远信至、行人归的预兆。

⑥ 鹊报佳音：古人相信喜鹊传报喜讯。如李绅《江南暮春寄家》有“想得心知近寒食，潜听喜鹊望归来”。耳过风：比喻漠不关心，典出《吴越春秋·吴王寿梦传》“富贵之于我，如秋风之过耳”。

⑦ 惨绿愁红：由于思妇心头的苦闷，把红花绿叶等美好的东西都看成惨愁的景象。

⑧ 不付能：方才，刚才。

⑨“杜鹃声”句：这是说叫着“不如归去”的杜鹃又飞过了墙东。

⑩ 酒新篘：酒刚刚滤出。篘，过滤。

⑪ 鱼旋打：鱼刚刚打起。旋，旋即，刚刚。

⑫ 豚：小猪。

⑬ 谷雨茶：谷雨节前采摘的春茶。

⑭ 炼丹砂：古代道教提倡炼丹服食，以延年益寿。丹砂，即朱砂，矿物名，水银和硫黄的化合物，道家炼丹多用。

赏析

杨超英这几首《水仙子》大多作于归隐之后，主旨不一，就所选几曲看来，第一首写西湖踏雪寻梅，第二首写闺情，第三首写闲居。前后两首都通过对场景、景物的铺排来展现其不同流俗的审美情趣和闲适乐趣，情致较高。

第一曲：此曲写作者踏雪寻梅，对酒看花，反映了作者不同流俗的审美情趣。作者在冰天雪地探梅，也是在探求林逋式的生活态度。“对酒看花笑”，梅花慰藉作者心灵，是一位知已了，故而彼此相视而笑，莫逆于心。能与这样的“知已”对饮，夫复何求？沽酒钱不够也无妨，把佩剑典当掉就是了。毕竟还有什么比此时“醉倒在西湖”更加适意的呢？“无钱当剑沽”并非实写，而是抒发诗人那种一发而不可收的激情和狂放之态。

第二曲：屋内灯芯结成花瓣，窗外喜鹊歌声婉转，灯花预报的吉兆又一次不得应验，喜鹊传来的归信不过一阵风路过耳边。绣被儿温暖却少了那个人的温度。此刻主人公看花不是花，是愁云万朵。刚做了个团圆好梦，醒来却察觉是一场空，和团圆美梦相对的只有孤单悲苦的现实。“不如归去，不如归去”，墙东又传来杜鹃声，何时才能传来熟悉的脚步声呢？全曲皆以思妇的口吻诉说她对丈夫的思念之情与独居的悲伤之情。愿望与现实对比越强烈，曲中人的闺思之苦就越浓重。如泣如诉，十分动人。

第三曲：作者取题为“自足”，全篇句句是自足的理由。淡雅的杏花村，平淡的小日子，有竹有梅花，便是作者的家。春夏时作者深耕浅种，秋来了作者收获庄稼。就着新打来的鲜鱼，尝尝才滤出的新酒吧。家里“鸡豚竹笋藤花”一应俱全，客人到来，作者就地取材，烧桌家常饭来招待他；僧侣造访，作者就去烹煮谷雨时采摘的春茶。闲暇时光，自己还可以炼丹砂。物质上，作者处处自给自足；精神上，高洁的植物使他满足，农村的风物使他满足，最重要的是，他的心质朴而知足。

［商调］梧叶儿

客中闻雨

檐头溜①，窗外声，直响到天明。滴得人心碎，聒得人梦怎成？夜雨好无情，不道②我愁人怕听。

注释

① 檐头溜：屋檐边滴水的地方。

② 不道：不管，不顾。

赏析

雨水从屋檐滑落，滴滴答答的声音一直响到天明。声音听得叫人心碎，人便无法入眠。夜雨太无情，丝毫不管忧愁的人怕听！此曲写游子留于客舍，听雨伤怀，反映了游子的离愁别恨。游子远离故乡故人，心情本就不佳，如今又淅淅沥沥地下起了雨。雨滴顺着客舍屋檐流下，滴落到地面，淅淅沥沥，滴滴答答，游子于是愁上添愁，辗转反侧，一夜难眠。他不禁怨恨起雨滴："夜雨好无情，不道我愁人怕听。"作者构思精巧，起句"檐头溜，窗外声，直响到天明"尤其巧妙，若不是主人公一夜未眠，哪得知窗外雨声一夜未歇？要不是夜雨滴个不停，直到天明，主人公又哪会一夜不眠？"滴""聒"二字，形象地传达出夜雨的不解人意，足见作者的匠心与功底。

王举之[1]

［双调］折桂令

赠胡存善

问蛤蜊[2]风致何如，秀出乾坤，功在诗书。云叶轻灵，灵华纤腻，人物清癯。采燕赵天然丽语，拾姚卢肘后明珠[3]。绝妙功夫，家住西湖[4]，名播东都[5]。

七　夕

鹊桥横低蘸银河，鸾帐飞香，风辇凌波。两意绸缪，一宵恩爱，万古蹉跎。剖犬牙瓜分玉果，吐蛛丝巧在银盒。良夜无多，今夜欢娱，明夜如何？

注释

① 王举之，元末杭州人，元曲作家。著有元曲、诗作，现有少量流传于世。今存散曲中，有赠胡存善《折桂令》一首。而胡存善是胡正臣之子（见《录鬼簿》）。所以，王举之可能生于元朝末期，而且活动于杭州一带。明朝朱权《太和正音谱》将其列于“词林英杰”150人之中。

② 问蛤蜊：当时从事杂剧、散曲创作的文人，把自己的爱好比喻为别有风味的蛤蜊，以别于从事正统诗文创作的文人。

③“采燕赵”二句：指能广泛吸取各家之长。姚、卢，指姚遂、卢挚，是当时影响较大的散曲作家。

④家住西湖：据《录鬼簿》载，胡存善系杭州人。

⑤东都：本指洛阳，这里借指汴京。

赏析

第一曲：此曲是对胡存善的为人和散曲创作成就的高度评价。一方面，胡天资灵秀，得天地涵养，“秀出乾坤”；另一方面，“功在诗书”，胡饱读诗书，并能够学以致用。这两句既赞扬了胡存善天资灵秀、勤奋读书，又称许他的散曲风格典雅。“云叶轻灵，灵华纤腻，人物清癯”，这几句兼及胡之散曲风格与人品精神，写得简洁而精练。形容胡之散曲如秋叶般轻盈，春花般细腻，犹如其人之清瘦精神，超尘拔俗。“采燕赵天然丽语”，称赞胡存善以方言俚语入曲，趣味天然；“拾姚卢肘后明珠”，意谓胡存善师法前贤，采撷精华。这两句说胡存善散曲之语言兼采雅俗，显示出“绝妙功夫”。因而，他和他的作品能声名远扬——“家住西湖，名播东都”。王举之在此借“东都”之名而暗用“洛阳纸贵”的典故推许胡存善，赞美之情溢于言表。

第二曲：七夕佳节，作者有感而发，发出了时光荏苒，切莫贪图享乐，虚度光阴之感叹。开篇以牛郎织女鹊桥相会起兴，鸾帐风辇，两意绸缪。作者却一改常态，叹道“一宵恩爱，万古蹉跎”。接着用“玉果”“银盒”反讽良辰美景本不多，今天欢乐畅快了，明天又该怎么办，批判“今朝有酒今朝醉”的思想实不足取。

贾 固[1]

［中吕］醉高歌过红绣鞋[2]

寄金莺儿

《醉高歌》乐心儿比目连枝[3]，肯意儿新婚燕尔[4]。画船开抛闪[5]的人独自，遥望关西[6]店儿。《红绣鞋》黄河水流不尽心事，中条山[7]隔不断相思，当记得夜深沉、人静悄、自来时。来时节三两句话，去时节一篇诗，记在人心窝儿里直到死。

注释

①贾固，字伯坚，山东忻州人。生卒年均不详，约明太祖洪武初前后在世。工散曲。

②醉高歌过红绣鞋：中吕宫带过曲，由《醉高歌》和《红绣鞋》组成。

③比目连枝：即比目鱼和连理枝，古人常以之比喻男女间的真挚爱情。

④新婚燕尔：形容新婚的欢乐。《诗·邶风·谷风》有“宴尔新婚，如兄如弟”。宴，也作燕，比喻夫妻亲如兄弟。

⑤抛闪：抛弃。

⑥关西：指阳关以西。

⑦ 中条山：在山西西南部。

赏析

“乐心儿比目连枝，肯意儿新婚燕尔”，开头两句，是作者对和金莺儿甜蜜时光的追思。彼时你称心我乐意，拥有互相倾慕、彼此合意的情分多么幸福，字里行间洋溢着一股欢愉之情。奈何欢愉短暂，不久后的离别痛苦难堪。“画船开抛闪的人独自”，不管离愁有多沉重，船儿一启动，船上人就抛下岸上人远去了。岸上人是“独自”，船上人又何尝不是“独自”！随后便是离别后“人独自”的绵绵相思。“遥望关西店儿”，写金莺儿对作者的恋恋不舍。作者想象金莺儿凝情遥望，关心自己的旅途风霜。“黄河水流不尽心事，中条山隔不断相思”，写作者对金莺儿的悠悠相思，接着作者撷取了当初爱情生活的细节，具体描写彼此深沉的爱恋。“当记得夜深沉、人静悄、自来时”，只此一句，气氛已出。结尾三句作者不写“来时节三两句话”谈些什么，也不言“去时节一篇诗”写些什么，而以“记在人心窝儿里直到死”作结，戛然而止，让读者去揣摩体会，令人回味。

周德清[1]

［中吕］满庭芳

看岳王传

披文握武[2]，建中兴庙宇，载青史图书。功成却被权臣妒，正落奸谋。闪杀人望旌节[3]中原士夫[4]，误杀人弃丘陵[5]南渡銮舆[6]。钱塘路，愁风怨雨，长是洒西湖。

误国贼秦桧

官居极品，欺天误主，贱土轻民。把一场和议为公论，妨害功臣。通贼虏怀奸诳君，那些儿立朝堂仗义依仁！英雄恨，使飞云幸存，那里有南北二朝分。

注释

① 周德清，字日湛，号挺斋，高安（今属江西省高安市杨圩镇）人。元代文学家。北宋哲学家周敦颐的后代。

② 披文握武：文武双全。

③ 旌节：旌旗仪仗。

④ 士夫：宋朝官员。

⑤ 丘陵：祖宗陵墓。

⑥ 銮舆：天子车驾，代指天子。

赏析

第一曲：本曲为元人小令中歌咏岳飞的名篇。首三句对岳飞作了总括性的评价。“披文握武”，称赞岳飞文武双全；“建中兴庙宇，载青史图书”，指岳飞的功勋足以名垂青史。然而“功成却被权臣妒，正落奸谋。闪杀人望旌节中原士夫，误杀人弃丘陵南渡銮舆”，作者抒发感愤，指责南宋王朝误杀忠臣，招致严重后果。结尾“钱塘路”三句，以抒情作结，是由强烈悲慨化成的深沉痛惋。“钱塘路，愁风怨雨，长是洒西湖”，天地都在为岳飞的冤屈而哭泣忧愁。风愁雨怨，人的愁怨也就不言自明。此曲委婉地表达了对岳飞的崇敬和哀悼之情。

第二曲：此曲痛斥了秦桧充当内奸，勾结党羽，专横权势，力主投降，以“莫须有”之罪杀害岳飞及其子岳云等抗金名将的行径。而这个卖国求荣的误国贼，却一度“官居极品”，令人唏嘘。

[中吕]红绣鞋郊行

茅店小斜挑草稕①，竹篱疏半掩柴门。一犬汪汪吠行人。题诗桃叶渡②，问酒杏花村③，醉归来驴背稳④。

又

雪意商量酒价⑤，风光投奔诗家，准备骑驴探梅花⑥。几声沙嘴⑦雁，数点树头鸦，说江山憔悴煞⑧。

注释

① 草稕：旧时酒家的标志。用草或布缀于竿头，悬在店门前，招引游客，俗称“望子”。

② 题诗桃叶渡：《古乐府注》记载“王献之爱妾名桃叶，尝渡此。献之作歌送之曰：‘桃叶复桃叶，渡江不用楫。但渡无所苦，我正迎接汝。’”

③ 问酒杏花村：杜牧《清明》诗曰“借问酒家何处有？牧童遥指杏花村”。后因以“杏花村”指酒家。

④ 醉归来驴背稳：这里暗用孟浩然、李贺等人骑驴寻诗的故事。

⑤ 雪意商量酒价：指的是下了雪，估计酒价要提高一些。商量，估计。

⑥ 准备骑驴探梅花：这里用孟浩然骑驴踏雪、寻梅咏诗的故事。

⑦ 沙嘴：沙洲突出水中的地方。

⑧ 江山憔悴煞：言江山寂寞、荒凉到了极点。憔悴，这里作寂寞、荒凉讲。

赏析

周德清这两首曲写的都是自己郊游作诗之事，乃是其日常生活写照。作者暗用王献之、孟浩然、李贺、杜牧诸典，表明其诗兴之浓、诗意之高，也暗寓了乐享隐逸生活之情。写春日郊行，提到的草稕、竹篱、杏花，这些富于特征性的景物与郊行必备的酒，烘染出独特的田园韵味和清新恬淡的隐逸情趣。写冬日郊行，酒也是不可少的。作者写“雪意商量酒价”，有了下雪征兆，酒价可能会上涨了。“风光投奔诗家”，构思极巧。不说诗家因风光而起诗兴，而是说风光自己跑到诗人家去请求描写。在古人眼中，骑着毛驴、踏雪寻梅，是极为风雅的事。据说唐代大诗人孟浩然就常常骑着毛驴，踏着白雪，去寻找梅花。但是冬天毕竟是寒冷的，是光秃秃、白茫茫的一片，所闻所见，也不过是寂寞荒凉的“几声沙嘴雁，数点树头鸦”而已。结句极有奇思，用拟人的手法，把冬天的萧瑟比喻为江山的憔悴，很有新意。

[双调] 蟾宫曲

别　友

倚篷窗[1]无语嗟呀[2]，七件儿[3]全无，做甚么人家。柴似灵芝，油如甘露，米若丹砂。酱瓮儿恰才梦撤，盐瓶儿又告消乏④。茶也无多，醋也无多。七件事尚且艰难，怎生教我折柳攀花？

注释

① 篷窗：用篾席遮起来的窗户。

② 嗟呀：叹气，叹息。

③ 七件儿：开门七件事，柴、米、油、盐、酱、醋、茶。

④ 消乏：用完了，消耗完了。

赏析

元代读书人的社会地位非常低下，有“九儒十丐”之说。这首小令采用夸张的手法，从日常生活的角度表现当时下层士人生活的艰难。“倚篷窗无语嗟呀”，作者倚窗无语，只是叹息，叹息家里“七件儿全无”，接着就“七件儿全无”做了具体描述。“柴似灵芝，油如甘露，米若丹砂”，柴、米、油日常普通之物如今贵得直追灵芝、甘露、丹砂，迭下三喻，夸张而又贴切。“酱瓮儿恰才梦撤，盐瓶儿又告消乏”，“梦撤”“消乏”，都是用尽的意思。“才”“又”二字紧相承接，困窘之状显露。“茶也无多，醋也无多”，两句用重复句式，加强了生活艰难的沉重感。士人尚且窘迫到“七件全无”的地步，广大下层百姓的生活可想而知。百姓饥寒交迫，人民生活窘困，这样的统治何以能长久？作者表面上自嘲寒酸，实则是揭示元代读书人生活穷困和社会地位低下的状况。

［正宫］塞鸿秋

浔阳①即景②

长江万里白如练③，淮山④数点青如淀⑤，江帆⑥几片疾如箭，山泉千尺飞如电。晚云都变露，新月初学扇[7]，塞鸿[8]一字来如线。

注释

①浔阳：今江西省九江市。

②即景：描写眼前景物。

③练：白绢。

④淮山：泛指长江以北淮河流域的山。

⑤淀：同“靛”，即靛青，一种青蓝色染料。

⑥江帆：江面上的船。

⑦“新月”句：新月开始像团扇那样圆了起来。“新月初学扇”比喻新出的月亮，圆得像团扇似的。班婕妤《怨歌行》有“裁成合欢扇，团团似明月”。

⑧塞鸿：边地的鸿雁。

赏析

此曲似一部浔阳风光录影带，作者一句一景，将七个瞬息万变，各放异彩的风景镜头糅合起来，立体地展现了浔阳江山的壮美。起首大笔如椽，“长江万里白如练，淮山数点青如淀”，放眼万里，远山看似数点，勾勒出了大江远山的雄伟辽阔之状；接着镜头拉近，从近处、细处着眼，描绘江、山中的个体景物。作者俯瞰江上轻帆，仰观庐山飞泉，捕捉了江帆、山泉飞奔迅疾的动态。到这里，作者笔势由急渐缓，由刚转柔，时间一点点过去，晚霞散尽，天色便暗下来，团扇般的初月却明亮亮地挂在天上。月儿富有人情，不忍看这壮美江山隐秘于黑暗之中，月儿富有人情，因此学着团扇，模仿人家圆圆满满。结句点明秋季时令，边地鸿雁南来，成“一”字形掠过这烟波浩渺的江天。颇具“落霞与孤鹜齐飞，秋水共长天一色”的苍茫雄浑。走笔至此，有远近参差，有动静交错，有明暗相间，有自然景物，有生命群体，极尽铺排变化。

［中吕］朝天子

秋夜客怀

月光，桂香，趁着风飘荡。砧声[①]催动一天霜，过雁声嘹亮。叫起离情，敲残愁况。梦家山[②]，身异乡。夜凉，枕凉，不许愁人强[③]。

注释

① 砧声：捣衣的声音。

② 家山：即故乡。

③ 强：执拗、不顺从之意。

赏析

“桂子月中落，天香云外飘”，月光轻柔洒落，瑟瑟轻风挟来桂花的香气。而这寂寥秋夜里的游子之吟，在作者笔下也显得颇有意味。

砧声，即捣衣声，让人不禁联想到《子夜吴歌》中那句“长安一片月，万户捣衣声”，其中的思乡之情亦然贯通。“催动”一词让原本略显生硬的“砧声”越发灵动起来。另外，除却“一天霜”，还有寒夜里悲戚的雁鸣。情景交融，作者内心的凄凉也于曲词之间真实可触了。

雁鸣唤起离情，作者思乡情浓，无法抒怀，便只能借梦还乡。“梦家山”的真切期盼与“身异乡”的残酷现实形成鲜明对比。寥寥六字在点出作者自身心境的同时也给读者留下了遐想空间。末句“夜凉，枕凉”连用两个“凉”字，不仅紧扣曲题“秋夜”，更反映出了作者羁旅思乡的孤独忧愁。“不许愁人强”，将这种情绪渲染到极致。作者想按捺住悲伤，奈何情难自抑，只得默默承受。作者通过月光、砧声、雁声等典型意象，构筑了浓烈的秋夜思乡的情境。全曲语言凝练秀美，有声有色。

钟嗣成①

［正宫］醉太平

风流贫最好②，村沙富难交③。拾灰泥补砌了旧砖窑，开一个教乞儿市学④。裹一顶半新不旧乌纱帽，穿一领半长不短黄麻罩⑤，系一条半联不断皂环绦⑥，做一个穷风月训导⑦。

又

绕前街后街，进大院深宅，怕有那慈悲好善小裙钗，请乞儿一顿饱斋。与乞儿绣副合欢带，与乞儿换副新铺盖，将乞儿携手上阳台，设贫咱波奶奶！

注释

① 钟嗣成，字继先，号丑斋，大梁（今河南省开封市）人，元代文学家，散曲家，寓居杭州。屡试不中。元顺帝时编著《录鬼簿》二卷，有至顺元年自序，载元代杂剧、散曲作家小传和作品名目。

② 风流贫最好：风流倜傥而甘守清贫的人最好。

③ 村沙富难交：狠毒贪婪的豪绅富户难以交往。村沙，粗鲁、狠毒。

④ 乞儿市学：为乞丐办的学校。

⑤ 黄麻罩：即粗布麻线做的罩衣。

⑥ 半联不断皂环绦：破旧的黑腰带。

⑦ 穷风月训导：穷而风流的学官。穷风月，贫穷而风流；训导，古代以训导为学官名。

赏析

这两首《醉太平》幽默谐趣，读来荒诞不经。但细细品味，不难发现荒诞中的心酸。

第一曲：书生即便成了乞丐，也依然坚守作为人的尊严；而衣食无忧的豪绅们却狠毒贪婪。该曲开头便以一组强有力的对比引出作者的观点——嘲讽社会的不公，有才学有能力的人只能被迫行乞。但作者并未沉溺于愤世嫉俗的情绪之中，而是以一种诙谐轻松的口吻描述这位书生乞丐的装扮，“裹一顶半新不旧乌纱帽，穿一领半长不短黄麻罩，系一条半联不断皂环绦”，滑稽潦倒中却又显露出一些可爱。

第二曲：作者模拟乞丐的口吻写下此曲。“绕前街后街”写出了乞丐生活的大致情况，乞丐绕着前街后巷行乞时见着深宅大院，竟胡思乱想起来，期望有善良的小姐请他吃上一顿饱饭。酒足饭饱还不算，接下来他还开始畅想与“慈悲好善小裙钗”在一派温暖华贵的场景中发生点风流韵事。末句“设贫咱波奶奶”更是让人啼笑皆非。

“朱门酒肉臭，路有冻死骨”，这首看上去诙谐幽默的曲子实际蕴含了很多辛酸和不平。从中我们可以看出元代文人的经典形象——深入社会民生，以“俗”叙世间不平之事。

［双调］清江引

到头那知谁是谁，倏忽人间世①。百年有限身②，三寸元阳气③，早寻个稳便处闲坐地。

又

秀才饱学一肚皮，要占登科记④。假饶⑤七步才⑥，未到三公位⑦，早寻个稳便处闲坐地。

又

凤凰燕雀一处飞，玉石俱同类。分甚高共低，辨甚真和伪？早寻个稳便处闲坐地。

注释

① 倏忽人间世：言人的生命很短促。倏忽，很快、一下子。

② 百年有限身：人生是有限的，即使活到一百年，也只是短暂的一瞬。

③ 元阳气：指生命的本源，即所谓“元气”。元时俗语有“三分气在千般用，一旦无常万事休”。

④ 登科记：科举时代把考中进士的人按名次登记在册上，叫“登科记”。

⑤ 假饶：即使。

⑥ 七步才：形容才思敏捷。《世说新语·文学》记载：“文帝（曹丕）尝令东阿王（曹植）七步中作，不成者行大法；应声便为诗曰：‘煮豆持作羹，漉豉以作汁，萁在釜下燃，豆在釜中泣。本自同根生，相煎何太急？’帝深有惭色。”

⑦ 三公位：最高的官位。

赏析

这三首《清江引》表现的都是人生短暂空如梦，及早抽身远祸患的思想。这种思想在当时社会士人中较为普遍，在某种程度上反映了当时社会的黑暗与混乱。

第一曲：“人生天地间，忽如远行客”，当生命逝尽，又如何分辨何人是何人呢？百年光阴不过弹指一挥间，不如趁着元气充盈，寻个稳当地方闲懒倚坐，观这韶光似水、赏那日月如梭。

第二曲：自古以来，饱学之士有如过江之鲫，登科记名可谓人生一大喜。但即便如曹植一般有七步成诗之才，若是不能位列三公，也是无用。至于才能不可望其项背之人，还是尽早找个凉快地方消遣度日吧。

第三曲：此曲中，作者说到自然界中哪有所谓的高低贵贱之分，大家本质上都是一样的，又何必苦苦计较，非要去争个高低，辨个真伪呢？作者三曲皆以一句“早寻个稳便处闲坐地”收尾，表达了自己蔑视功名利禄而主张珍惜人生的态度。

［双调］凌波仙

吊周仲彬

丹墀未知玉楼宣[①]，黄土应埋白骨冤。羊肠曲折云更变。料人生亦惘然，叹孤坟落日寒烟。竹下泉声细，梅边月影回，因思君歌舞十全[②]。

注释

① 丹墀未知玉楼宣：丹墀，宫殿的赤色台阶或赤色地面；玉楼宣，指早亡的文士。唐代诗人李商隐的《李长吉小传》中有这样的故事，“长吉将死时，忽昼见一绯衣裳人笑曰：‘帝成白玉楼，立召君为记。天上差乐，不苦也。’”

② 歌舞十全：能歌善舞，十全十美。

赏析

在此曲中，作者在书写周仲彬坎坷命运的同时深情地回忆了两人的交往，表达了“人生亦惘然”的惆怅感。“丹墀未知玉楼宣，黄土应埋白骨冤”，短短一句，便概括了周仲彬怀才不遇、壮志难酬的一生。《录鬼簿》中称其“家世儒业，俯就路吏”，虽说出身尚可，且后天勤奋，才华横溢，却只做了一位小小吏官，从未受过重用。作者回忆起好友生前的光景，想到他一生艰难坎坷的程度确如羊肠般曲折。作者慨叹之余，不禁也联想到自己这半生的潦倒不得志。“竹下泉声细，梅边月影回，因思君歌舞十全”，这里作者的笔锋转为细腻雅致，竹下清泉透彻，月影落在寒梅边，仿佛又见故友歌舞的身影。当然，作者置身于这般诗意的场景中，内心漾起的不仅是对故友的深切怀恋，更有对不公命运的愤懑与惆怅之感。

周　浩[1]

[双调]蟾宫曲

题《录鬼簿》

想贞元朝士[2]无多，满目江山，日月如梭。上苑繁华，西湖富贵[3]，总付高歌。麒麟冢衣冠坎坷，凤凰城人物蹉跎[4]。生待如何？死待如何？纸上清名，万古难磨。

注释

① 周浩，与钟嗣成同时代人，生平不详。其散曲仅存一首，为赞钟氏《录鬼簿》所作。

② 贞元朝士：贞元，唐德宗年号，这里借指前一个朝代。唐刘禹锡《听旧宫中乐人穆氏唱歌》有“休唱当时供奉曲，贞元朝士已无多”。

③ 上苑繁华，西湖富贵：上苑，皇帝玩乐、游猎的地方，这里指元朝大都（今北京市）。西湖，指杭州。大都、杭州是元戏曲家云集的地方。

④ 麒麟冢衣冠坎坷，凤凰城人物蹉跎：那些凤凰台、麒麟冢中的衣冠人物，生前蹉跎岁月，身后坎坷无闻，难以与下文“纸上清名，万古难磨”的曲家相比。凤凰台在南京。麒麟冢，指王侯贵族的坟墓。

赏析

“休唱当时供奉曲，贞元朝士已无多”，此曲中作者借前人诗句暗述剧曲领域早已不像昔日那般璀璨，隐隐表达了对剧曲昔盛今衰的遗憾与叹息，接着作者又描述了日月江山的磅礴意象。江山这一空间意象与如梭的时间意象交织，将缅怀古人与慨叹世景相融。光阴流转，青山不改，而人世早已面目全非。这表达了人在面对时间流逝的一种无力感。可即便人生短暂、自身渺小，作者也没有如世人一般追名逐利，并且对贵族们骄奢淫逸的生活持鄙夷态度，进而提出了对生死价值的思考：“生待如何？死待如何？”

汪元亨[①]

［正宫］醉太平

警　世

辞龙楼凤阙，纳象简乌靴。栋梁材取次尽摧折，况竹头木屑。结知心朋友着疼热，遇忘怀诗酒追欢悦，见伤情光景放痴呆。老先生醉也。

又

憎苍蝇竞血[②]，恶黑蚁争穴[③]。急流中勇退[④]是豪杰，不因循苟且。叹乌衣一旦非王谢[⑤]，怕青山两岸分吴越，厌红尘万丈混龙蛇[⑥]。老先生去也。

又

结诗仙酒豪[⑦]，伴柳怪花妖[⑧]。白云边盖座草团瓢[⑨]，是平生事了。曾闭门不受征贤诏[⑩]，自休官懒上长安道，但探梅常过灞陵桥。老先生俊倒。

注释

① 汪元亨（生卒不详），字协贞，号云林，别号临川佚老，饶州（今江西省鄱阳县）人，元代文学家。元至正间出仕浙江省掾，后迁居

常熟。官至尚书。所作杂剧有3种，今皆不传。

② 苍蝇竞血：像苍蝇争舔血腥的东西一样，喻争权夺利为极可鄙的事。

③ “黑蚁争穴”句：李公佐《南柯记》中的大槐安国与檀萝国争夺领土，也可鄙可恶。恶，厌恶。

④ 急流中勇退：比喻做官的人在顺利或得意时，抽身退隐，以避祸远害。

⑤ 叹乌衣一旦非王谢：言繁华易歇，好景不长。乌衣，指乌衣巷，六朝时王、谢豪族所居。刘禹锡有名诗《乌衣巷》。

⑥ 混龙蛇：好坏不分，鱼龙混杂。

⑦ 结诗仙酒豪：言结交一些诗朋酒友。诗仙，李白之伦；酒豪，刘伶之属。

⑧ 伴柳怪花妖：天天与花妖、柳怪结成伴侣。

⑨ 白云边：高山旁。杜牧《山行》有“远上寒山石径斜，白云生处有人家”。草团瓢：圆形的草屋，也叫“草团标”。

⑩ 征贤诏：征用贤才的诏书。《晋书·王裒传》有“（裒）隐居教授，三征七辟，皆不就”。此以王裒自比。

赏析

汪元亨这三首《醉太平》都属警世叹时之作。三首曲子的共同主题都是奉劝执迷的世人看破名利，挣脱枷锁。

第一曲：作者辞别了繁华京城，将为官时的象简乌靴交回朝廷，感叹这世间的栋梁之材都会尽数摧折，自嘲像他这般不起眼的竹头木屑就更加不值一提了。但人生的价值并非只有入仕，随后作者心境转向洒脱，从而提出了另一种人生之乐——和三五知心好友相聚饮酒。至于见到了伤心的事情，闭目塞听、装痴作傻便好。尾句长叹一句“老先生醉也”，将其酒醉而痴的状态贯彻到底。

第二曲：与马致远的“密匝匝蚁排兵，乱纷纷蜂酿蜜，闹攘攘蝇争血”一样，此曲的“憎苍蝇竞血，恶黑蚁争穴”意在嘲讽官场之中追名逐利的黑暗，接着赞叹了在官运亨通时抽身离去之人是豪杰，因为他们没有随波逐流、“因循苟且”，体现了高尚的节操。接下来一句“叹乌衣一旦非王谢”化用了刘禹锡的《乌衣巷》诗句，表述作者伤感于人事无常。吴越之地虽是山水秀美，却因世人的欲望而遭遇多次分裂，百姓深受其苦。正因以上种种，作者决定归隐，一句“老先生去也”显现了其决心。

第三曲：归隐之后的生活有多快活？大抵是清风明月、玉露琼浆，弱柳娇花任君采撷。作者置身其中，与诗仙酒豪结交畅饮，望向自己白云生处的草屋，觉得人生意义已然实现了。当然，这份隐居生活并非毫无波澜。朝廷曾下发诏书让作者回归庙堂，此刻的他当然不会再踏上那繁华喧闹的长安道，在他看来，与其去忍受嘈杂，还不如走过灞陵桥，探一缕梅香清心。尾处“老先生俊倒”与上两曲末句相呼应，层层递进，一笔点睛，勾勒出作者退出名利场后陶然自得的形象。人生苦短，何不乐享自由？作者自己曾担任过小吏，如此感悟该是自己的经验所得，也代表了当时士大夫的一种普遍意绪。

［双调］雁儿落过得胜令

归　隐①

《雁儿落》闲来无妄想，静里多情况。物情螳捕蝉②，世态蛇吞象③。《得胜令》直志定行藏④，屈指数兴亡⑤。湖海襟怀阔，山林兴味长。壶觞，夜月松花酿；轩窗，秋风桂子香。

又

山翁醉似泥，村酒甜如蜜。追思莼与鲈，拨置名和利。鸡鹜乱争食，鹬蚌任相持。风雪双蓬鬓，乾坤一布衣。驱驰，尘事多兴废；依栖，云林少是非。

注释

① 归隐：在此题下，共有小令20首，这是其中第二首。

② 螳捕蝉：螳螂捕蝉，典出刘向《说苑·正谏》，比喻世上以强凌弱，强者背后更有强者。

③ 蛇吞象：人心不足蛇吞象，指人贪得无厌，贪婪。

④《得胜令》直志定行藏：刚直不阿的性格决定自己的行为。

⑤ 屈指数兴亡：掰着手指头诉说历朝的兴亡。

赏析

此曲表现作者厌恶官场争斗，渴望归隐田园的真实想法。从作品来看，他在官场中过得并不舒心，想来也许和当时的大多数知识分子一样，历经了颇多坎坷。这两首带过曲正是述其隐逸之志，两曲都批判了官场尔虞我诈的黑暗现象。作者看透了世态人心，厌倦了追名逐利，因而对田园生活无比神往。山林中少是非，多的是好风、好月、好空气，挣脱名利的枷锁来到这样的环境中归隐，会发现甜如蜜的不仅仅是村酒，还有香香甜甜、无人惊扰的生活。

[双调] 沉醉东风

归　田

远城市人稠物穰，近村居水色山光。熏陶成野叟情，铲削去时官样①，演习会牧歌樵唱。老瓦盆边②醉几场，不撞入天罗地网③。

又

达时务呼为俊杰④，弃功名岂是痴呆。脚不登王粲⑤楼，手莫弹冯讙铗⑥，赋归来竹篱茅舍。古今陶潜是一绝，为五斗腰肢倦折。

注释

① 时官样：时髦官员的模样，流行的官僚架势。

② 老瓦盆边：粗陋的陶制酒器。

③ 天罗地网：喻法制森严、危机四伏，无法逃出官场中设置的陷阱。

④ 达时务呼为俊杰：识时务者为俊杰，《三国志·诸葛亮传》“徐庶见先主”裴松之注引《襄阳记》：“儒生俗士，岂识时务？识时务者在乎俊杰。”达，通晓。

⑤ 王粲：汉末文学家，“建安七子”之一。西京丧乱，他避难荆州，投靠刘表，未被重用，于是作了一篇《登楼赋》抒发自己久客异乡，才能不得施展所产生的思想情绪，主旨仍是对功名的热衷。

⑥ 手莫弹冯讙铗：冯讙在孟尝君家里做门客，没有得到重视，于是弹铗而歌曰：“长铗归来乎？食无鱼。”有了鱼，又说“出无车”；有了车，又说“无以为家”。他自然也是追求功名富贵的。

赏析

这组《沉醉东风·归田》均作于曲家归隐之后，此刻久困官场的他终于得享自由，内心充满了陶渊明辞官归田一样的激动畅快之情。作者在曲中尽情颂扬了田园之乐，表达了远离官场名利后的庆幸。

第一曲：城市人稠物穰，与山明水秀的乡村相对比，作者自是选择了后者。为了摆脱原本混迹于名利场的官僚习惯，作者试着学习民歌，在村居中熏陶成野叟的性情，而恬静美好的生活也让他渐渐融入这片自然天地。即使用粗糙的陶器饮酒又如何？只要能摆脱官场的束缚，便足够了。

第二曲：古语曾言“识时务者在乎俊杰”，既然能够看清局势的人是俊杰，那么放弃功名利禄的人又怎么能算作痴傻呢？衷于追求功名利禄的王粲、冯讙之流为作者所不齿，作者愿意成为的是像陶渊明一样的高洁隐者。

［中吕］朝天子

归　隐

长歌咏楚辞，细赓和杜诗[①]，闲临写羲之[②]字。乱云堆里结茅茨[③]，无意居朝市。珠履三千，金钗十二，朝承恩暮赐死。采商山紫芝，理桐江钓丝，毕罢了功名事。

注释

① 杜诗：唐代大诗人杜甫之诗。

② 羲之：东晋大书法家王羲之。

③ 茅茨：茅草屋。

赏析

这首曲也是写归隐，曲家极力歌咏归隐后生活的闲适与惬意，并与命运朝不保夕的富豪家族对比，指出这种逍遥和自由的难得，奉劝人们及早抽身，遁世归隐。

退去俗世烦忧的生活应当是怎样的？此曲的开头作者便给出了答案，歌咏楚辞、品习先贤之诗，抑或是摒弃心中杂念，临写书圣之字。而归隐的场所，也应是远离红尘，栖于乱云堆中的茅舍。归隐之心并非陡然而生，尽管有“珠履三千，金钗十二”，但自古富贵险中求，天威难测，富贵锦簇不过是空中楼阁。早晨才受嘉奖，夜幕四合之时可能就丢了性命，这种情形实在令人胆战心惊。既是归隐，便要如“商山四皓”与高士严光一般，彻底与功名利禄决裂。“毕罢了功名事”，字字坚决，如金石坠地。

一分儿[1]

［双调］沉醉东风

红叶落火龙褪甲，青松枯怪蟒张牙。可咏题，堪描画，喜觥筹席上交杂。答剌苏[2]频斟入礼厮麻[3]，不醉呵休扶上马。

注释

① 一分儿，姓王，元代大都（今北京）角伎（即善歌舞的官伎），歌舞绝伦，聪慧无比。

② 答剌苏：元代俗语，即酒。或作“答剌孙”“打那孙”。

③ 礼厮麻：元代俗语，酒杯。

赏析

秋意渐浓，将枫叶层层叠染。凉风拂过，叶子便打着旋儿飘落，远远瞧去，似是火龙褪了鳞甲，片片剥落。青松在这般情境下也不复挺拔葱翠，枯萎的姿态宛如蟒蛇张开利牙。这色彩鲜明、充盈着热烈生机的秋日景致既可作诗，亦可入画；宴席上一派觥筹交错，人们喜不自胜，若是不喝醉，便不要想着上马归家。

“红叶落火龙褪甲，青松枯怪蟒张牙”，秋天已至，枫树的叶子变红，如“火龙褪甲”；松树枝条嶙峋弯曲，如“怪蟒张牙”。此二句比喻贴切，风格遒劲。接着，一句“可咏题，堪描画”将话题自然而然地转移到宴席上。这般秋日好景就此铺开，成为宴会的背景。

“觥”“筹”是酒器，“席上交杂”可见宴会上的喧闹欢乐。但正因前面有“红叶”和“青松”两句在，曲中之宴才显得俗中带雅。在这样的自然背景下，宾客们个个豪爽，令人神往。接着作者以蒙古语入曲，别具特色：“答刺苏”和“礼厮麻”为蒙古语，前者意为“黄酒”，后者意为“酒杯”。在押韵的同时也增强了曲子的演唱效果，将笑闹的气氛渲染得恰到好处。全曲由雅入俗，清新活泼，诙谐自然。

杨维桢①

［中吕］普天乐

十月六日，云窝主者设燕于清香亭，侑卮者东平玉无瑕张氏也。酒半，张氏乞予乐章。为赋双飞燕调，俾度腔行酒，以佐主宾之欢。

玉无瑕，春无价，清歌一曲，俐齿伶牙。斜簪鬏髻花，紧嵌凌波袜。玉手琵琶弹初罢，怎教他流落天涯。抱来帐下，梨园②弟子，学士人家。

注释

① 杨维桢，元末明初著名诗人、文学家、书画家和戏曲家。字廉夫，号铁崖、铁笛道人，又号铁心道人、铁冠道人、铁龙道人、梅花道人等，晚年自号老铁、抱遗老人、东维子，会稽（浙江诸暨）枫桥全堂人。与陆居仁、钱惟善合称为“元末三高士”。其诗最富特色的是古乐府诗，既婉丽动人，又雄迈自然，史称“铁崖体”，极为历代文人所推崇。有称其为“一代诗宗”“标新领异”的，也有誉其“以横绝一世之才，乘其弊而力矫之”的，当代学者杨镰更称其为“元末江南诗坛泰斗”。有《东维子文集》《铁崖先生古乐府》行世。

② 梨园：古代戏曲班子的别称。

赏析

此曲乃是即席创作，以助宴席之兴，以褒扬为基调，夸赞歌女张氏色艺出众。玉石温润无瑕，春光无法估价，歌声清越萦绕耳畔，只一曲便可知道歌女是何等的俐齿伶牙。她发簪斜斜探入乌髻，娇花缀于其上，凌波般轻盈的罗袜嵌于双足，行走间飘逸之气如仙坠凡。只见歌女暂且停下了在琵琶弦上舞动的纤纤玉手，这样一个标致的人儿，怎么舍得叫她流落天涯？

倪　瓒[1]

［黄钟］人月圆

伤心莫问前朝事，重上越王台[2]。鹧鸪啼处[3]，东风草绿，残照花开。怅然孤啸，青山故国，乔木苍苔[4]。当时明月，依依素影[5]，何处飞来？

又

惊回一枕当年梦，渔唱起南津。画屏云嶂，池塘春草，无限消魂。旧家应在，梧桐覆井，杨柳藏门。闲身空老，孤篷听雨，灯火江村。

注释

① 倪瓒，元代画家、诗人。初名珽，字泰宇，后字元镇，号云林子、荆蛮民、幻霞子等。江苏无锡人。

② 越王台：越王勾践所筑的台榭。

③ 鹧鸪啼处：朱白《越中览古》有“宫女如花满春殿，只今惟有鹧鸪飞”。这里用其意，而以“东风草绿，残照花开”，烘托其荒凉的景象。

④ “青山故国”二句：故国已成青山，乔木已长苍苔，极力形容其荒凉寂寞的景象。

⑤ 素影：指明月。

赏析

这两首《人月圆》抒发的都是故国之思，风格与咏史诗词略同。

第一曲：昔日越王勾践所筑的台榭如今成了勾起悲伤感慨的意象，作者重登越王台，不禁感慨物是人非、王朝衰荣更迭无常。“宫女如花满春殿，只今惟有鹧鸪飞”，在瑟风吹拂绿草、残阳映照娇花的情境下，又添了几分凄凉。作者内心积郁，怅然长啸，举目四望，乔木也被岁月编织的青苔攀附。原本繁盛的王朝早已被青山代替，万物更迭，似乎只有天边明月还似当年，但这依依月影，又是否能将往事带回呢？

第二曲：渡口传来渔歌，作者惊醒，开始回忆“画屏云嶂，池塘春草”，这种种意象都让作者神伤不已。他不禁想到即便旧家还在，但应当也是“梧桐覆井，杨柳藏门”，一片荒芜了。“闲身空老，孤篷听雨，灯火江村。”残梦已尽，作者终究还是回归到了现实。

［越调］小桃红

秋　江

一江秋水澹寒烟，水影明如练，眼底离愁数行雁。雪晴天，绿蘋[①]红蓼[②]参差[③]见。吴歌荡桨，一声哀怨，惊起白鸥眠。

又

五湖烟水未归身，天地双蓬鬓。白酒新刍会邻近，主酬宾，百年世事兴亡运，青山数家，渔舟一叶，聊且避风尘。

注释

①绿蘋：蕨类植物，生浅水中，叶柄长，顶端生四片小叶，又称田字草。

② 红蓼：草本植物，生水边，花白色或浅红色。

③ 参差：参差不齐的样子。

赏析

这两首《小桃红》描绘的都是秋日江色，借秋江图抒发遨游之乐。

第一曲：此曲重白描，描摹秋江景色，层次分明。寒烟轻轻笼在一江秋水之上，波光粼粼，清澈有如白练。作者眸底弥漫着离愁的情绪，倒映出空中的数行大雁。正是雪晴天，冷冽空气中似乎掺了些许暖意，水边布着参差不齐的绿蘋与红蓼。渔家撑船而来，歌声同桨声相和，惊了栖眠的白鸥。它们扑扇着羽翼腾空飞起，飞向未知的远方。此曲配色鲜明，是一幅充满诗意的着色山水图。

第二曲：这一曲重感发，连年的战争让作者不得不漂泊于五湖四海，长年羁旅使其双鬓早早染上了霜雪。然而作者并未因此消沉，而是“白酒新笃会邻近，主酬宾”，作者对未来有十分美好的期许，希望能有“青山数家，渔舟一叶”，以避风尘、得隐逸之安。

夏庭芝①

［双调］水仙子

赠李奴婢

丽春园先使棘针屯②，烟月牌荒将烈焰焚，实心儿辞却莺③花阵。谁想香车不甚隐，柳花亭进退无门。夫人是夫人分，奴婢是奴婢身，怎做夫人？

注释

① 夏庭芝，字伯和，一作百和，号雪蓑，别作雪蓑钓隐、雪蓑渔隐。华亭（今上海松江）人，元代词曲作家。

② 屯：满布。

③ 莺花阵：青楼的代称。

赏析

此曲描写了一位失足女的辛酸经历。她一心一意要从良，决心大。她先用荆棘围住妓院，不放人进来，又一把火烧掉烟月牌，而后辞别昔日的姐妹，坐上迎亲的香车，想要寻求属于自己的崭新生活。但谁也没想到迎亲的香车颠簸坎坷，进不去人家的内宅。她不甘心最终回妓院。结尾喟然长叹，做人家的夫人得有夫人的命，生就奴婢怎能做夫人？作为一个元朝的失足女，她不会去抱怨逼良为娼的社会，只能认命，而抱怨自身，更增添了悲剧性。

刘庭信①

［越调］寨儿令

戒嫖荡

掂折了玉簪，摔碎了瑶琴，若提着娶呵我到碜。一去无音，那里荒淫。抛闪我到如今。他咱行无意留心，咱他行白甚情深。则不如把花笺糊了线贴，裁罗帕补了鸳衾②，剪下的青丝发换了钢针。

注释

① 刘庭信，元代散曲作家，益都（今山东）人。原名廷玉，生卒年均不详。

② 鸳衾：绣着鸳鸯的被子。

赏析

这首曲子乃是女子对负心男子的控诉，“掂折”“摔碎”“剪下”等字眼将女子感情错付后的失望与怨念书写得淋漓尽致。曾经的一片真心被他辜负，如今想来只觉不值。如今簪折无人看，弦断无人听，那就从此断了念想吧，与其继续沉溺在悲伤与思念中白白浪费光阴，“不如把花笺糊了线贴，裁罗帕补了鸳衾，剪下的青丝发换了钢针”。全曲情感激烈，与生活联系紧密，又多以俚言俗语入曲，俏丽新颖，正是曲之当行本色。

［双调］水仙子

相　思

秋风飒飒[①]撼苍梧，秋雨潇潇[②]响翠竹，秋云黯黯迷烟树[③]。三般儿一样苦，苦的人魂魄全无。云结就心间愁闷，雨少似眼中泪珠，风做了口内长吁。

又

恨重叠、重叠恨、恨绵绵、恨满晚妆楼，愁积聚、积聚愁、愁切切、愁斟碧玉瓯，懒梳妆、梳妆懒、懒设设、懒爇黄金兽。泪珠弹、弹珠泪、泪汪汪、汪汪不住流，病身躯、身躯病、病恹恹，病在我心头。花见我、我见花、花应憔瘦，月对咱、咱对月、月更害羞，与天说、说与天、天也还愁。

注释

① 飒飒：风声。

② 潇潇：急骤的雨声。

③ 秋云黯黯迷烟树：深黑色的秋云把树丛融入一片迷迷蒙蒙的烟霭之中。

赏析

两首曲都将相思渲染得淋漓尽致，写法新颖。

第一曲：此曲巧妙地构建了两组鼎足对，重叠“秋风”“秋雨”“秋云”，将自然界的现象同人的意绪相结合，想象奇特。秋风吹梧，秋雨打竹，秋云如铅，四下朦胧。作者并未限于写景，而是为这三样景致做了总结——“三般儿一样苦”。紧接着又用一句“苦的人魂魄全无”将外在景物与人物内心联结。内心本就不快，这厚重的云，连绵的雨，微冷的风似乎又将心中的愁闷加重了几分。

第二曲：此曲运用了反复体，将离别及别后相思铺设得非常详尽，女主人公怀揣这份不可纾解的愁将玉杯斟满。愁恨至此，自是无心梳妆，实在无事可干，便懒懒地将香炉点燃。烟雾氤氲，女子不禁泪眼盈盈。同花打着照面，花便更加憔悴枯瘦。仰头望月，月便羞怯地钻入云中。满腔心事无人可诉，想要对着天空倾说，但天也为此染上了愁色。“以我观物，物皆着我之色彩”，女子不堪愁绪的形象跃然纸上。

［双调］折桂令

忆　别

想人生最苦离别，唱到阳关，休唱三叠[①]。急煎煎抹泪揉眵，意迟迟揉腮撧耳[②]，呆答孩闭口藏舌。情儿分儿你心里记者，病儿痛儿我身上添些，家儿活儿既是抛撇，书儿信儿是必休绝。花儿草儿打听的风声，车儿马儿我亲自来也！

又

想人生最苦离别，经过离别，才识别离。早晨间少婢无奴，晌午后寻朋觅友，到黄昏忆子思妻。咚咚咚鼓声动心忙意急，支支支角声哀魂散魄飞。钟声儿紧紧的相随，漏声儿点点的临逼。想平生受过的凄凉，呆答孩软了身己。

又

想人生最苦离别，雁杳鱼沉，信断音绝[③]。娇模样甚实曾丢抹[④]，好时光谁曾[⑤]受用，穷家活逐日绷拽[⑥]。才过了一百五日[⑦]上坟的日月，早来到二十四夜祭灶[⑧]的时节。笃笃寞寞[⑨]终岁巴结，孤孤另另彻夜咨嗟[⑩]。欢欢喜喜盼的他回来，凄凄凉凉老了人也。

注释

①唱到阳关，休唱三叠：《阳关三叠》是古代送别的歌。唐王维《送元二使安西》有“劝君更尽一杯酒，西出阳关无故人”句，后人送别时反复歌唱，称之为“阳关三叠”。阳关，地名，在今甘肃敦煌西南。

②揉腮撧耳：形容内心不安，慌乱的样子。

③雁杳鱼沉，信断音绝：古代有雁足系书和鱼腹藏书的传说，“雁杳鱼沉”形容书信全无，音讯渺茫。

④娇模样甚实曾丢抹：《盛世新声》《词林摘艳》《乐府群珠》中均作“娇模样甚实曾丢抹”。丢抹，即丢丢抹抹，梳妆打扮之意。

⑤谁曾：何曾。

⑥绷拽：勉强支持。

⑦一百五日：即寒食日。清明节前一（或二）日，距上一年冬至日，刚好一百零五天。

⑧二十四夜祭灶：旧俗，每年农历腊月二十四（或二十三）日夜间祭灶王爷。

⑨笃笃寞寞：周旋、徘徊。

⑩咨嗟：叹息。

赏析

刘庭信这三首《折桂令》均写别离之情，成功地表现出曲中人和爱人难舍难分的情景。前后两首都是从女子视角着笔，中间一首从男子着笔。起首的“想人生最苦离别”出自《西厢记·草桥惊梦》，为曲子奠定下凄恻缠绵的基调。另外，作者巧妙运用了联璧对等对仗手法，极写离别及离别之后的思念之情，“笃笃寞寞”“孤孤另另”“欢欢喜喜”等叠字的使用又让全曲读来铿锵有力，气氛紧张又别有趣味。三首曲子语言明快，刻画人物惟妙惟肖，写情细腻入微又富有生活气息。

兰楚芳①

［南吕］四块玉

风　情

我事事村，他般般丑。丑则丑，村则村，意相投。则为他丑心儿真，博得我村情儿厚。似这般丑眷属，村配偶，只除②天上有。

注释

① 兰楚芳，也作蓝楚芳，西域人。官江西元帅。"丰神英秀，才思敏捷"（见《录鬼簿续编》），在武昌（今属湖北省）时常与刘庭信赓和乐章，人多以元、白拟之。

② 只除：除非是。

赏析

此曲咏唱男女恋情，"村"带有贬义。该曲的女主人公坦率大胆地说自己"事事村"，且诚实地表露自己喜欢上了一个"般般丑"的男子。然而接在这"村"和"丑"后面的却是一系列有着浓厚褒义色彩的词语，她言道，"丑则丑，村则村"，最重要的是"意相投"。后接一句"则为他丑心儿真，博得我村情儿厚"，率真之情溢于言表。女子并不在意心上人的容貌，而是喜爱他善良真挚的品格。最后，女子用诙谐生动的语言表示，像他们这样般配的佳偶眷侣，只有天上才有。此曲浑朴粗放，大胆直接，有着明显的平民特点。

［双调］沉醉东风

金机响空闻玉梭[1]，粉墙高似隔银河。闲绣床，纱窗下过，佯[2]咳嗽喷绒香唾。频[3]唤梅香为甚么，则要他认的那声音儿是我。

注释

①玉梭：织布机的美称。

②佯：假装。此句谓假装咳嗽以引起情人注意。

③频：不断，反复。此句谓通过不断地唤侍女梅香，以便让情人听出自己的声音。

赏析

“金机响空闻玉梭，粉墙高似隔银河”，主人公与情人就如同天上的牛郎织女一样，很难有机会见面。“闲绣床，纱窗下过，佯咳嗽喷绒香唾”，曲中人假装咳嗽，又不断地唤着侍女，以便引起情人的注意，让情人听出是自己的声音。作者走笔细腻，将恋爱中女子的言行及微妙的心理展现得贴切生动。

高 明[1]

[商调]金络索挂梧桐

咏 别

羞看镜里花，憔悴难禁架[2]，耽阁眉儿淡了教谁画[3]？最苦魂梦飞绕天涯，须信流年鬓有华[4]。红颜自古多薄命，莫怨东风当自嗟[5]。无人处，盈盈[6]珠泪偷弹洒琵琶。恨那时错认冤家[7]，说尽了痴心话。

又

一杯别酒阑，三唱阳关罢[8]，万里云山两下相牵挂。念奴半点情与伊家[9]，分付些儿莫记差。不如收拾闲风月[10]，再休惹朱雀桥边野草花[11]。无人把，萋萋芳草[12]随君到天涯。准备着夜雨梧桐，和泪点常飘洒。

注释

① 高明，元代戏曲家。字则诚，号菜根道人。

② 难禁架：难当，难耐。

③ 耽阁眉儿淡了教谁画：此暗用张敞为妻画眉的故事。朱庆馀《近试上张水部》有“妆罢低声问夫婿，画眉深浅入时无?”

④ 流年：年华，谓其如流水之易逝。鬓有华：两鬓有斑白。

⑤ 红颜自古多薄命，莫怨东风当自嗟：欧阳修《再和明妃曲》有“红颜胜人多薄命，莫怨春风当自嗟”，此用其语，而稍有变易。

⑥ 盈盈：泪满两眶的样子。

⑦ 冤家：情人的爱称。

⑧ 三唱阳关罢：言离歌唱罢。

⑨ 伊：彼、你，他、她。家：语助词，无义。

⑩ 收拾：这里作“摆脱”“搁起”讲。闲风月：喻非正式的男女情爱。

⑪ 再休惹朱雀桥边野草花：言不要招蜂惹蝶、问柳寻花。

⑫ 萋萋芳草：淮南王刘安《招隐士》有“王孙游兮不归，春草生兮萋萋”。萋萋，草茂盛的样子。

赏析

第一曲：此曲写别后相思。已经数不清这是第几个独眠的夜，女子望着菱花镜中憔悴的自己，念起夫婿尚在身旁的闺房之乐，内心泛起甜蜜，然而很快又怅然若失——心上人已然远行，还有谁能为自己细细画眉呢？日月如梭，转眼间朱颜辞，女子不由对着东风自怨叹息，在无人处弹着琵琶落泪。相思成疾，她不由得悔恨当初错许了终身，才致今日相思之苦。

第二曲：此曲写送别时女子对郎君的叮嘱，殷切缠绵，深情款款。女主人公祈盼的，是纵然与心上人相隔万里，也能相互牵挂，希望对方即便孤身在外也莫要寻花问柳、招蜂引蝶。可即便说了这样多，女子还是难掩孤寂落寞。“准备着夜雨梧桐，和泪点常飘洒”，夜雨梧桐萧疏，恰似女子数不尽的哀愁。

汤 式[1]

［正宫］小梁州

扬子江阻风

篷窗风急雨丝丝，闷撚吟髭。维扬[2]西望渺何之，无一个鳞鸿[3]至，把酒问篙师[4]。《幺》他迎头儿便说干戈事，待风流再莫追思。塌了酒楼，焚了茶肆。柳营花市[5]，更说甚呼燕子唤莺儿。

九日渡江

秋风江上棹孤舟，烟水悠悠，伤心无句赋登楼。山容瘦，老树替人愁。《幺》樽前醉把茱萸嗅，问相知几个白头。乐可酬，人非旧。黄花时候，难比旧风流。

又

秋风江上棹孤航，烟水茫茫，白云西去雁南翔。推篷望，清思满沧浪。《幺》东篱载酒陶元亮，等闲间过了重阳。自感伤，何情况。黄花惆怅，空作去年香。

注释

① 汤式，元代散曲家，生卒年不详。

② 维扬：扬州。

③ 鳞鸿：书信。

④ 篙师：船工。

⑤ 柳营花市：妓院及歌舞场所。

赏析

汤式这三首《小梁州》主要抒发羁旅行役之愁，第一首中渗透了故国之思。第二、第三两首作于重阳节，因此在羁旅行役之愁中还包含着“每逢佳节倍思亲”的情味。三首小令都是景中含情，情中有景，情景相生，物我交融，读来令人动容。如第二首：秋风瑟瑟，一叶孤舟于大江中漂流；烟雾弥漫，江水浩渺无边；作者的乡愁油然而生。当年王粲写《登楼赋》，虽也思乡，但至少他眼前还有美景可写。而此刻作者眼前的苍山是那样枯瘦，老树也似乎在替人发愁。“山瘦”“树愁”，作者移情入景，使“物皆着我之色彩”。

[中吕]谒金门

落花二令

落花，落花，红雨似纷纷下。东风吹傍小窗纱，撒满秋千架。忙唤梅香，休教践踏[①]。步苍苔选瓣儿拿。爱他，爱他，擎托在鲛绡帕[②]。

又

落红，落红，点点胭脂重。不因啼鸟不因风，自是春搬弄。乱撒楼台，低扑帘栊。一片西一片东。雨雨，风风，怎发付[③]孤栖凤。

注释

① 践踏：踩踏。

② 鲛绡帕：即手帕。鲛绡，传说由鲛人所织，极为轻薄。

③ 怎发付：怎生对付。

赏析

这两曲吟咏“落花”，细叙落花种种，实际是借咏落花而抒发闺怨之情，非常婉转含蓄。句中的“落红”，可以看作是实写，实写暮春景色，可以看作是虚写，以花落之状喻人间的别离。主人公因见花落而感叹岁月易逝，人未归，从而加深了愁闷。面对落花，她不禁感叹，叹青春短暂，叹良人不归，叹人如落花，“怎发付孤栖凤”，以一声沉重的叹息结束全曲。

[双调] 蟾宫曲

冷清清人在西厢，叫一声张郎[①]，骂一声张郎。乱纷纷花落东墙，问一会红娘，絮[②]一会红娘。枕儿余，衾儿剩，温一半绣床，闲一半绣床。风儿斜，月儿细，开一扇纱窗，掩一扇纱窗。荡悠悠梦绕高唐[③]，萦[④]一寸柔肠，断一寸柔肠。

注释

① 张郎：《西厢记》中的角色。

② 絮：缠着人琐琐碎碎地说话。

③ 高唐：战国时楚国台观名，在云梦泽中。传说楚怀王曾在此梦与巫山神女交合，后人遂以“高唐”喻男女欢会之所。

④ 萦：记挂，牵挂。

赏析

此曲中的女主人公借王实甫《西厢记》中崔莺莺的口吻，抒发了对情人的一片相思之情。全曲情韵悠长，写景、言情、描摹人物形象，俱能入木三分。

这位女主人公虽以“莺莺”代称，但不似莺莺那般矜持、庄重，也没有小家碧玉的羞涩含蓄，而是泼辣直爽，感情深挚。“叫一声”“骂一声”，“问一会”“絮一会”，“温一半”“闲一半”，“开一扇”“掩一扇”，“萦一寸”“断一寸”，几组动作既相互对应，又相互矛盾。从中可见这位“莺莺”剪不断理还乱的复杂心绪。全曲回环婉转，缠绵悱恻。

[双调]庆东原

京口①夜泊

故园一千里，孤帆数日程，倚篷窗自叹漂泊②命。城头鼓声，江心浪声，山顶钟声。一夜梦难成，三处愁相并③。

注释

① 京口：今江苏省镇江市。

② 漂泊：流离无定。

③ 三处愁相并：三处，指城头、江心和山顶。钟鼓之声容易引起人们光阴蹉跎之感，浪声容易使人联想起险恶的仕途人间，不禁让人想到“长恨人心不如水，等闲平地起波澜”。

赏析

此曲运用通俗凝练的语言，抒发深切的思乡之情，首二句“一千里”与“数日程”，从空间和时间上极言游子与故乡的距离。因此生出了“倚篷窗自叹漂泊命”的深沉喟叹。心情惆怅至此，自然难以成寐，更何况鼓声频催，提醒他光阴蹉跎；阵阵浪声，像极了社会风波；山顶钟鸣，倍增凄凉。鼓声、浪声、钟声，声声逼人。整整一夜，此起彼伏的声音叩击心扉。“一夜梦难成，三处愁相并”，愁深重，愁浓稠，愁细细密密，愁层层叠叠。在这个漫漫长夜，诗人无限身世之感与思乡之情只有在睡梦中才能被妥善安放，可现在这一声声搅得人连梦也做不成，只能身陷这深深愁绪中，任悲哀深一层，更深一层。

全曲寓情于景，以景衬情，渲染寂寞凄清的气氛，表达失意惆怅的情绪。既有人生感怀，又有身世慨叹。另外，除第三句外，通篇皆用对仗，语句工整凝练、音节和谐。

[中吕]满庭芳

京口感怀

残花剩柳，摧垣[①]废屋，新冢[②]荒丘。海门天堑还依旧，滚滚东流。铁瓮城横刺着虎口，金山寺高镇着鳌头。斜阳候，吟登舵楼[③]，灯火望扬州。

注释

① 垣：矮墙（泛指墙）。

② 新冢：新坟。

③ 舵楼：船上为掌舵、瞭望而建的船楼。

赏析

元末动乱后，民生凋敝，开头的“残花”三句展现了一派满目疮痍、凄凉颓败的景象。三句鼎足对形成累累如贯珠的气势，倾吐出胸中的积怨哀伤。由花柳到屋舍，再到坟墓，其笔触由自然而及人事，由生者而及死者，传达出深沉感慨。“海门”一句将前三句作一收束，“还依旧”三字透出强烈的今昔之慨。“千古兴亡多少事，悠悠，不尽长江滚滚流”，滚滚长江，万古奔流，见证着历史，激发起人的兴亡之感。在前三句铺叙的基础上，以“天堑还依旧”作一衬垫，更令人感到尘世变迁之巨大。“铁瓮城横刺着虎口，金山寺高镇着鳌头”，意境雄浑，音节响亮，给全曲增添了豪壮的色彩。

昔日陈迹不可复兴，而现实却将延续下去。夕阳西斜中，作者放眼眺望，对岸的扬州已是灯火一片。全曲以江上晚景作结，渐浓的暮色和感慨今古的情思相交融，产生了一种历史沉思的氛围，引人遐思。

杨　讷①

［中吕］红绣鞋

咏虼蚤②

小则③小偏能走跳，咬一口一似针挑。领儿上走到裤儿腰。眼睁睁拿不住，身材儿怎生捞？翻个筋斗不见了。

注释

① 杨讷，蒙古族人，生卒年不详，原名暹（后改名讷），字景贤（一作景言），号汝斋。善弹琵琶，好戏谑，从姐夫姓杨，家居钱塘（今杭州），是元末明初杂剧作家。

② 虼蚤：跳蚤。

③ 则：虽，虽然。

赏析

诗歌到了唐代，在艺术上达到顶峰；进入宋朝，开始出现日常化的趋势。而这一趋势，或许从韩愈的《山石》就已经显现。到欧阳修家书一般的寄内诗；到苏黄诗集中常见的纪事诗；再到杨万里“诚斋体”中许许多多的日常化、世俗化的诗歌，都是这一趋势不断自我发展、自我完善的成果。

诗歌如此，词曲亦然。元曲本身不避俚俗，既不避俚言俗语，也不避俗题。此曲则咏“虼蚤”，可谓当行本色。而艺术的日常化，不妨可说是“日常生活艺术化”的一个表现。诗人在吟咏蹦蹦跳跳，行踪难寻，恼人不已的跳蚤时，便是在用欣赏的目光赏玩日常的事物，像在平凡日常的土壤里开出一朵艳丽的花朵。跳蚤在笔下也不复往昔的厌恶，甚至更添几分俏皮、可爱。

邵亨贞[1]

[越调]凭栏人

题曹云西翁赠妓小画

谁写江南一段秋，妆点钱塘[2]苏小楼？楼中多少愁！楚山无断头。

注释

① 邵亨贞，元代文学家。字复孺，号清溪。云间（今上海市松江区）人。曾任松江训导。生当元明之际，入明后生活近30年。终于儒官，足迹不出乡里。著有《野处集》4卷、《蚁术诗选》1卷、《蚁术词选》4卷。

② 钱塘：今浙江省杭州市。

赏析

是谁画出了这一片江南秋光，并将它装点在钱塘苏小小的楼间？楼中凝结着的愁怨啊，就像那楚地的群山，没有个头。

此为题画之作。曲中画乃作者的友人曹云西所作，是曹云西送予一位失足女的。通常以题画为主题的，作者都要将大部分笔墨用在描绘画面内容上，而在此曲中，作者却别出心裁地将曲子的重点放在了受画者身上。综观全曲，真正用来写画的只有五个字“江南一段秋”。一个过渡句“妆点钱塘苏小楼”婉转地引出受画者。作者将受画者与南齐名妓苏小小作比，无疑是对受画者的称赞。而“楼中多少愁”是她对着这画并不感到开心。曲末的“楚山无断头”是画中景色的再现，同时也是“楼中多少愁”的原因。受画的女子看到画中连绵不断的楚山，就想起与赠画者天各一方，顿时忧愁横生。

短短一首题画小曲，不仅写出了画的风致，还写出了受画者的心情以及画背后缠绵的爱情故事，着实不易，实为妙笔。

刘燕哥①

［仙吕］太常引

饯齐参议归山东

故人送我出阳关②，无计锁雕鞍③。今古别离难，兀谁画蛾眉远山。一樽别酒，一声杜宇，寂寞又春残。明月小楼间，第一夜相思泪弹。

注释

① 刘燕哥，又作刘燕歌，生活于宋末元初，相传为元代歌伎，现仅存小令一首。

② 阳关：古代指送别友人的地方。

③ 锁雕鞍：意思是留住，留住友人。

赏析

首句由王维“劝君更尽一杯酒，西出阳关无故人”句化出，开门见山，直接点题。接着写作者的心情，“无计锁雕鞍”巧妙地表达了曲中人无法改变离别现实的满腔无奈之情，并因之发出了“今古别离难”的感叹。

“女为悦己者容”，如今悦己者远别，女子便“兀谁画蛾眉远山”了。这哀怨之极的反问令人触动。接着作者极力渲染离别后的悲愁，以此表达与离人的深厚感情。情到深处别离难。饯别时，“一樽别酒”是眼前所见，“一声杜宇”是耳中所闻，“杜宇声声，催人到晓，不如归是”，而此处只闻“一声”已是肝肠寸断。于是引发了曲中人的感伤，只得痛苦地打发难挨的寂寞时光。然而这只是“第一夜”！读者由此句不难想象到此后每夜的情形。

无名氏

［正宫］醉太平

讥贪小利者

夺泥燕口，削铁针头，刮金佛面细搜求，无中觅有。鹌鹑[①]膆里寻豌豆，鹭鸶[②]腿上劈精肉，蚊子腹内刳[③]脂油，亏老先生[④]下手！

注释

① 鹌鹑：鸟名，也叫“鹑”。头小尾秃，似鸡雏。

② 鹭鸶：水鸟，又称白鹭。脚高颈长而喙长。

③ 刳：剖，刮。

④ 老先生：此为元代对朝官的称呼。

赏析

这首小曲讥刺那些吝啬，贪图小利之人。作者极尽夸张之能事，读来让人忍俊不禁，为之捧腹。燕口泥，针头铁，何其微细，偏生这样的琐碎之物还会有人去夺削。有的人甚至连佛像上薄薄一层镀金也不放过，即便上头看不到金色了，还要细细去搜寻。“无中觅有”便是对这些无耻行径的概括。而这些人的利己之欲已经到了扭曲的地步——为了获得豌豆，他们可以对幼小的鹌鹑下手，从它们的嗉囊中探寻，从骨瘦如柴的鹭鸶腿上劈下精肉、从细弱的蚊子腹腔刮取油脂等这一系列行为令人发指。在列举了以上种种丑恶行径后，作者在末句直言谴责“亏老先生下手”。作者通过极其夸张的艺术手法，表现了对元朝官僚压迫统治下的愤懑之情与对平民百姓的怜悯之情。

[正宫]醉太平

堂堂①大元，奸佞②专权。开河变钞祸根源③，惹红巾万千④。官法滥⑤，刑法重，黎民怨，人吃人⑥，钞买钞⑦，何曾见。贼做官，官做贼，混愚贤。哀哉⑧可怜！

注释

① 堂堂：气象宏大庄严。

② 奸佞：形容谄媚巧伪、拨弄是非而又阴险狡猾的坏人，指元末丞相脱脱、参议贾鲁等人。佞，善以巧言献媚取宠者。

③ 开河：指开掘黄河故道。因为元朝末年黄河水患连年不断，威胁了京师运漕的生命线，故由丞相脱脱责成工部尚书贾鲁开浚黄河故道，引黄入海。变钞：指变更钞法。元顺帝朝丞相脱脱为弥补国库空虚而采取的更定钞法的措施，强行规定以不等价的兑换标准推行新钞。由于滥发新钞，致使物价飞涨，民怨沸腾。

④ 惹红巾万千：引起成千上万起义的红巾军。红巾，指元末由韩山童、刘福通等领导的农民起义军，因他们用红巾裹头为标志，故名“红巾军”。

⑤ 官法滥：指官吏贪污成风和拿钱买官。《草木子》记载：“元朝末年，官贪吏污……自秦王伯颜专政，台宪官皆偕价同而得，于是有司录风，上下贿赂，公行如市。”

⑥人吃人：当时黄河泛区饥民相食的情况时有发生。《草木子》载：“元京饥穷，人相食。”

⑦ 钞买钞：指朝廷更定钞法后，旧钞与新钞的倒换买卖。

⑧ 哀哉：真是可悲啊。

赏析

此曲犹如一道檄文，深刻地揭露了元末社会黑暗政治的种种表现，以及造成这种情况的根源。“堂堂大元”明褒暗贬，暗含反讽之意。下文直斥“奸佞专权”，泱泱大国竟是些奸佞之辈在掌权。而正是由于这些蠹虫，黄河水患连年不断，朝堂只顾敛财，百姓民不聊生。如今朝廷内污浊不堪，卖官鬻爵、贪墨成风，刑法残酷压得人透不过气；民间怨言不断，百姓食不果腹，黄河泛区饥民相食的情况时有发生。新旧钞倒卖，混乱一片。全篇满怀愤慨，情感激烈，曲语铿锵有力，读来淋漓痛快。

[正宫] 塞鸿秋

爱他时似爱初生月，喜他时似喜梅梢月，想他时道几首西江月，盼他时似盼辰钩月[①]。当初意儿别[②]，今日相抛撇，要相逢似水底捞月。

山行警

东边路西边路南边路，五里铺七里铺十里铺，行一步盼一步懒一步。霎时间天也暮日也暮云也暮，斜阳满地铺，回首生烟雾。兀的不山无数水无数情无数。

宴毕警

灯也照星也照月也照，东边笑西边笑南边笑。忽听的钧天乐箫韶乐云和乐，合着这大石调小石调黄钟调。银花遍地飘，火树连天照，喜的是君有道臣有道国有道。

村夫饮

宾也醉主也醉仆也醉，唱一会舞一会笑一会。管甚么三十岁五十岁八十岁，你也跪他也跪恁也跪。无其繁弦急管催，吃到红轮日西坠，打的那盘也碎碟也碎碗也碎。

注释

① 辰钩月：水星，这颗星星特别难见到。

② 别：特别好。

赏析

这几首《塞鸿秋》颇具特色，巧用叠字或是嵌字，层层推进，饶有风味。

第一曲：这首小令以月设喻，诉说着别后相思。“初生月”由海潮托出，恰如澄明的爱恋之情。“梅梢月”暗指“眉梢月”，即喜上眉梢。“想他时道几首西江月”，即提笔填词，以抒相思。“盼他时似盼辰钩月”，拂晓时分，残月如钩，说明这双盼望的眼睛彻夜未合，当初与他共有的时光再甜，也只是当初了。如今回忆还在，回忆中的人却撇下主人公远去了，再无望相逢。叙写过程中作者不断变换月的形态，处处写月，却并不单调。

第二曲：这是一首送别曲，用极富特色的语句描写思乡思亲，创造出了带有强烈美感的意境。全曲写主人公旅途所经所见，所为所思。寄寓了因离人远去而产生的怅惘伤感之情。相别时总是要情不自禁地回望——即使已经离得很远很远，还是会回头向对方所在的方向张望，总希望再看对方一眼，此曲写的就是这种情境。开头两句写行程。主人公一会儿向东走，一会儿向西走，一会儿又向南走。州县凡十里一铺，刚到了五里铺，又走到七里铺、十里铺。这里五里、七里，表示主人公愈走愈远，并非确指。接下去两句写行路时的心情。主人公伤离别，心里不愿继续向前走，因此走起路来无精打采，有气无力。走一步又回头看看，迈不出下一步，因为每走一步，就意味着离对方又远一步。边走边望，心里又盛满别离的酸楚，走了将近一天，主人公却觉得未过多久。直到太阳就要落山，云也渐渐暗淡下来，才恍然惊觉天就要黑了。“霎时间”犹言一会儿。写主人公因为一直在顾盼思念，未曾察觉时间的逝去，此刻才陡然惊悟。末尾三句总结上文，此时斜阳满天，夜幕即将降临，回首向来经行处，不但再也望不到对方的身影，连来时的路径也看不真切了。“兀的不山无数水无数情无数”，作者寓情于景，表现了主人公眷恋与孤独交织的心境。此处用“兀的不”作反诘语，加强了悲叹的语气。站在昏暗里极目望去，是无穷的山、无尽的水。山一程，水一程，凝聚着主人公心中无穷的怅恨，无尽的深情。此曲在表现手法上极富特色，作者运用隔离反复的修辞，强化了羁旅之愁，全曲也因此音韵流畅，读来宛转绵长。

第三曲：此曲是歌颂太平之作，文字颇工，意境寻常，写村民夜晚欢聚歌唱的情景。灯火绚烂，有说有笑，众人的喜悦来自风调雨顺，国泰民安。此类称颂之作并非元曲常见，但又不得不说，如果有一个太平盛世，生活在其中也值得庆幸。

第四曲：这是一幅充满意趣的农家娱乐图，生活气息浓烈，生趣盎然，表现了作者向往返璞归真的人生价值追求，内容形象生动，颇具趣味。各个年龄段的人们聚于一堂，主客仆一块儿痛快地喝酒，大家都一样跪坐着，一会儿唱歌，一会儿跳舞，欢声笑语，好不畅快。“无甚繁弦急管催”一句颇为精巧，宫廷王府或州县豪门宴饮，管弦乐曲往往杂糅其中，刘禹锡在《陋室铭》中就提到“无丝竹之乱耳”。这里恰没有这类音乐来扰乱气氛，大家就这样徜徉在纯天然的乡野间，享受着在一起的惬意时光，而这种恣意欢乐，是王公贵族所不能有的。这些欢饮娱乐的画面都体现了不分老幼、不问身份、不拘礼节的高度随意性，体现了乡村独有的特色。曲子最后，天边泛红，日头西沉，这场狂欢才接近尾声。此时，盘子、碗碟都在嬉笑玩闹间被打碎了。在这场狂欢中，大家是享受者，同时也是创造者。此曲运用“隔离反复”的表现手法来铺陈意象，在达到合而不乱、多而不散的效果的同时，使得场面更加随性，也在内容上充实了乡村宴饮。除第五、第六句之外，每句均重复三次使用韵脚的形式，使全曲节奏明快，锵锵作响；而第五、第六句又使这样整齐划一的节奏得到了必要的调节，增加了变化。这种明快而有节律的曲句，很好地烘托了宴饮的酣畅欢快。

[仙吕] 一半儿

南楼昨夜雁声悲①，良夜迢迢②玉漏③迟。苍梧树底叶成堆，被风吹，一半儿沾泥一半儿飞。

注释

①“南楼”句：化用唐赵嘏《寒塘》诗：“乡心正无限，一雁过南楼。”

②良夜迢迢：长夜漫漫。迢迢，这里指漫长。

③玉漏：漏壶，计时用的。

赏析

此曲以烘托、渲染的手法淋漓尽致地刻画了主人公内心世界的寂寥与悲凉。大雁、梧桐是秋天的典型意象。此曲通过写秋天的哀景诉说这位秋夜难眠之人的哀情。“南楼昨夜雁声悲”，此曲一开篇就以大雁的悲鸣衬托主人公内心的悲凉。晚上安静，一点声响就显得格外清晰。失眠的人对于声音特别敏感，心中有愁本不能好眠，此刻听到天上孤雁哀鸣，人越发伤悲，夜也就越发漫长。这里景与情互为烘托，产生共鸣。长夜漫漫，计时的漏壶声也仿佛慢了下来，一点一点敲打着清凉的秋夜，也敲打着不眠人的愁心。这句以玉漏的“迟”来突出主人公心事重重，难以成眠的煎熬。最后一句极富镜头感，一阵秋风吹过，梧桐树下堆成一堆的枯叶或混入泥泞，或四散纷飞，烘托出一片悲凉气氛。

这是秋天的实景，也是主人公心境的写照。主人公想到自己辗转奔波的处境，不恰如这些秋叶吗？通过枯叶这一媒介，把外在的环境与内在的情感完全交融成一片。这种情景交融，无疑比直抒胸臆更具表现力和感染力。这里以景寓情，烘托了人的无奈与怅惘，一个才下眉头，又上心头的忧愁形象跃然纸上。

[仙吕] 游四门

海棠花下月明时，有约暗通私。不甫能[①]等得红娘[②]至，欲审旧题诗。支，关上角门[③]儿。

注释

① 不甫能：即“甫能”，刚刚，方才。

② 红娘：《西厢记》中促成崔、张姻事的侍女。

③ 角门：边门。

赏析

这首小曲化用了《西厢记》的故事，写书生投递诗笺，约小姐花前月下幽会。等啊等，书生好不容易才等来小姐的丫鬟，便兴冲冲地上前打探小姐对情诗的态度，结果丫鬟二话不说，把边门吱的一下给关上了，让书生当场吃了个闭门羹。小姐是何态度可想而知了。“海棠花下月明时”，有花有月，正是同佳人约会的好时机。“有约暗通私”，说明幽会已有成约。此处月儿的“明”与“通私”的“暗”相映成趣，良辰美景有了，赏心乐事也要有了，男主人公的心情便不由得兴奋紧张起来。于是“欲审旧题诗”，佳人的丫鬟来了，便想向她打听自己献给小姐的情诗得到了何等反应。走笔至此，作者将书生的得意与期望值推到了一个高潮。然而，结局竟出乎意料，一声吱的门响代替了回答。当然，这时与角门儿同时关上的，还有“通私”的大门，这与《西厢记》中张生初次幽会未果有异曲同工之妙。此曲一波三折，把男女幽会中变化莫测的一幕表现得栩栩如生，对痴心妄想的男主人公做出了谑而不虐的奚落和调笑。

［仙吕］寄生草

闲　评

人百岁，七十稀。想着他罗裙窄地宫腰细，花钿渍粉秋波媚，金钗攲枕乌云坠。暮年翻忆少年游，不如今朝醉了明朝醉。

又

有几句知心话①，本待要诉与他。对神前剪下青丝发，背爷娘暗约在湖山下，冷清清湿透凌波袜。恰相逢和我意儿差。不刺，你不来时还我香罗帕。

遇　美

猛见他朱帘②下过，引的人没乱煞。少一枝杨柳瓶中插，少一串数珠胸前挂，少一个化生儿立在傍壁下。人道是章台路柳出墙花，我猜做灵山会上活菩萨。

注释

①知心话：心里话。

②朱帘：红色帘子。

赏析

第一曲：此曲是作者暮年思旧之作，“人百岁，七十稀”，人生苦短，活到七十岁的人已十分稀少。起首两句宛如一声叹息，叹出了怅惘的暮年心绪。随后一转，转向香艳绮丽的情爱描写。念及旧时光里的那位佳人，她的衣裙，衣裙衬着的曼妙身姿，她的花形头饰，花一样的双颊，以及明亮如水的双眼都还在记忆中。当年她躺卧在绣榻上，金钗斜碰在枕上，一头披散下来的柔顺黑发令人心动。作者用三句鼎足对，细腻而深情地描绘了回忆中美人的三幅剪影，如此香艳绮丽的情景，与前两句的一声长叹交相呼应，使读者心中不免感到巨大反差，即暮年的颓丧之状与少年时的意气风发形成鲜明对比，更加凸显出作者年少时那段缠绵往事的美好。“暮年翻忆少年游”，多少怅惘之情尽在其中。可惜当年再美好，也只是当年了。作者要抚慰伤痛，只有借酒浇愁，以求忘却。但从“今朝”“明朝”的强调中，又足见他是多么放不下和那名女子的过往。全篇构词精巧，耐人寻味。前后内容互相映衬，互相补充，既丰富了曲子的内涵，也深化了表达的感情，使得全曲凄婉的基调在对往昔的怀想中富于变化之美，也使文章在艺术表现方面更具张力。

第二曲：这首小令通过心理、动作、语言表现人物个性，描写了女子赴约，男子未来时的纠结心情，表现了她对爱情的真挚之情。有几句心里话，想悄悄告诉他，女主人公背着爹娘在湖山下幽会，夜露清冷，湿透鞋袜。开头二句表明起因：女主人公是约情人来相会，然而情人迟迟未来。对方的失约引起了女主人公的恼恨，接着“对神前剪下青丝发”三句便是对男子的埋怨。故事的最后，她决定索回以前送给他的信物，了结这段恋情。她对爱情严肃认真，对神发誓；意志也很坚决，刀剪青丝。“湿透凌波袜”，写女子赴约的情况，“凌波”指她踩着露水，也体现了其轻盈可爱的体态；“湿透”写夜深露冷，体现她赴约的不易。“恰相逢和我意儿差。不刺，你不来时还我香罗帕”，足见她的爱也有原则，也有自尊，决不曲意逢迎！幽会前大胆地追求，幽会后坚决的态度，展现了女主人公敢爱敢恨，温柔而刚烈的个性。

第三曲：作者以“遇美”为题，写男子的一见钟情，表达了主人公邂逅一位美貌女子时的种种感受。小令语短情长，开篇“猛见他”的“猛”字，反映出初遇的突然与惊喜。从看到她从帘子下经过的那一刻起，主人公的心便跟随她去了，从此一切心乱都为她。曲子源于民间俚俗，曲词也比较通透直白，读来朗朗上口。

［中吕］喜春来

天孙一夜停机暇，人世千家乞巧忙，想双星心事密话儿长。七月七，回首笑三郎。

又

伤心白发三千丈①，过眼金钗十二行。老来休说少年狂。都是谎，樽有酒且徜徉。

又

窄裁衫褃安排瘦，淡扫蛾眉②准备愁，思君一度一登楼。凝望久，雁过楚天秋。

注释

①白发三千丈：出自李白《秋浦歌》“白发三千丈，缘愁似个长”。形容愁思无限。②蛾眉：比喻女子美丽的眉毛。

赏析

这三首《喜春来》题材不一，第一首写民俗，第二首抒发闲适之情，第三首写闺怨，都较为淡雅清丽。

第一曲：此曲语言清新，笔调活泼，富有生活气息，具有欢快的民间风情。七月初七是乞巧节，这一节日源于牛郎织女的神话故事。这晚牛郎织女相会，织女停止了织布，人间的千家万户则热闹了起来，人们忙于摆香案，设瓜果，乞求智巧。小令开头用了一个对仗，“暇”与“忙”相映成趣。“天孙一夜”与“人世千家”对比悬殊，第三句以一个“想”字领起，展现了这一节日更富诗情画意的一幕。遥想双星，他们积攒了一整年的心事，自然话头绵长，让人生出无限遐思。这个浪漫的日子是人间的少男少女表白心迹，对双星盟誓的大好时机，当年唐明皇与杨贵妃就有过这等举动。“七月七日长生殿，夜半无人私语时。在天愿作比翼鸟，在地愿为连理枝。”（白居易《长恨歌》）这首小曲的最后一句可谓神来之笔。“七月七，回首笑三郎”，“三郎”指的就是唐明皇，这里借用的正是唐明皇与杨贵妃的典故。二人一度相爱甚笃，羡煞旁人，可这“三郎”还是在“安史之乱”中下令处死了杨贵妃。从这一意义上来说，“回首”就是对历史的回顾，这“笑”则是嘲笑和嗤笑了。当然，作者并未直言是谁在笑三郎，在笑三郎什么，小令至此戛然而止，令人寻味，为读者留下想象余地。

第二曲：“伤心白发三千丈，过眼金钗十二行”，“白发三千丈”出自李白名句“白发三千丈，缘愁似个长”。发因愁而白，白发三千只因愁思无限。金钗，指女子头上的装饰。“老来休说少年狂”，年少再意气风发，年少风景再美好，也都回不去了。“都是谎，樽有酒且徜徉”，时光匆匆向前，何等无情，作者抓不住过往，只得借酒消愁，喝醉了，意识模糊了，也就能抽去几缕愁丝了吧。

第三曲：此曲细腻地描写了一位闺中女子登楼望远的情态以及微妙的内心活动，表现了思妇苦闷的生活和幽怨的心情。这位女子把衣衫裁得窄窄的，等以后变得消瘦时穿；她又淡扫蛾眉，不是“为悦己者容”，而是准备愁来时微微蹙起。经过描画的黛眉紧蹙，女子内心的愁绪也充分地表露出来。这两句通过女子独特的动态来表现其心理活动，虽着意刻画却不露痕迹，颇具巧思，足见作者的匠心。这里“安排”与“准备”互文。主人公未雨绸缪，“窄裁衫褙安排瘦”，她已预知将为相思而憔悴损，故先要裁好合身的衣衫。女子心思之细，怨情之深，都藏在这“窄”“瘦”二字中了。另外，“瘦”因“愁”而来，“准备愁”三字，故作狡狯之笔。一直都愁，又何须多作准备？由此，可见这份愁绪是不断生发的，旧愁未了，新愁又生，愁上加愁，绵绵不绝。接下来的“思君”二字，点出了“瘦”和“愁”的真正来由。女子思君一次登一次楼，而每一次登楼又添一番忧愁。结句意境空阔，“凝望久，雁过楚天秋”，女子登楼凝望，望见北雁南飞，却望不见归来的意中人。秋天无尽，此恨悠悠，闺人的相思相望之情不知何时是个头。

［中吕］红绣鞋

一两句别人闲话，三四日不把门踏，五六日不来呵在谁家？七八遍买龟儿卦[①]，久已后见他么，十分的憔悴煞。

又

我为你吃娘打骂，你为我弃业抛家。我为你胭脂不曾搽，你为我休了媳妇，我为你剪了头发。咱两个一般的憔悴煞[②]。

又

裁剪下才郎名讳，端详了展转伤悲。把两个字灯焰上燎成灰。或擦在双鬓角，或画作远山眉。则要我眼跟前常见你。

注释

① 买龟儿卦：算卦。

② 憔悴煞：脸色难看，疲惫，心情不好。

赏析

第一曲：此曲巧用嵌字体，将两人尚不稳定的感情及女子忐忑的心情写得活灵活现。“一两句别人闲话，三四日不把门踏”，原来是她的情人听到别人的“闲话”后，三四日不来登门了。她期待着、盼望着，这期待中还带着一丝猜疑，“五六日不来呵在谁家?”作者用细腻的笔法展现了那颗纠结的相思之心。“七八遍买龟儿卦”，多次占卦是情急，是期待，也是百无聊赖。作者抓住这一行动，表现了这位在失望中不肯放弃希望的深情女儿家。“久已后见他么”，既是占卦时的提问，也是女子的自问。结句“十分的憔悴煞”，从外形上着笔，经受爱情的挫折后，这颗心就一直不得安宁。时间一天天过去，期盼一点点变成失落，失落中偏又带着侥幸心理，侥幸心理又催她继续期盼。爱情的复杂，相思的百转千回，都蕴含在女子的这段独白中了。另外，此曲对数字的运用相当精妙。通过从一到十的历叙方式，有层次、有节奏地展示了女子深陷相思难以自拔的复杂心理状态。只是“一两句”闲话，就让情郎望而却步。“三四日”不来还可理解，但“五六日”不来，则令一日不见如隔三秋的少女望眼欲穿。无奈中只得“七八遍”占卜，企求神灵的保佑。“久已后”与“九”通，活用谐音，使作品更为灵动。最后只落得“十分”的憔悴。综观整首作品，数字与内容浑然天成，别有趣味。

第二曲：此曲是民间男女偷情的表白，“你”“我”对举成文，从其中“你为我休了媳妇”一语来看，曲中的女主人公应该属于现代社会的“第三者”，二人都免不了要面对道德舆论的审判与折磨。这种折磨是很残酷的，折磨至结句“咱两个一般的憔悴煞”。曲中二人的相爱，从旁人的角度看，等于爱上了不该爱的人。岂奈“情不知所起，一往而深”，双方完全不受控制，依然爱得不顾一切，不计后果。曲中之情真实炽烈，语言更是脱口而出，直率自然。

第三曲：此曲构思巧妙，细节动人，极具民歌特色。“裁剪下才郎名讳，端详了展转伤悲”，才郎自然是心中倾慕的人，曲中人在纸上认认真真写下心上人的名字，仔仔细细看了又看，心中生出一阵阵伤悲，让人不禁想起《红楼梦》里的龄官，蹲在蔷薇花下，在泥地上用簪子一遍又一遍地写贾蔷的名字，一面悄悄流泪。“把两个字灯焰上燎成灰”，这位曲中人的行为比龄官更妙，她把写着心上人名字的纸剪下，在灯焰上烧成灰。在她看来，这些灰弥足珍贵，于是她郑重地将它们收起来，有的擦在两鬓角，有的用来画远山眉。这位痴心人只愿能时时与心上人同在，哪怕只是写着名字的纸灰。作者通过独特的细节描写，将女子对心上人的浓浓相思情展现得淋漓尽致，同时也揭示了她纯真的内心世界。她爱他，可以说爱到接近疯狂，但碍于现实，又无可奈何，于是做出一系列幼稚的举动，借此慰藉心中的忧伤，也表达了女子的心愿。全曲读来真切感人，令人同情。

［中吕］朝天子

早霞，晚霞[①]，妆点庐山画。仙翁何处炼丹砂？一缕白云下。客去斋余，人来茶罢。叹浮生，数落花。楚家，汉家，做了渔樵话。

志　感

不读书有权，不识字有钱，不晓事倒有人夸荐。老天只恁[②]忒心偏，贤和愚无分辨。折挫英雄，消磨良善，越聪明越运蹇[③]。志高如鲁连，德高如闵骞，依本分只落的人轻贱。

又

不读书最高，不识字最好，不晓事倒有人夸俏。老天不肯变清浊，好和歹没条道。善的人欺，贫的人笑，读书人都累倒。立身则小学，修身则大学，智和能都不及鸭青钞。

注释

① 早霞，晚霞：早上傍晚天边的云彩。

② 恁：如此，这么，这样。

③ 运蹇：命运恶劣。

赏析

第一曲：此曲不仅描绘了庐山道士的逍遥通脱，更重要的是寄寓了作者的人生追求。起句渲染庐山秀景，次句引介庐山道士，第三句写修道之人简朴随性，第四、五两句写庐山道士参透浮生。曲前三句写景，写庐山在早霞和晚霞的装点下显得如画般美丽。寥寥数笔就勾勒出宛若仙境的庐山风光。面对这美丽的风光，作者大胆地展开联想和想象：说不定在哪缕白云下，就能觅得仙人的踪迹。“客去斋余，人来茶罢”两句互文，是作者悠闲生活的写照。客人们来来往往，有缘即聚，缘尽则散，不拘世俗礼仪，这里旨在表现一种顺其自然，无拘无束的生活方式。沉浸在自然景物当中，自由自在过活，心灵也渐渐从凡尘俗世中解脱出来。“叹浮生，数落花”，看到落红遍地，不禁想到生命也恰如花期，短暂存在过后终将尘归尘，土归土。历史上的楚汉之争，当年为夺天下杀得天翻地覆，如今也都已成为泛黄过往，成为历史遗迹，成为百姓谈资。此曲造境、蓄情都相当出色，音律和谐。天地苍茫间，曲尽其意，韵味悠扬。

第二曲：志感，就是把感想写出来。作者感于元代社会是非不分、贤愚不辨的黑暗现实，于是写下此曲，喊出了元代知识分子的心声。本曲直指元代政治制度，是当时知识分子对黑白颠倒、贤愚不辨的黑暗现实的痛诉。不读书的掌大权、不识字的享俸禄、无能者也有人夸奖推荐，老天爷怎么这样偏心？为什么分不清贤良和愚钝？世道荒诞，不讲公理，贪污受贿横行，小人当道，嫉贤妒能，压抑英雄贤才。即便才智超群像鲁仲连、品德高尚如闵子骞，如果不同流合污，也会被小人轻贱。综观全篇，两类人，两种命运形成了鲜明的对照。在这首小令中，作者直面现实，以批判主义的态度进行了巧妙的讽刺，表达了对现实社会的不满，愤怒之气充满全篇。在语言上以口语入曲，文字晓畅，具有很高的思想价值和艺术魅力。

第三曲：此曲意在抨击元代社会道德沦丧的现实，入木三分，字字见血，现今读来依然动人心魄。社会拜金化、物质化，崇尚愚昧无知，全无善恶之分，不禁让人扼腕叹息。“不读书最高，不识字最好，不晓事倒有人夸俏”，起首三句就讽刺了社会上愚昧无知之流备受流俗推崇的丑恶风气。“老天不肯变清浊，好和歹没条道”，清浊无界，好坏不分，接着作者转写价值观念颠倒下人们的命运。“善的人欺，贫的人笑，读书人都累倒”，善良者被欺侮，贫穷者被耻笑，读书人从小到大积累的道德修养与聪明才智在这世道上远不如鸭青钞管用。欺善笑贫，天理何在？前途何在？开篇说愚昧至上，结句讲金钱万能，当时社会的黑暗腐朽可见一斑。

［中吕］十二月过尧民歌

《十二月》看看的相思病成，怕见的是八扇帏屏。一扇儿双渐苏卿①，一扇儿君瑞莺莺②。一扇儿越娘背灯③，一扇儿煮海张生④。《尧民歌》一扇儿桃源仙子遇刘晨⑤，一扇儿崔怀宝逢着薛琼琼⑥，一扇儿谢天香改嫁柳耆卿⑦，一扇儿刘盼盼昧杀八官人⑧。哎，天公，天公，教他对对成，偏俺合⑨孤另。

注释

① 双渐苏卿：为元代家喻户晓的爱情故事。谓北宋书生双渐与庐州妓女苏小卿相爱，鸨母设计迫使他赴汴京应试，而将小卿卖给茶商冯魁。贩茶船经镇江金山寺时，小卿题诗于上，考取功名的双渐凭此线索赶到豫章城，夺回小卿，有情人终成眷属。

② 君瑞莺莺：《西厢》故事的男女主角张珙（字君瑞）与崔莺莺。

③ 越娘背灯：宋刘斧《青琐高议》别集有《越娘记》，述西洛杨舜愈夜过茅屋，见一女子背灯面壁而坐，自述为越中女子鬼魂。杨舜愈为她迁葬，后越娘显形与杨舜愈交好。

④ 煮海张生：潮州人张羽与东海龙君女琼莲相爱，得仙人助以银锅，可令海水沸腾。张羽煮海，龙君无奈，终于答允了两人姻事。

⑤ 桃源仙子遇刘晨：南朝·宋刘义庆《幽明录》载，剡人刘晨、

阮肇入天台山采药，遇仙女邀入家中，共同生活了半年，返乡后子孙已过七代。

⑥ 崔怀宝逢着薛琼琼：宋陈元靓《岁时广记》载，薛琼琼为唐开元宫中筝手，于踏青时遇书生崔怀宝，两人一见钟情，后由唐明皇赐琼琼为崔妻。

⑦ 谢天香改嫁柳耆卿：元代民间传说，谓词人柳永（字耆卿）与妓女谢天香热恋，开封府尹钱可假意将谢天香娶作小妾，促使柳永进取功名，并在他得到状元后将谢天香归配柳永为妻。

⑧ 刘盼盼昧杀八官人：宋妓女刘盼盼与八官人相爱，终于冲破礼教禁锢，由官府判断成婚。

⑨ 合：该。

赏析

这首散曲含义显豁，主要用赋体笔法，以八对当时流行的才子佳人的故事来衬托自己的孤单。全曲咏写的八扇帏屏，每一扇都画着一则爱情故事。这八个爱情故事，或中间一度相爱，或最终得以团圆，一扇有一扇的幸福，羡煞了一代代青年男女。作者在现实生活中不能与意中人结合，此刻便更不敢看这八扇帏屏了。曲子最后，作者不禁哀怨叹惋：老天爷啊，你成全了那八对璧人，为什么偏就不让我和意中人有个圆满结局，单要我承受这孤零零的苦呢？此曲以反复铺陈的方法列举了八个令人向往的爱情故事，以他们的甜蜜反衬自己的不幸。末句“偏俺合孤另”，哀怨之情溢于言表。

［黄钟］红锦袍

那老子[①]彭泽县懒坐衙[②]，倦将文卷押[③]，数十日不上马，柴门掩上咱，篱下看黄花[④]，爱的是绿水青山。见一个白衣人[⑤]来报，来报五柳庄幽静煞。

注释

① 那老子：指陶渊明，曾做彭泽县令。

② 坐衙：官吏在衙堂办事。

③ 文卷押：在公文案卷上签署姓名或批阅。

④ 篱下：指陶渊明在东篱赏菊。黄花：菊花。

⑤ 白衣人：童仆。典出南朝·宋檀道鸾《续晋阳秋》，重九日，王弘遣“白衣人”给陶渊明送酒故事。

赏析

这支曲以叙事笔法写陶渊明归隐之事，紧抓几个反映陶渊明志趣的意象，如菊、山等，又切合陶渊明之诗文，流畅自然，读来别有佳趣。“那老子彭泽县懒坐衙”，“老子”口语化程度很高，在尊敬中还带点调侃意味，可谓元曲本色。这里指的是任职彭泽县令期间不为五斗米折腰的陶渊明。就是这样一位县令懒懒地坐在那里，“倦将文卷押”，批改文书也是敷衍的态度。“倦”字与上句的“懒”字相对应，寥寥几笔就将陶渊明对官场的厌倦情态展现出来了。他倦到可以随意处置文书，倦到可以数十日不骑马外出。“柴门掩上咱”，画面一转，概括描写了陶渊明悠然自得的隐居生活。“篱下看黄花，爱的是绿水青山”，与前面“懒坐衙”不同，现在柴门一掩，官场纷杂就都与他隔离开来，此刻他拥有的是那个能让他安静下来与自然交心的乌托邦。正如结句借仆人之口说的那样，陶先生的五柳庄真是一个幽静娴雅的好住处。全曲语言流畅，概括力强，通过“彭泽县”“篱下看黄花”“白衣人”“五柳庄”等几个与陶渊明相关的典型生活情境串起全篇，几十字就把陶渊明一生的主要事迹和性格都囊括了进去。用分镜头形式将陶渊明厌官、辞官、隐居的形象生动地展现了出来，极具表现力。作者借对陶渊明在职彭泽县令行为的描写，表达了自己对于官场的鄙弃和对田园隐居的向往。字里行间又显示出一种与陶渊明潇洒出尘的处世风格很相称的轻松明快的行文风格。

［大石调］阳关三叠

渭城朝雨浥[①]轻尘，更洒遍客舍[②]青青。弄柔凝千缕，更洒遍客舍青青。弄柔凝翠色，更洒遍客舍青青，弄柔凝柳色新。休烦恼，劝君更尽一杯酒，人生会少。自古富贵功名有定分。休烦恼，劝君更尽一杯酒，旧游如梦，只恐怕西出阳关，眼前无故人！休烦恼，劝君更尽一杯酒，只恐怕西出阳关，眼前无故人！

注释

①浥：沾湿。

②客舍：旅馆；供旅客住宿的房屋。

赏析

此曲是对王维的送别诗《送元二使安西》的改编，这首曲子在传唱的过程中，因歌词被反复吟唱而又被称为《阳关三叠》，其中饱含着深沉的惜别之情。开篇点出送别的时间，地点，环境气氛。“轻尘”“青青”“新”等词语，声韵轻柔明快，可见这场离别虽然感伤，却并不着黯然之色。一路行来，柳色正新，一路行来，细雨迷蒙；那依依杨柳枝，多像一双双不舍的手；那点点细雨，可是那点点离人泪？宴席已进行良久，酿满别情的酒已喝过多巡，殷勤告别的话已重复多次，朋友上路的时刻终于到来，主客双方的惜别之情在这一瞬间都到达了顶点。一咏三叹的“劝君更尽一杯酒”就是此刻强烈、真挚的惜别之情的集中表现。这临行之际的“劝君更尽一杯酒”，不仅饱含依依惜别的情谊，还有对远行者处境的担忧，以及望友人前路珍重的殷切祝愿。同时，劝对方“更尽一杯酒”，不只是让朋友多带走自己的一份情谊，更是有意无意地拖延分别的时间，好让对方再多留片刻。反复出现的还有“只恐怕西出阳关，眼前无故人！”这种西出阳关无故人之感是双份的，不单属于行者。临别之际，双方要说的话千千万，但千头万绪，一时竟不知从何说起。这种场合，往往会出现相对无言的沉默。反复咏叹，或许是打破这种沉默的方式，也是表达此刻丰富复杂感情的方式。

[商越] 梧叶儿

嘲女儿身长

身材大膞项长，难匹配怎成双？只道是巨无霸的女，原来是显神道的娘。我这里细端详，还只怕你明年又长。

嘲谎人

东村里鸡生凤，南庄上马变牛，六月里裹皮裘[①]。瓦垄上[②]宜栽树，阴沟里好驾舟。瓮来大肉馒头，俺家的茄子大如斗。

注释

① 裘：皮衣。

② 瓦垄上：瓦脊上。

赏析

两首曲子均取材于生活中的所见所闻，读来颇为滑稽可喜。

第一曲：此曲以戏谑的语气调侃女孩子出众的身高，全曲纯用口语，质朴自然。“身材大膞项长，难匹配怎成双”，面对这位女孩子高出同龄人好些的个头，作者哭笑不得，女儿家这样高大以后怎么嫁得出去呢？“只道是巨无霸的女，原来是显神道的娘”，相传巨无霸为西汉末巨人，用在此处戏谑意味颇浓。作者看着眼前这位高个姑娘，不禁担忧：这姑娘明年不会长得更高吧？活泼的生活场景，读来如何不令人捧腹？

第二曲：这是一首嘲弄说谎人以及说谎这一社会恶习的讽刺小

品。说谎人挖空心思，骗人相信，花样不断，久而久之便积累了多种说谎伎俩。开头的“东村里鸡生凤，南庄上马变牛”，说谎人以绝对肯定的语言，把子虚乌有的荒诞之事讲得有模有样，令人捧腹。如此捏造事实，瞒天过海，正是天下一切说谎人的惯用伎俩。以上二句都是以乡村中常见的家畜家禽作为说谎的材料。接下来五句的说谎材料则来源于日常生活中常见的衣、食、住、行。“六月里裹皮袄”，六月里谁也不会穿上皮袄，而在说谎人的口中，不仅穿了，而且是紧紧地“裹”。“瓦垄上宜栽树，阴沟里好驾舟”，因为屋顶上长草，就说适宜栽树；阴沟里有水，就说也能驶船。说谎人往往抓住一点似是而非的现象，添枝加叶，愈吹愈玄，达到以假乱真的目的。这也是说谎的一条规律。最后两句“瓮来大肉馒头，俺家的茄子大如斗”，这便是不顾情理，随意夸大。以上谎言一看便知真假，作者在此是以夸张的手法揭穿谎言的实质。这篇讽刺小品以说谎人的口吻构成全篇，未加丝毫批判或叙述，生动地凸显出说谎人的可笑嘴脸，讽刺效果入木三分，体现了元曲通俗戏谑的特色。

［商越］梧叶儿

正　月

年时节，元夜时，云鬓插小桃枝。今年早，不见你，泪珠儿，揾满了春衫袖儿。

三　月

春三月，花满枝，秋千惹绿杨丝。才蹴[①]罢，舒玉指，摸腰儿：谁拾得鲛绡[②]帕儿？

四　月

清和节，近洛阳，寻思了又寻思。新荷叶，浑厮似[③]，花面儿，贴在我芙蓉额儿。

注释

① 蹴：即蹴鞠。鞠，古代的一种皮球。

② 鲛绡：是指传说中鲛人所织的绡，是一种独特材质，特指“南海出鲛绡纱，入水不濡”。

③ 浑厮似：还相似。

赏析

这几首曲子均借咏时令来写男女之情，巧借时令起兴。将时令特色与情感紧密联系起来，纤巧可喜。

第一曲：春节过后，第一个大节就是元宵节。元宵节古称“上元节”，上元的夜晚，即开篇提到的“元夜”。元宵节又有中国情人节的说法，古往今来，许多青年男女的美好邂逅都与这个浪漫的日子有关，此曲中的主人公也是如此。去年在这个美好的夜晚主人公遇见了美好的她，她秀丽的鬓发上插着一支小小的桃枝。这画面从此便定格在了主人公的脑海里。今年今日却看不见她，于是主人公怅然若失的相思泪便湿了春衫袖。简单几句，一个思恋旧人的形象就浮现在了读者眼前。读来让人不禁联想到北宋欧阳修的名句“今年元夜时，月与灯依旧。不见去年人，泪湿春衫袖”。

第二曲：“春三月”不仅点明了月份，还冠上了季节。这个“春”字奠定了全曲温暖和煦的基调。“花满枝”写出了春天的生机勃勃。阳春三月，花儿缀满枝头，惹人流连。“秋千惹绿杨丝”又写出了春天的明媚可爱，那秋千来回晃荡，牵绊着一旁碧绿的杨柳枝条。如此春日环境为曲中人的出场做足了准备。对于曲中人的出场，作者一不描摹其形貌，二不刻画其情态，而是直接从一个已经完成了的动作“才蹴罢”写起。在古代，荡秋千是少女们的娱乐方式。尽管“才蹴罢”是非常中性的短语，因有了前一句“秋千”的铺垫，这里丝毫不妨碍读者眼前浮现出一个充满活力的青春少女。这位少女才刚荡过秋千，伸开玉指，摸索腰间，疑惑顿生：谁拾到了我的鲛绡手帕？此二句极为传神，“舒”“摸”两字写出了少女的娇憨，“玉”字则暗示了她的美貌。想来她一定是玩得香汗淋漓，才会将手伸向腰间寻摸手帕。曲子若就此结束也未尝不可，不过作者一定要添上一笔，“谁拾得鲛绡帕儿”让整个曲子一下子变得有趣起来。古时，手帕是定情之物，很多情事都是从失手帕、拾手帕开始的，才子佳人的故事，几乎都是如此。曲尽而趣未尽，忍不住让人想这少女接下来究竟会发生怎样的故事。

第三曲：“清和节，近洛阳”，起句点明了时间、地点。人间四月，春意渐浓，主人公“寻思了又寻思”，思春之心如窗外复苏的花草一般。那池塘里刚长出来的新荷叶，嫩嫩的、青青的，露水在上面轻盈打滚儿，多像她所爱的那情郎哥哥的脸啊！主人公多希望花儿快点开，让哥哥的脸贴在她这像芙蓉花儿一样的额头上。

[双调] 水仙子

张果老

驼腰曲脊六旬高，皓首苍髯年纪老，云游走遍红尘道，驾白云驴驮高，向赵州城压倒石桥。拄一条斑竹杖，穿一领粗布袍，也曾赴蟠桃[1]。

李　岳

笔尖吏业不侵夺，跳入长生安乐窝。绸衫身上都穿破，铁拐向内拖。乱哄哄发似松科。岂想重裀卧，不恋皓齿歌[2]，每日价散诞[3]蹉跎。

注释

①蟠桃：指蟠桃宴。

② 皓齿歌：代指声色享受。

③ 散诞：逍遥自在。

赏析

这是两首人物曲，细致描绘了张果老、铁拐李两人的外貌和气质的特点，刻画工细，栩栩如生。

第一曲：此曲是张果老的人物画像。传说张果老为八仙中最年长者。“驼腰曲脊六旬高，皓首苍髯年纪老”，这位老神仙的背是驼的，脊柱也弯了，头发和胡子都花白了，起始一句通过对张果老的外貌描写将其“老态”刻画得生动形象。八仙传说中，张果老的主要特点就是驾云骑驴。于是作者接着写道“驾白云驴驮高，向赵州城压倒石桥”，张果老的“仙气”顿时呼之欲出。其中，“向赵州城压倒石桥”背后还有个有趣的故事。相传鲁班造好赵州桥后，认为此桥坚固耐用，于是放话：此乃天下第一桥。张果老便前来见证鲁班的能力。二人说定，如果提携日月、搬山卸岭走上桥来，赵州桥不塌，今后张果老就要倒着骑驴。故事的最后，张果老当面认输，从此开始倒骑毛驴。结句提到张果老手中的竹杖，穿着具有道教色彩的粗布袍，使得这位老神仙的形象愈发丰满。

第二曲：作为八仙之一，铁拐李也是我国妇孺皆知的神话人物。题目中的李岳即铁拐李。相传铁拐李被吕洞宾度脱前曾经做过刀笔吏，因此起始一句“笔尖吏业不侵夺”。而后对铁拐李的形象进行描写，“绸衫身上都穿破，铁拐向内拖，乱哄哄发似松科”，即头发蓬乱，破衣烂衫，手拄铁拐。“岂想重裀卧，不恋皓齿歌，每日价散诞蹉跎”，“重裀”是指富贵人家舒适的双层坐卧垫褥，“皓齿歌”则代表了声色方面的感官享受。最后一句写铁拐李不再羡慕人间的声色享受，而是处于一种得道后逍遥自在的恬淡心境。

［南吕］骂玉郎过感皇恩采茶歌

鏖　兵[①]

《骂玉郎》牛羊犹恐他惊散，我子索[②]手不住紧遮拦，恰才见枪刀军马无边岸[③]，唬的我无人处走，走到浅草里听，听罢也向高阜处偷睛看。《感皇恩》吸力力振动地户天关[④]，唬的我扑扑的胆战心寒。那枪忽地早刺中彪躯，那刀亨地[⑤]掘倒战马，那汉扑地抢下征鞍，俺牛羊散失，您可甚人马平安？把一座介休县，生扭做枉死城，却翻做鬼门关。《采茶歌》败残军受魔障[⑥]，得胜将马奔顽。子见他歪剌剌赶过饮牛湾，荡的那卒律律红尘遮望眼，振的这滴溜溜红叶落空山。

注释

① 鏖兵：军队激战。

② 子索：只得。

③ 无边岸：无边无涯。

④ 吸力力：形容旋风的象声词。地户天关：指地的深处与天的高处。

⑤ 亨地：呼的一声。后文中“扑地”，即噗的一声。

⑥ 魔障：灾难。

赏析

元代动荡不安、战乱频发，这首曲子借用一位牧人的眼光描述了一场激烈的战争，情节扣人心弦，场面惊心动魄，反映了战乱对人民和平安定生活的破坏。全曲分三段，第一段写牧人初见“枪刀军马无边岸”的场面，唯恐自己的牛羊因骚动而被惊散，所以手忙脚乱地控制住自己的牛羊。四周刀枪林立，军马多得看不到边。他于是急忙躲到无人之处，先在草丛中听动静，然后爬到高岗上偷看千军万马厮杀。第二段描绘的是牧人亲眼所见的战斗场面。人仰马翻，地动山摇，两军杀得惊天动地，喊杀声和戈矛相击声令这位旁观的牧人胆战心惊。看着你死我活、尘埃四起的拼杀场面，牧人暗暗埋怨：“打仗害得我牛羊散失，你们又怎么可能人马平安？昔日和平安定的县城，经过战争的洗劫，也要变成了“枉死城”“鬼门关”。第三段写牧人再向外看，两军已决出胜负，一军败走，一军追赶。人马过后红尘遮天，胜负虽已成定局，但双方仍在拼死格斗，人喊马嘶，连树叶都被簌簌震落了。全曲以赋体手法展开，描写细致，选取了不少正面表现战争的镜头，尤其是拟声词和动作地运用，将战争场面清晰地展现在读者眼前，极为生动。但牧人并非在局外欣赏着这一场战斗，我们可以感到他在目击这场血肉纷飞的战斗时是何等胆战心惊。全曲虽然没有正面描写战争给人民带来的灾难，但读者仍可以感受到战争给人民生命财产带来的威胁。昔日好端端的一座县城，如今变成了“鬼门关”，可以想见有多少无辜的百姓死于战乱之中。作者对这场战争的态度，从叙事当中也自然地流露了出来。

[双调] 水仙子

临行愁见整行李，几日无心扫黛眉[①]。不如饮的奴先醉，他行时我不记的，不强似眼睁睁两下分离？但去着三年五岁，更隔着千山万水，知他甚日来的？

喻纸鸢[②]

丝纶长线寄天涯，纵放由咱手内把。纸糊披就里没牵挂，被狂风一任刮，线断在海角天涯。收又收不下，见又不见他，知他流落在谁家？

注释

① 黛眉：女子所画之眉。

② 纸鸢：古代的风筝。

赏析

第一曲：此曲刻画了女子不忍离别的心理活动。“临行愁见整行李”，收拾行李喻示着临别，一整理行李就感到忧愁是因为整行李这件事会不断提醒曲中人，情人要走得很久、很远。“几日无心扫黛眉”，对女子而言，“扫黛眉”是为取悦情人，而如今即将分离，心中被愁苦充斥，早已没有了取悦他人的心思。“不如饮的奴先醉”，说明曲中人极度抗拒离别，试图在酒中寻找安慰。她无法承受分离的痛苦，于是希望这件事不会发生，即使发生了也希望自己忘记。醉了就不会记得情人离开的情景了，以便她能恍恍惚惚地挨过分别之日。其实与其说她害怕离别，不如说她害怕失去情人。情人一走便是三年五载，要去的还是千山万水之外。对方还未远行，她就已经开始想象他归来的情景。一句“知他甚日来的”，不只是嗔怪要远行的当下，更是恨不得一眨眼就挨过分离的年岁。曲末这一问句既包含了不舍和忧伤，也包含了忐忑和担心，女子对情人的一往情深尽在这洋溢着哀怨之情的问句之中。作者非常擅长心理描写，将女子对情人的不舍表现得十分细腻。

第二曲：这是一首咏物曲，表层讲纸鸢，深层喻姻缘。纸风筝有线在手，收放随意，而一旦被狂风吹断线，风筝就不知飘落何处。前三句俨然是一个放鸢行家的自我夸耀，无论怎样放，无论纸鸢飞得多高多远，放鸢者都尽在把握。由于自信，便对这一“纸糊披”无甚“牵挂”。但情势突然急转直下，忽一阵狂风刮来，刮断了丝纶长线。由于纸鸢放得过于遥远，故“收又收不下”“见又不见他”，最后只落得一声长叹：“知他流落在谁家?”从“纸糊披就里没牵挂”一句看，那位放鸢者因掉以轻心导致失败，痛悔亦由此而生。上半曲的自夸自信，来自线连；而后半曲的不得收不得见、失望叹息，来自“线断”。民间常说“姻缘一线牵”“线连姻缘在”“线断姻缘绝”，这一富有民俗意味的比喻，暗指远游在外的夫婿恰如风筝，使全曲颇具诙谐趣味。